CANDACE CAMP

Una mujer independiente

Editado por Harlequin Ibérica.
Una división de HarperCollins Ibérica, S.A.
Núñez de Balboa, 56
28001 Madrid

© 2006 Candace Camp. Todos los derechos reservados.
UNA MUJER INDEPENDIENTE, Nº 32
Título original: An Independent Woman
Publicada originalmente por HQN Books.
Traducido por Victoria Horrillo Ledesma.

Todos los derechos están reservados incluidos los de reproducción, total o parcial. Esta edición ha sido publicada con permiso de Harlequin Enterprises II BV.
Todos los personajes de este libro son ficticios. Cualquier parecido con alguna persona, viva o muerta, es pura coincidencia.
El logotipo TOP NOVEL es marca registrada por Harlequin Enterprises Ltd.

®™ son marcas registradas por Harlequin Enterprises Limited y sus filiales, utilizadas con licencia. Las marcas que lleven ™ están registradas en la Oficina Española de Patentes y Marcas y en otros países.

I.S.B.N.: 84-671-4449-1

Juliana no esperaba volver a verlo.

Había oído decir que Nicholas había heredado el título y regresado a Inglaterra, lo cual la había sorprendido. Siempre había creído que el heredero era el tío de Nicholas, no él. Ciertamente, nadie la había tratado nunca como el futuro conde. Había asumido que sus caminos no volverían a cruzarse. A fin de cuentas, Nicholas era un conde, y muy rico, por cierto, y ella no era más que una dama de compañía a sueldo de una señora que se movía en los márgenes de los enrarecidos círculos de la alta sociedad a la que él pertenecía.

Había habido un instante, al oír que Nicholas había regresado de América y ascendido súbitamente al olimpo de la alta sociedad, en que había creído, con un arrebato casi doloroso de emoción, que volvería a verlo una vez más. Pero el tiempo, y la razón, le habían hecho comprender que ello era improbable.

En otro tiempo habían estado muy unidos, desde luego, pero de eso hacía muchos años. Si Nicholas pensaba en ella alguna vez, sería únicamente como un difuso recuerdo del pasado: como una muchacha perteneciente a un tiempo y un lugar que sin duda recordaba con escaso afecto. La vida de Juliana en Lychwood Hall había sido desgraciada, pero la de Nicholas lo había sido aún más. Juliana sospechaba que su antiguo compañero de juegos habría hecho cuanto estuviera en su mano por dejar atrás el pasado. Nicholas no la buscaría. Sólo una tonta romántica confiaría en que lo hiciera.

Las probabilidades de que se encontraran accidentalmente eran, por otro lado, escasas. Su jefa, la señora Thrall, por más que quisiera convencerse de que se hallaba en el escalón más alto de la alta sociedad londinense, era en realidad un pez muy pequeño que nadaba en las orillas más turbias de aquel estanque. La familia Thrall pertenecía, en el mejor de los casos, a una nobleza rural aceptable y recién llegada a la ciudad, y sólo la innegable belleza de Clementine, la hija mayor, les había granjeado cierta atención.

Esa noche, sin embargo, los Thrall estaban invitados al baile de lady Sherbourne, una fiesta de tan grandes proporciones que a ella asistían incluso numerosos miembros de la baja nobleza. Juliana sabía que era sólo el ingente número de invitados lo que había propiciado su invitación. La señora Thrall, desde luego, no lo creía así. Llevaba toda la semana vanagloriándose de que lady Sherbourne las había acogido bajo su ala.

Dada la envergadura de la fiesta, Juliana abrigaba un pequeño destello de esperanza, apenas reconocido, de que lord Barre hiciera acto de aparición. Pero, en el fondo, no lo creía. A fin de cuentas, por los comentarios que había oído mientras permanecía sentada en silencio junto a Clementine y sus risueñas amigas, Nicholas rara vez asistía a una fiesta. Su reserva, naturalmente, sólo contribuía a aumentar su halo de misterio.

Sin embargo, allí estaba. Juliana, que seguía con la mirada las evoluciones de Clementine por el salón en brazos de uno de sus muchos admiradores, levantó los ojos y allí estaba Nicholas Barre, en lo alto de la amplia escalinata que descendía hacia el salón de baile.

El corazón le dio un vuelco y, por un instante, se sintió sin aliento. Era guapo, más guapo incluso de lo que recordaba: se había convertido en un hombre, sus hombros eran muy anchos –tanto que su sastre no tenía que ponerle relleno a sus trajes– y sus piernas largas y musculosas. Permanecía allí parado, contemplando con frialdad el gentío que se extendía bajo él, y en sus facciones se adivinaba una confianza en sí mismo rayana en la arrogancia. El pelo, negro como el azabache, denso y un tanto crespo, le caía descuidadamente junto a la cara. Sus ojos parecían tan negros como su cabello, impresión ésta que acentuaban las líneas rectas de sus negras cejas.

No se parecía a otros hombres. Ni siquiera su levita negra y formal y su nívea camisa lograban camuflar la sensación de intrepidez que emanaba de él. Allá donde fuera, se convertiría de inmediato en el foco de atención, pensó Juliana, y acto seguido se preguntó si era consciente de ello.

Tal vez se hubiera acostumbrado a serlo. Siempre había sido distinto a los demás. Peligroso, decían. Y malvado. Juliana sospechaba que aún seguía siendo el objeto de aquellos apelativos.

De pronto se dio cuenta de que lo estaba mirando

fijamente, y se apresuró a apartar los ojos. ¿Qué iba a hacer? Tragó saliva y cerró los puños sobre el regazo.

Recordó la última vez que se habían visto: el semblante de Nicholas, blanquísimo a la luz de la luna, sus ojos como grandes estanques de oscuridad. Entonces él sólo tenía dieciséis años, y era un muchacho esbelto y fibroso en cuyo cuerpo se adivinaba el hombre que con el tiempo llegaría a ser. Tenía en aquella época el pelo más largo y descuidado, revuelto siempre por el viento y la impaciencia de sus dedos. Su rostro poseía incluso entonces una dureza, una especie de desconfianza, que decía mucho de su pasado.

Juliana se había aferrado a él, se había agarrado a su brazo con ambas manos, como si de ese modo pudiera lograr que se quedara, mientras su corazón de niña —por entonces contaba apenas doce años— se rompía dentro de su pecho.

—Por favor —le había suplicado—, no te vayas...

—No puedo, Jules —había contestado él, ceñudo—. Tengo que irme. No puedo seguir aquí.

—Pero ¿qué haré yo? —había preguntado ella lastimosamente—. Será horrible estar aquí sin ti. Sola con ellos... —añadió, cargado de repugnancia aquel «ellos».

—No te pasará nada. Lo superarás. A ti no te harán daño.

—Lo sé —había susurrado ella con los ojos llenos de lágrimas. Sabía que nadie le haría nunca tanto daño como le habían hecho a él. Ella no tenía que llevar grilletes en las manos, ni pasarse días sin comer o sin compañía alguna, sola en su cuarto, como le sucedía a Nick. Pero la vida sin él a su lado le parecía insípida y chata, casi insoportable.

Desde que su madre y ella habían llegado a Lychwood Hall, cuando ella tenía ocho años, Nicholas había sido su único amigo, su compañero más fiel. Se habían sentido atraídos el uno por el otro de manera natural, los dos forasteros en la casa solariega de los Barre, desdeñados por los tíos de Nicholas y sus hijos. Niños de la caridad ambos –lo cual les recordaban a menudo–, habían formado una alianza sólida, mucho más intensa que la que, en circunstancias normales, se habría dado entre un chico de doce años y una niña de ocho. Y a pesar de que, a medida que crecía, precipitándose hacia la edad adulta, Nicholas había encontrado nuevos intereses, el vínculo peculiar que los unía siempre había sobrevivido.

–¿No puedo ir contigo? –le había preguntado ella sin esperanzas, consciente de que le diría que no.

Él movió la cabeza de un lado a otro.

–Si te llevara conmigo, me perseguirían, seguro. De este modo puede que tenga una oportunidad de escapar de ellos.

–¿Volverás? Por favor...

Él había sonreído: una rara y maravillosa sonrisa que pocos, aparte de ella, habían visto.

–Claro que sí. Ganaré montones de dinero y luego volveré y te llevaré conmigo. Serás rica, y todo el mundo te llamará milady. Y Seraphina tendrá que inclinarse ante ti. ¿Qué te parece?

–Perfecto –el corazón de Juliana se había henchido de amor, pese a que en el fondo sabía, realista como era, que era improbable que Nicholas volviera. Que desaparecería de su vida como había desaparecido su padre.

—No te olvides de mí —le había dicho, tragándose las lágrimas pues se negaba a actuar como una cría delante de él. Luego se quitó la sencilla tira de cuero que llevaba alrededor del cuello y se la dio. De ella colgaba un sello de hombre, de oro, aunque sencillo.

Nicholas la había mirado con sorpresa.

—No, Jules..., era de tu padre. No puedo aceptarlo. Sé cuánto significa para ti.

—Quiero que lo tengas tú —había contestado ella tercamente—. Te protegerá. Tómalo.

Nicholas lo había aceptado por fin. Luego, con una sonrisa desganada, se había perdido entre las sombras de la noche, dejándola sola en el oscuro jardín.

Hacía quince años que no se veían.

Juliana lanzó otra mirada hacia lo alto de la escalinata. Nicholas ya no estaba allí. Ella paseó la mirada por el salón cautelosamente, pero no lo divisó entre la multitud. Volvió a fijar los ojos en su regazo y se preguntó si podría salir de allí sin que la viera.

Tenía el estómago hecho un nudo, en parte a causa de la emoción y en parte por miedo. No quería que Nicholas la viera, no quería tener que enfrentarse a su posible desdén..., a la posibilidad de que no la reconociera.

Nicholas Barre había significado tanto para ella que no podría soportar que le hiciera un desplante. Juliana lo había amado como sólo podía amar una niña. Después de su huida de la finca, no había permitido que su recuerdo se disipara. Durante mucho tiempo había conservado en el corazón su promesa y confiado en que volviera y la alejara de todo aquello: de la tristeza de su madre, de la crueldad de Crandall y la mezquindad de la tía Lilith, de la convicción de Seraphina de que estaba allí para cumplir sus órdenes. Al hacerse mayor, había sido la imagen de Nicholas la que había nutrido sus sueños adolescentes, convirtiéndose en el héroe que llegaría a Lychwood Hall a lomos de un blanco corcel, la levantaría en volandas para montarla a caballo y la alejaría para siempre de aquella vida que despreciaba, entregándole su propio nombre además de joyas de ensueño y hermosas ropas.

Naturalmente, no era tan necia como para aferrarse por mucho tiempo a aquellas ilusiones. Había crecido y había hecho su vida. Hacía muchos años que había dejado de creer, e incluso de desear, que Nicholas volviera en busca de la compañera de su niñez. Ni siquiera al enterarse de que había regresado a Londres desde algún lugar remoto, se le había pasado por la cabeza que pudiera ir a buscarla... o, al menos, había sofocado con firmeza aquel pequeño germen de esperanza antes de que se agigantara en su imaginación.

Al fin y al cabo, cuando Nicholas le había prometido regresar, se hallaban los dos en una situación parecida: eran parientes indeseados que vivían de la caridad de los Barre. O, al menos, eso creía ella. Ahora, en cambio, Nicholas era lord Barre y, según se decía, poseía una fortuna propia además de haber heredado las tierras de su abuelo. Sería absurdo en extremo, y Juliana lo sabía, abrigar siquiera la esperanza de que fuera a verla. Las promesas hechas a los dieciséis años rara vez perduraban.

Juliana había experimentado la amarga recompensa de tener razón. Hacía dos meses que había oído que Nicholas estaba en Londres, y no había ido en su busca. Era demasiado realista como para creer que, si esa noche se encontraban, él la recibiría con gritos de alborozo. Cielo santo, seguramente ni siquiera la reconocería.

Pero Juliana no quería tener que enfrentarse a aquella situación. No quería que Nicholas la mirara con el estupor de quien no reconoce a quien tiene delante. Y, lo que sería aún peor, no quería ver que la reconocía y daba media vuelta sin saludarla. Casi igual de terrible sería que conversara con ella con la rígida formalidad de un desconocido, o con la expresión levemente acongojada de quien se veía atrapado en un brete del que deseaba escapar.

Debía marcharse de la fiesta, pensó, pero no era fácil. La señora Thrall la había contratado como dama de compañía principalmente porque quería que la ayudara a vigilar a su hija, una muchacha vivaracha y tenaz. Clementine era bella y caprichosa, y estaba acostumbrada a salirse con la suya. También era lo bastante necia como para creer que podía ignorar los dictados de la sociedad en cuyos círculos se movía. Sin vigilancia, era probable que coqueteara más de lo que se consideraba decente, o bailara con el mismo caballero soltero más de dos veces. Juliana incluso la había sorprendido una vez escabulléndose por una puerta que daba a los jardines en sombras en compañía de un fogoso admirador.

Y, dado que la señora Thrall era una mujer más bien indolente, utilizaba a Juliana como carabina de su hija. A la señora Thrall le gustaba pensar que aquella fatigosa tarea era un don que concedía a su dama de compañía, y no perdía ocasión de recordarle a Juliana lo afortunada que era por poder asistir a todos aquellos bailes. A decir verdad, Juliana habría preferido pasar la noche acurrucada leyendo un libro, o jugando a juegos de mesa con Fiona, la hija menor de los Thrall y, con mucho, la más amable. No constituía para ella ningún placer sentarse contra la pared, ataviada con tan poca gracia como una gallina entre pavos reales, en compañía de madres y jovencitas apocadas, viendo a los demás bailar y pasárselo en grande.

La señora Thrall se enojaría si le decía que se hallaba indispuesta o le dolía la cabeza y deseaba abandonar la fiesta, y Juliana no tenía ganas, desde luego, de oír quejarse a su jefa de que intentaba arruinar el baile más importante de la carrera de su hija. Además, tenía pocas esperanzas de que la señora Thrall la mandara a casa, incluso después de echarle un sermón. Era mucho más probable que le dijera que se aguantara, como haría cualquier dama británica... y que a continuación la enviara a llevarle un vaso de ponche.

Lo mejor sería, pensó, no quitarle ojo a Clementine. De ese modo, no se toparía con la mirada de Nicholas, ni vería la expresión que se adueñaría de su semblante al verla. Era poco probable que lord Barre mirara a las dueñas que vigilaban a sus pupilas, y, aunque lo hiciese, si ella no estaba mirando, al menos no sabía si se había dado media vuelta sin dirigirle la palabra.

—¿Juliana? —una voz profunda y masculina cortó el aire, llena de sorpresa y también, Juliana no podría equivocarse al respecto, de placer.

Ella levantó bruscamente la cabeza. A pesar de los

años transcurridos, reconoció de inmediato aquella voz. Nicholas Barre caminaba rápidamente hacia ella con el bello rostro iluminado por una sonrisa.

—¡Nicholas! —exclamó casi sin aliento, y se levantó sin darse cuenta.

—¡Juliana! ¡Eres tú! —Nicholas se detuvo delante de ella. Era tan alto que Juliana tuvo que echar la cabeza hacia atrás para mirarlo. Sus ojos brillaban y una sonrisa curvaba sus labios firmes y carnosos—. ¡Apenas puedo creerlo! Cuando pienso en el tiempo que llevo buscándote... —le tendió la mano y ella se la dio, algo temblorosa.

—Yo... lo siento. Debería llamarte lord Barre —prosiguió atropelladamente.

—Te ruego que no lo hagas —contestó él—. Si no, pensaría que ya no me consideras tu amigo.

Juliana se sonrojó. No sabía qué decir. Se sentía extrañamente tímida. Nicholas le parecía al mismo tiempo tan familiar y tan cambiado... Las trazas del muchacho seguían siendo evidentes en el hombre, pero eran pese a todo muy distintas a las de antaño.

—Me sorprende que me hayas reconocido —le dijo ella—. Ha pasado mucho tiempo.

Él se encogió de hombros.

—Has crecido —sus ojos se deslizaron un instante, casi involuntariamente, sobre ella—. Pero tu cara sigue siendo casi la misma. ¿Cómo iba a olvidarla?

Desde la silla contigua a la de Juliana les llegó un carraspeo firme y admonitorio, y Juliana se sobresaltó.

—Ay, lo siento mucho. Lord Barre, por favor, permítame presentarle a la señora Thrall —Juliana se volvió a medias hacia su jefa—. Señora Thrall, lord Barre.

La mujer de mediana edad sonrió coquetamente y le tendió la mano a Nicholas.

—Lord Barre, es un placer. Sin duda desea usted conocer a Clementine, pero me temo que en este momento está bailando. Su libreta de baile está siempre llena, ¿sabe usted?

—Señora Thrall —Nicholas se inclinó educadamente ante ella y la calibró velozmente con la mirada antes de volverse de nuevo hacia Juliana—. Confío en que me concedas el honor de un vals, Juliana.

Juliana sabía que su jefa sin duda fruncería el ceño si abandonaba su deber de aquella manera, pero ansiaba aceptar su invitación. Nunca bailaba en las fiestas a las que asistían; eran incontables las veces que había permanecido sentada siguiendo el ritmo con los pies, con el corazón en un puño, viendo cómo las parejas giraban alegremente por el salón.

—Me encantaría —dijo osadamente, y se volvió hacia su jefa—. Si me disculpa, señora Thrall.

Esperaba, cuando menos, que la señora Thrall la mirara con enojo como anticipo de su subsiguiente sermón acerca de la impropiedad de salir a bailar con jóvenes solteros cuando debiera estar vigilando a Clementine. Pero confiaba en que su jefa no tuviera valor para negarse tajantemente delante de uno de los grandes aristócratas del país.

Para su sorpresa, la señora sonrió benévolamente y dijo:

—Sí, desde luego. Me parece una idea excelente. Sin duda Clementine habrá vuelto cuando regresen.

Nicholas se inclinó hacia la señora Thrall y le ofreció la mano a Juliana. Ella se la dio y dejó que la condujera a la pista de baile mientras luchaba por dominar la emoción que se agitaba dentro de ella.

—¿Quién diablos es Clementine? —murmuró Nicholas, inclinando la cabeza hacia ella.

Juliana no pudo sofocar una risita.

—La hija de la señora Thrall. Ha debutado este año.

—Cielo santo, otra más —comentó él con fastidio.

Acostumbrada a escuchar los halagos de los pretendientes de Clementine Thrall, Juliana no pudo evitar sentir un pequeño arrebato de regocijo.

Nicholas se giró hacia ella, apoyó suavemente la mano en su talle y tomó su otra mano. Juliana se sentía un tanto jadeante; sus nervios vibraban, llenos de emoción, cuando la música dio comienzo y empezaron a girar por el salón. Había bailado pocas veces el vals —para ella no había temporada londinense, y a las damas de compañía rara vez les pedían bailar—, y estaba ansiosa, aunque también un tanto asustada por si cometía un error.

Durante los primeros instantes estuvo tan concentrada en seguir los pasos que apenas prestó atención a otra cosa, pero poco a poco se dejó llevar por el ritmo de la música y al cabo de un rato se descubrió girando por el salón con suficiente soltura. Levantó entonces la mirada hacia su pareja. Parecía un sueño, pensó, estar allí con Nicholas, después de tantos años.

Como si le hubiera leído el pensamiento, él dijo:

—¿Sabes?, las he pasado moradas intentando encontrarte.

—Lo siento —contestó Juliana—. No sabía que me estabas buscando.

—Claro que te estaba buscando. ¿Por qué no iba a hacerlo?

—Hace mucho tiempo —repuso ella—. Sólo era una niña cuando te marchaste.

—Eras mi única amiga —le dijo él con sencillez—. Eso cuesta olvidarlo.

Lo que decía era cierto, desde luego. Al conocerlo, Juliana había pensado que era la persona más sola que conocía. A los doce años, su reputación de rebelde y alborotador estaba ya firmemente establecida, e incluso entonces había en su rostro cierta dureza que ahuyentaba a los demás. Pero Juliana, que se sentía a la deriva tras la muerte de su querido padre, había experimentado una afinidad inmediata con aquel muchacho misterioso y taciturno. En sus ojos de color ónice había vislumbrado una soledad angustiosa, una debilidad que había encontrado eco en ella.

—Éramos los parias de Lychwood Hall —dijo ahora, manteniendo una voz ligera.

—Te dije que volvería, ¿sabes? —le recordó él.

—Sí, es cierto —y ella había sobrevivido durante años aferrándose a aquella idea, pensó, hasta que los años la habían hecho entrar en razón—. Pero no tenía noticias tuyas.

—No se me da muy bien escribir cartas —reconoció Nicholas con sorna.

Juliana se echó a reír.

—Eso, señor, es poco decir.

Él se encogió de hombros.

—No quería que supieran dónde estaba —dijo.

—Lo sé —incluso de niña lo había entendido—. No esperaba que me escribieras —le dijo con franqueza.

—No sé por qué, pero creía que seguirías allí —prosiguió Nicholas.

—¿En Lychwood Hall? —preguntó Juliana, sorprendida.

—Fue una tontería, lo sé. Es lógico que tú también quisieras salir de allí.

—Mi madre murió cuando estaba en el internado, con Seraphina —le dijo ella—. Después de eso, no había nada que me retuviera allí.

—Pregunté por ti allí —añadió Nicholas—. Mi tío ha muerto, pero mi tía contestó. Me dijo que te habías ido a vivir al extranjero hacía unos años, y que no sabía dónde estabas.

Juliana levantó una ceja.

—Entonces tiene una memoria muy corta. Volví a Inglaterra hace algunos años. Y desde entonces le he mandado a la tía Lilita una felicitación de cortesía todos los años por Navidad.

—Me pareció que su ignorancia era muy interesada. Mandé a mi abogado a buscarte. Naturalmente, le dije que estabas en el continente, así que no es de extrañar que no obtuviera resultados —le lanzó a Juliana una mirada inquisitiva—. Si estabas en Londres, ¿por qué no te he visto en ninguna parte?

Juliana esbozó una sonrisa tenue.

—A las damas de compañía rara vez se las ve, me temo.

Nicholas frunció el ceño.

—¿Dama de compañía? ¿Tú? Juliana, no...

—¿Qué querías que hiciera? —Juliana levantó el mentón con cierto aire desafiante—. Tenía que abrirme paso en el mundo de alguna manera, y no me gustaba la idea de ser institutriz. No coso lo bastante bien como para ganarme la vida como costurera. Y llámalo orgullo si quieres, pero tampoco quería buscar trabajo de doncella.

La boca de Nicholas se tensó.

—No seas ridícula. Ninguno de esos empleos es digno de ti.

—No podía seguir viviendo de la caridad de Trenton Barre. Tú más que nadie deberías entenderlo. Te marchaste para valerte por ti mismo. Y eso mismo hice yo.

—Para una mujer, es distinto —comentó él.

—Ay, soy muy consciente de ello. Una mujer tiene muy pocos medios para valerse por sí misma... y aún menos que se consideren respetables —repuso Juliana con cierta acritud—. Créeme, preferiría haber hecho algo emocionante... o simplemente interesante. Pero las mujeres tenemos poco donde elegir en ese aspecto.

Nicholas esbozó una sonrisa.

—Había olvidado lo decidida que eres cuando algo se te mete en la cabeza. No, por favor, no te enojes. No pretendía criticarte. Me alegra mucho tu pasión, y tu determinación. A fin de cuentas, yo mismo fui en otro tiempo una de tus causas.

Juliana se relajó y sonrió.

—No, yo soy quien debe disculparse. Tú sólo has demostrado preocupación por mí, y yo me he erizado como un puercoespín. Soy muy consciente de que no puedo cambiar el mundo. Y también de que no es culpa tuya.

—Ojalá lo hubiera sabido. Debería haberlo sabido. Debería haberme dado cuenta.

—¿Y qué habrías podido hacer? —preguntó Juliana en tono ligero y provocador.

—Te habría ayudado. Te habría... —se detuvo, desconcertado de pronto.

—¿Ves? No estaba en tu mano. Si ibas a decir que me habrías mandado dinero para ayudarme, estoy segura de que te das cuenta de que todo el mundo lo habría considerado una indecencia. Y a mí no me habría gustado que me aplicaran las etiquetas que suelen ponerles a las mujeres que viven de la largueza de un hombre.

—Nadie se habría atrevido a pensar eso de ti —dijo Nicholas con decisión.

Juliana se echó a reír.

—Me alegra que pienses eso. En cualquier caso, no hay razón para compadecerse de mí. Mi vida ha sido casi siempre agradable. Durante unos años fui dama de compañía de una mujer sumamente inteligente y generosa, la señora Simmons, hasta que su estado de salud le impidió seguir viviendo sola y tuvo que instalarse en casa de su hijo. Me trataba más como una sobrina o una pupila que como una empleada. Cenaba con ella y dormía en una habitación muy bonita, y a cambio tenía poco que hacer, aparte de pasar varias horas al día conversando tranquilamente y ayudarla a llevar al día su correspondencia. Viajamos al continente... y te aseguro que fue mucho más agradable que cuando acompañé a Seraphina y a la tía Lilith en su viaje, cuando Seraphina acabó la escuela.

Nicholas hizo una mueca.

—No me sorprende. Eso parece más bien una tortura que un viaje de placer.

—Sí, y más aún teniendo en cuenta que la tía Lilith se empeñaba en recordarme que era muy afortunada por tener la ocasión de ampliar mis horizontes a su lado.

—Con ellos, no hay buena obra que no sea proclamada a los cuatro vientos —comentó Nicholas.

—Qué alegría contigo —balbució ella—. Nadie más entendería cómo era aquello. Lo mal que lo hacían sentir a uno por cada prenda y cada bocado de comida.

—Y lo agradecido que tenía que sentirse uno por la maravillosa oportunidad de codearse con ellos —añadió él.

—Exacto —Juliana le sonrió.

Era extraño, pensó, que se sintiera enseguida tan cómoda con él, como si los años transcurridos no significaran nada para ellos. Él era otra vez Nicky, su defensor contra las mezquindades y las tácticas abusivas de Crandall; su confidente y amigo.

Y, sin embargo, al mismo tiempo, tenía muy presente lo distinto que era todo. Ya no eran niños. Nicholas era un hombre, grande, fornido, de una virilidad casi avasalladora. Sentirse llevada por el salón en sus brazos era muy distinto a sentarse a su lado a la orilla del arroyo, con los pies en el agua. El hecho de estar tan cerca de él, de sentir su mano sobre la cintura, le producía una emoción primigenia. No podía evitar pensar que era ahora prácticamente un desconocido, un hombre cuyas ideas y actitudes desconocía por completo, y cuyos últimos quince años de vida eran un misterio para ella.

La música acabó por fin. Se detuvieron y se separaron. Juliana levantó la mirada hacia él. Le faltaba un poco el aliento, y sabía que ello no se debía únicamente al ejercicio del baile.

Nicholas le ofreció su brazo, y regresaron junto a la señora Thrall, que los estaba esperando. Juliana sintió un asomo de enojo al ver que Clementine estaba de pie junto a su madre. La muchacha era la efigie viva de la belleza británica: tenía un aspecto exquisito con su recatado vestido blanco, sus hoyuelos, sus ojos azules, su cabello rubio y su tez lozana y fresca, tocada en las mejillas por un suave sonrojo.

Los hombres se sentían atraídos por su belleza de muñequita de porcelana, y había obtenido cierto éxito durante la temporada. No había, sin embargo, llamado la atención de ningún caballero con título, y Juliana sospechaba que su madre y ella confiaban en enmendar de inmediato aquel error. La señora Thrall se había entusiasmado al conocer a lord Barre, y Juliana estaba segura de que había sacado a rastras a su hija de la pista de baile para que conociera a Nicholas cuando éste la acompañara de vuelta a su asiento. Una ojeada al joven caballero que aguardaba junto a ellas con el ceño fruncido bastó para confirmar su sospecha.

—¡Juliana! —exclamó la señora Thrall, sonriéndole de oreja a oreja, como si fuera su mejor amiga—. Y lord Barre. Por favor, permítame presentarle a mi hija Clementine.

Clementine levantó hacia Nicholas una mirada tímida e infantil al tiempo que esbozaba una sonrisa encantadora que dejó al descubierto los hoyuelos de sus mejillas.

—Milord, es un placer conocerlo.

Juliana apretó los dientes, algo sorprendida por la punzada de desagrado que sintió por la muchacha.

—Señorita Thrall —Nicholas sonrió y se inclinó ante ella; después dirigió una mirada al joven que aguardaba detrás e inclinó la cabeza.

Clementine abrió su abanico y lo agitó suavemente mientras miraba con ojos límpidos a Nicholas por encima de él.

Nicholas se volvió hacia Juliana.

—Confío en que me permita visitarla, señorita Holcott.

Juliana sonrió.

—Desde luego... es decir... —se volvió hacia la señora Thrall—, si usted da su permiso, señora.

—Claro, claro —la señora Thrall descubrió sus dientes en una sonrisa tan amplia que casi daba miedo—. Será un honor que visite usted nuestra casa —le dio las señas y añadió con una risita ahogada—: Ésta es la primera temporada de Clementine, ¿sabe usted?, y no sabíamos con cuánta antelación hay que alquilar una casa si se quiere conseguir una buena dirección.

—Estoy seguro de que la presencia de damas tan encantadoras pondría de moda cualquier lugar —contestó Nicholas diplomáticamente.

Clementine y su madre sonrieron, alborozadas, y Juliana experimentó un resentimiento intenso y a todas luces pueril. Nicholas era suyo, quiso gritar.

Pero, naturalmente, eso era absurdo. Nicholas no era suyo. No podía serlo.

Él se despidió con una reverencia y una sonrisa imparcial dirigida a todas ellas. En cuanto se perdió de vista, Clementine y su madre se volvieron hacia Juliana.

—¡No me habías dicho que conocías a lord Barre!

—exclamó la señora Thrall con una mezcla de reproche y regocijo.

—No sabía si se acordaría de mí —contestó Juliana—. Hacía muchos años que no nos veíamos.

—Pero ¿cómo es que lo conoces? —preguntó Clementine, acercándose a ella y volviéndole groseramente la espalda al joven que las acompañaba.

—De niños fuimos amigos —explicó Juliana—. Yo... vivía cerca de su familia —era demasiado complicado, pensó, explicar la relación que los unía y, además, no tenía ganas de exponer su historia a la curiosidad de aquellas mujeres.

—Ha sido muy generoso por venir a saludarte —prosiguió la señora Thrall, sin reparar, como de costumbre, en la crudeza de sus palabras.

Acostumbrada a las mezquindades que había de sufrir una dama de compañía asalariada, Juliana ignoró el desdén que contenían sus palabras.

—Es un hombre generoso —contestó secamente.

—Naturalmente, no cabe duda de que quería conocer a Clementine —prosiguió plácidamente la señora Thrall, explicando de ese modo el hecho inusitado de que un noble se dignara saludar a alguien de tan poca importancia como Juliana—. Ha sido una suerte que te conociera y gracias a eso haya podido presentarse.

Juliana refrenó su enojo y apartó la mirada de su jefa. Se recordó que la señora Thrall era una mujer de escasas luces y deficiente educación. No pretendía mostrarse grosera y cruel; francamente, los sentimientos de Juliana le merecían tan poco respeto que ni siquiera se proponía conscientemente hacerle daño. Y, además, no sabía de qué estaba hablando. Nicholas se había acercado porque se alegraba de verla, no porque quisiera conocer a la hija de la señora Thrall.

Pero, a medida que iba pasando la noche y veía flirtear a Clementine con su tropel de admiradores, y salir a bailar una y otra vez, su certeza comenzó a flaquear. La muchacha era, obviamente, muy atractiva, mientras que ella...

Miró su vestido oscuro y anodino y suspiró. Iba vestida como una institutriz, con el pelo recogido en un moño sencillo. A una dama de compañía no se le pagaba para que llamara la atención; sobre todo en su caso, pues la señora Thrall habría alejado de sí cualquier atisbo de belleza que pudiera competir con la de su hija. ¿Cómo no iban a mirar los hombres a Clementine, en vez de a ella?

Juliana se pasó el resto de la velada cavilando sobre aquella cuestión. No creía que Nicholas la hubiera utilizado sencillamente para conocer a Clementine. Pero era lo bastante realista como para saber que sin duda se había fijado en la belleza de la muchacha, y no podía evitar preguntarse si su deseo de ir a visitarla no obedecería tanto a su antigua amistad como al atractivo de la señorita Thrall.

No creía que Nicholas pudiera estar interesado en ella en un sentido romántico, se decía. Hacía largo tiempo que había abandonado aquellos sueños infantiles. Era una mujer adulta y sabía que no conocía al hombre, sino únicamente al muchacho que había sido antaño. Pero en otro tiempo le había querido mucho, y le dolía pensar que tras su interés por visitarla se escondiera solamente el deseo de volver a ver a la necia y bella Clementine.

Durante el trayecto de regreso a casa, la señora Thrall y su hija la asediaron con preguntas acerca de lord Barre, aquel caballero tan apuesto y conveniente. ¿Cuántos años tenía? ¿Tenía casa en Londres? ¿Era tan rico como se decía?

—Tiene treinta y un años. Pero, en cuanto a lo demás, no sé nada —contestó Juliana, apretando los dientes—. No hablamos de esas cosas cuando estábamos bailando. Y no había vuelto a verlo desde que éramos pequeños.

—Dicen que es fabulosamente rico —dijo Clementine con un brillo en la mirada.

—He oído decir que hizo fortuna comerciando con China —dijo la señora Thrall—. Una ocupación poco digna de un caballero, desde luego, pero su linaje es impecable.

—Y su fortuna enorme —murmuró Juliana.

—Exacto —convino la señora Thrall, inclinando la cabeza sin percibir el sarcasmo que animaba las palabras de Juliana.

—Tengo entendido que se hizo rico durante la guerra, con el contrabando —añadió Clementine—. Sarah Thurgood dice que su tía le contó que además era espía.

—¿Y le dijo de qué lado? —preguntó Juliana.

—Nadie lo sabe —contestó Clementine con los ojos muy abiertos—. Dicen que es un hombre muy peligroso.

—Fue un auténtico diablo en su juventud —añadió con aplomo la señora Thrall.

—Ha sufrido muchas calumnias —dijo Juliana con vehemencia. Había oído muchas veces cosas parecidas de Nicholas desde que lo conocía.

—Todo el mundo dice que... —comenzó a decir Clementine.

—¡Todo el mundo no lo conoce! —replicó Juliana.

—Juliana, por favor... —la señora Thrall la miró con enojo.

Juliana refrenó su ira. La viveza de su lengua le había causado más de un problema trabajando como dama de compañía. Había sido una dura lección, pero con el paso de los años había aprendido a no discutir con sus empleadores.

—Lo siento, señora —dijo—. No era mi intención contradecirla, pero sé que lord Barre es a menudo considerado mucho más perverso de lo que es en realidad.

La señora Thrall sonrió con tal condescendencia que Juliana tuvo que apretar los puños sobre su regazo.

—Debes creerme, querida. Yo sé un poco más del mundo que tú. Y, cuando el río suena, agua lleva.

Por fortuna, el sentido del humor de Juliana se sobrepuso de inmediato a su ira, saliendo en su rescate. La señora Thrall había pronunciado aquel viejo refrán como si estuviera impartiendo una lección de la mayor sabiduría.

—Desde luego —dijo Juliana, y apretó los labios para contener la risa. ¿Qué importaba, de todas formas, lo que una persona tan necia como Elspeth Thrall opinara de Nicholas Barre?

Juliana se acomodó en su rincón del carruaje y escuchó sólo a medias la cháchara de Clementine acerca del vestido que se pondría al día siguiente y del peinado con el que luciría mejor. Cuando llegaron a la casa, subió a su cuarto: una habitación pequeña y mal amueblada al final del pasillo, cerca de las escaleras de servicio. En su calidad de dama de compañía, no se le había asignado una habitación en el desván, con los demás sirvientes, pero aun así su aposento no era precisamente confortable, y Juliana pensó con cierto anhelo en las comodidades de las que disfrutaba cuando vivía con la señora Simmons.

En fin, se dijo, hasta un cuchitril y la señora Thrall eran preferibles a seguir viviendo de la caridad de Lilith y Trenton Barre.

Hizo una mueca y comenzó a desvestirse mientras recordaba su vida en la casa solariega de los Barre. Imaginaba que era su encuentro con Nicholas lo que había despertado los recuerdos, largo tiempo enterrados, de una época en la que normalmente no solía pensar.

Tenía ocho años cuando murió su padre, un hombre muy culto, hijo menor de un barón. Se recordaba tumbada en la cama por las noches, escuchando el llanto sofocado de su madre en la habitación contigua. Ella estaba tan asustada que ni siquiera podía llorar.

Su vida había dado un vuelco de la noche a la mañana. No sólo había muerto su padre, sino que su madre, aquella mujer afectuosa y risueña, había desaparecido también, reemplazada por una persona triste, pálida y ansiosa que, cuando no estaba derrumbada en el sofá o llorando en la cama, se paseaba de un lado a otro retorciendo un pañuelo entre las manos. Primero se habían ido las doncellas y luego, finalmente, el ama de llaves. Después, hombres airados habían empezado a aporrear su puerta a todas horas. Aquellas visitas dejaban invariablemente a su madre hecha un mar de lágrimas.

Al final, habían dejado la casita en la que Juliana había pasado toda su vida, llevándose sólo la ropa y las joyas de su madre, y se habían instalado en unas habitaciones de una casa en la que vivían otras personas. Diana, su madre, se pasaba el día mirando tristemente por la ventana y escribiendo cartas. De vez en cuando sacaba su joyerito y lo abría, rebuscaba entre su contenido y elegía por fin un juego de pendientes o un brazalete. Salía de sus habitaciones tras ordenarle a Juliana que no hiciera ruido y regresaba unas horas después, con los ojos enrojecidos y una bolsa de dulces para Juliana en la mano.

Sólo años después había llegado a comprender Juliana el horror que su madre, aquella mujer frágil y bella, había tenido que afrontar; una viuda sin dinero ni habilidades que sacaba adelante a su hija pequeña a duras penas vendiendo sus escasas y preciadas joyas, consciente de que, tarde o temprano, aquella fuente de ingresos se acabaría también y se quedarían sin un penique. Los únicos ingresos de la familia procedían de un pequeño fondo fiduciario que una abuela le había dejado a su padre, y que éste había incrementado con las pequeñas sumas que ganaba escribiendo artículos eruditos. Ambas fuentes de ingresos se habían secado al morir su padre.

Un día, un hombre alto y moreno había ido a visitarlas. Había hablado brevemente con la madre de Juliana, que empezó a llorar y se dejó caer en una silla. Juliana había corrido hacia ella, furiosa con aquel hombre por hacer sufrir a su madre.

Pero Diana la había abrazado y había dicho:

—No, no, cariño. Este señor es el marido de la prima

Lilith, y nos ha salvado. Han sido tan amables de invitarnos a vivir con ellos.

Al día siguiente, habían viajado a Lychwood Hall en un coche de postas mientras Trenton Barre cabalgaba junto al carruaje. Lychwood Hall era una casa enorme y de aspecto imponente, construida en piedra gris intercalada con estrechas franjas de pizarra negra. Por suerte, Juliana y su madre no iban a vivir en la mansión, sino en una casita situada en los terrenos de la finca. A Juliana, la casa le pareció triste y fría, pero su madre repetía una y otra vez que era maravilloso que hubieran encontrado un hogar.

Diana le había explicado a su hija que su prima Lilith se había casado con Trenton Barre, y que la pareja no sólo iba a proporcionarles un techo, sino que también permitiría que Juliana se educara con sus hijos en la casa grande. Luego había aleccionado minuciosamente a su hija acerca de cómo debía comportarse con la familia Barre: siempre amable y respetuosa, sin contradecirles ni molestarles bajo ningún concepto. Estaban allí por caridad, le había dicho a Juliana, y Juliana no debía olvidarlo nunca. Podía jugar con los niños de los Barre, pero sólo si se lo pedían, y debía consentir que se salieran siempre con la suya, ya fuera jugando o dando clase.

Aquellas recomendaciones irritaron a Juliana, que siempre había tenido ideas propias. La sacaba de quicio vivir «de la caridad», y le horrorizaba la idea de tener que plegarse siempre a los deseos de otros. Sin embargo, para complacer a su madre y aliviar su evidente congoja, le prometió cumplir sus órdenes. Luego, la llevaron a conocer a los Barre, que para entonces habían asumido ya unas proporciones legendarias en su mente infantil.

Lilith Barre era una mujer rubia y gélida, alta, espigada y atractiva, muy distinta a la madre de Juliana, la cual era más bien baja y curvilínea. No parecía, pensó Juliana, de esas mujeres a cuyo regazo uno se trepaba para apoyar la cabeza contra su hombro. Y, ciertamente, no mostraba ningún signo de afecto ni por Juliana ni por su madre. A la pequeña le costaba creer que hubiera entre ellas alguna clase de parentesco.

Lilith le dedicó una mirada fría y calculadora y a continuación ordenó a una de las criadas que la acompañara al cuarto de los niños para que conociera a la institutriz y al resto de los preceptores.

La institutriz era una mujer que parecía variar entre diversos tonos de gris, del pelo color hierro al vestido color carbón. Era, le dijo a Juliana, la señorita Emerson, y aquéllos eran el señorito Crandall Barre y la señorita Seraphina Barre.

Crandall era un niño recio, un año o dos mayor que Juliana y provisto de una expresión altanera y unos ojos oscuros y fríos.

—Eres la pariente pobre —anunció, y le sacó la lengua.

Juliana, poco acostumbrada a la compañía de otros niños, quedó desconcertada, pero le hizo la educada reverencia que su madre le había enseñado. A continuación, se volvió hacia su hermana. Seraphina era más o menos de su misma edad y salía a su madre en la apariencia: era alta para sus años, y esbelta, con el pelo largo y rubio cuidadosamente trenzado y enroscado sobre la cabeza.

—Hola —dijo con mucha más amabilidad que su hermano—. Mamá dice que vas a jugar conmigo.

—Sí, si quieres —había contestado Juliana, aliviada porque aquella niña, al menos, no pareciera sentir por ella la antipatía de la que hacía gala su hermano.

Juliana había mirado más allá de los dos hermanos, hacia un muchacho que permanecía apoyado contra la librería, con las manos en los bolsillos y una mirada impenetrable y hosca. Era unos años mayor que ella y tenía el pelo negro y abundante, revuelto alrededor de la cara, y los ojos color azabache. Miraba a Juliana inexpresivamente mientras ella lo observaba con curiosidad.

—Hola —dijo por fin, intrigada por el niño, que le parecía mucho más interesante que los otros dos—. Soy Juliana Holcott. ¿Y tú quién eres?

—¿A ti qué te importa? —había contestado él.

—¡Nicholas! —exclamó la institutriz.

—Vive con nosotros —dijo Seraphina.

—Es huérfano —añadió Crandall con un bufido desdeñoso.

El muchacho le lanzó una mirada ceñuda a Crandall, pero no dijo nada.

—Es Nicholas Barre —le explicó la institutriz a Juliana—, el primo de los niños. El señor Trenton Barre es su tutor. El señor Barre es, como bien sabes, un hombre sumamente generoso que acogió a Nicholas cuando sus padres murieron en un accidente náutico. Sin embargo, tu pregunta ha sido muy grosera. Has de aprender a refrenar tu lengua.

Juliana había mirado con sorpresa a la señorita Emerson, diciendo:

—Pero ¿cómo si no iba a saber quién era?

La señorita Emerson había fruncido el ceño y la había advertido de nuevo que tuviera cuidado con lo que decía. Recordando las advertencias de su madre, Juliana se había callado una protesta. Había mirado a Crandall, que le sonreía con aire satisfecho, y luego a Nicholas, que la observaba, impasible.

Luego habían empezado las clases. Juliana, a la que su padre le había enseñado muchas cosas, descubrió que sus deberes eran sencillos y francamente aburridos. Cuando la señorita Emerson comenzó a leerles en voz alta un libro que ella ya había leído, le costó un gran esfuerzo mantener los ojos abiertos. Una ojeada al otro lado de la mesa la convenció de que Nicholas, que tenía la cabeza apoyada sobre el tablero, ni siquiera fingía escuchar. Juliana deseó en secreto ser tan osada.

Esa tarde, mientras la señorita Emerson escribía en la pizarra unos problemas de cálculo, Crandall se removió en la silla, aburrido. Al cabo de un momento, sacó lo que llevaba en los bolsillos, escogió una piedra pequeña y suave y volvió a guardarse el resto de las cosas. Luego miró a su alrededor, notó que Juliana estaba mirándolo, sonrió y movió las cejas; dio media vuelta y le tiró la china a la institutriz. La piedrecita golpeó la pizarra y la señorita Emerson se giró, sobresaltada, echando chispas por los ojos.

—¡Nicholas! Eso no se hace, es peligroso. Extiende las manos.

Cruzó el aula hacia Nicholas, con la regla en la mano.

—¡Yo no he sido! —replicó Nicholas, furioso—. Ha sido Crandall.

—¿Encima añades la mentira a tus pecados? —preguntó la institutriz—. Saca las manos ahora mismo —levantó la regla.

—¡Yo no he sido! —repitió Nicholas, poniéndose en pie y encarándose tercamente con la institutriz.

—¿Cómo te atreves a desafiarme? —gritó la señorita Emerson, un tanto asustada—. Vete a tu cuarto.

—Pero está diciendo la verdad —protestó Juliana—. Ha sido Crandall. Yo lo he visto.

Nicholas fijó una mirada fría y oscura en Juliana. La institutriz también se giró para mirarla, con la cara encendida por la furia.

—No me mientas, jovencita —le dijo con severidad.

—¡No estoy mintiendo! —exclamó Juliana, indignada—. Yo no miento. Ha sido Crandall. Nicholas no ha hecho nada.

Sus palabras parecieron enfurecer aún más a la señorita Emerson.

—¿Ya te ha corrompido? ¿O es que sois de la misma ralea? No me extraña que a ti también te hayan dado de lado. Tener que depender de la generosidad de otros...

A Juliana se le saltaron las lágrimas. De pronto sentía el deseo de arrojarse contra aquella mujer, de golpear y patalear.

—Es una suerte que no tengamos que depender de su generosidad —le dijo Nicholas a la institutriz mientras abría y cerraba los puños junto a los costados—. Está claro que no tiene ni pizca.

—¡Vete a tu cuarto! ¡Inmediatamente! Ya veremos si, después de quedarte sin cenar, estás tan desafiante mañana.

—¡Eso no es justo! —gritó Juliana.

—Y usted, señorita, váyase al rincón hasta que le diga lo contrario. Le sugiero que recapacite sobre sus actos y se pregunte si una auténtica dama se comportaría de ese modo.

Nicholas salió del aula y entró en un cuartito contiguo, dando un portazo.

Juliana ocupó su lugar en el rincón y, más tarde, cuando la señorita Emerson le permitió volver a su sitio, mantuvo la boca cerrada y procuró no hacer caso de las miradas satisfechas de Crandall. Durante el almuerzo, se guardó unos trozos de comida en el bolsillo. Esa tarde, a la hora que los niños debían dedicar a la lectura, la señorita Emerson se quedó dormida en su silla y los otros aprovecharon la ocasión para apoyar la cabeza en los pupitres y echar una siesta. Juliana, en cambio, se acercó de puntillas a la puerta de Nicholas y la abrió con cautela.

Nicholas, que estaba de pie en una silla, mirando por la alta ventana, se giró al oírla entrar. Frunció el ceño, se bajó de un salto y se acercó a ella.

—¿Qué haces tú aquí? —preguntó en un susurro hosco—. La Bruja te castigará si te pilla.

—Está dormida —susurró Juliana y, metiéndose la mano en el bolsillo, sacó la servilleta y se la dio a Nicholas.

Él miró el panecillo con jamón que Juliana había escondido y a continuación levantó la mirada inquisitivamente.

—¿Por qué haces esto?

—Porque he pensado que tendrías hambre —contestó ella con sencillez.

Nicholas la miró un momento más y luego comenzó a comer.

—No deberías hacerlo, ¿sabes? —le dijo.

—¿Darte comida?

Él se encogió de hombros.

—Y llevarle la contraria a la Bruja. Verás, Crandall siempre tiene razón. Y yo siempre meto la pata. Así es como funcionan las cosas en Lychwood Hall.

—No lo entiendo. No es justo.

Nicholas volvió a encogerse de hombros. Tenía una mirada mucho más madura de lo que correspondía a su edad.

—No importa. Así son las cosas —señaló la puerta con la cabeza—. Será mejor que te vayas.

Juliana asintió con la cabeza y cruzó sigilosamente la habitación. Al llegar a la puerta, Nicholas dijo en voz baja:

—Gracias.

Juliana se giró y le sonrió. Él le devolvió la sonrisa, aquella rara y dulce sonrisa que transformaba su cara. En ese momento se forjó el vínculo que los unía.

Las lecciones que Juliana aprendió durante su primera jornada en Lychwood Hall se vieron confirmadas durante los días siguientes. Crandall y Seraphina Barre nunca se equivocaban, ni recibían castigo alguno. Nicholas cargaba invariablemente con las culpas de todas sus fechorías.

Juliana se quejó a su madre de la injusticia de la institutriz, pero su madre se limitó a sacudir la cabeza con aquel ceño asustadizo que cada vez le resultaba más familiar a la niña.

—No discutas con la institutriz —le advirtió—. Obedécela y sé buena. ¿De veras crees que actuaría de ese modo por propia voluntad? Está a sueldo del señor Barre. Jamás haría nada que pudiera enojarlo. Nadie aquí se atrevería.

Juliana no había comprendido al principio qué quería decir su madre, pero la sola mención del nombre de Trenton Barre bastó para acallar sus protestas. Aquel hombre la asustaba. Era tranquilo y taciturno, jamás se ofuscaba, pero la mirada fría y desapasionada de sus ojos bastaba para acobardar a cualquiera. Hasta Crandall dejaba de gimotear al instante cuando su padre posaba sobre él aquella mirada.

Nicholas era la única persona capaz de enfrentarse a la mirada de su tío, con la espalda erguida y la cabeza bien alta, incluso cuando sabía que su «impertinencia» conduciría inevitablemente a una azotaina en el despacho del señor Barre.

Juliana nunca había comprendido de dónde sacaba Nicholas tanto coraje. Ella era capaz de enfrentarse a Crandall, o de rebelarse ante las críticas de la señorita Emerson, pero siempre se acobardaba en presencia de Trenton. A pesar de que llamaba «tía Lilith» a la señora Barre, igual que Nicholas, se sentía incapaz de dirigirse a Trenton de otro modo que no fuera «señor». Él se dejaba caer por la casita de vez en cuando para hacerles una visita de cortesía, y Juliana temía aquellas ocasiones. Su madre la llamaba para que saludara al señor Barre, y ella tenía que presentarse en la salita y hacerle una reverencia. Apenas se sentía capaz de levantar la cabeza y mirarlo a los ojos, cosa que a él parecía hacerle gracia, y en cuanto la despedía con un gesto desdeñoso, Juliana corría a su cuarto y se encerraba allí mientras duraba la visita.

Sabía que a su madre le preocupaban aquellas visitas; notaba la tensión en su semblante cuando oía la voz del señor Barre al otro lado de la puerta. Diana la miraba acongojada, le tiraba de las trenzas, le ataba de nuevo las cintas, le alisaba las faldas, y Juliana sentía que su madre temía que la avergonzara u ofendiera al señor Barre de alguna forma.

Cuando Juliana se quejaba por tener que salir a saludar, su madre la regañaba.

—No digas eso. Los Barre han sido muy generosos con nosotros. Si no nos dejaran vivir aquí, no tendríamos dónde ir. No puedes ofender al señor Barre. Y, por favor, no le digas nada sobre ese chico tan malo.

—¡Nicholas no es malo! ¡Crandall sí que es malo!

Pero la visión del rostro pálido de su madre, demudado por la angustia, bastaba para hacerla callar y prometerse a sí misma que sería amable y soportaría las horas que había de pasar en compañía de Seraphina y Crandall.

En aquella época, Juliana no se había detenido a pensar por qué motivo habían sido tan generosos con ellas los Barre. Había aceptado aquel hecho sencillamente como una parte de su vida. Al hacerse mayor, sin embargo, había empezado a poner en duda la generosidad de Trenton y Lilith. Los señores Barre no eran, ciertamente, personas bondadosas, y aunque les costaba pocos gastos permitir que Juliana y su madre vivieran en la casita vacía de su finca, incluso un acto de bondad tan insignificante parecía impropio de ellos. Una vez se lo preguntó a su madre, pero Diana la miró dolida y un tanto asustada, como hacía siempre cuando hablaban de su precaria situación en casa de los Barre, y le dijo que no debía cuestionar su buena fortuna.

Años después, al echar la vista atrás, siendo ya adulta y tras abandonar Lychwood Hall, Juliana concluyó que Lilith y Trenton las habían invitado a vivir en la finca únicamente porque, a ojos del mundo, habría estado muy mal visto que dejaran morirse de hambre a una prima viuda y carente de recursos. Estaba segura de que sus actos no se habían debido a un súbito arrebato de generosidad. Y, cuando descubrió que era en realidad Nicholas quien heredaría la finca —que su tío sólo administraba en calidad de albacea testamentario—, comprendió que incluso aquel gesto de generosidad había salido del bolsillo de Nicholas y no del de los señores Barre.

Durante aquellos primeros años en Lychwood Hall, fue únicamente su amistad con Nicholas lo que le hizo la vida soportable. Aunque Nicholas era cuatro años mayor que ella, le permitía seguirlo a todas partes, y más de una vez la había defendido de los insultos y pellizcos de Crandall. Y, aunque podía hacer que Nicholas fuera castigado por cualquier cosa que hiciera él, Crandall le tenía miedo. Había algo en la mirada fría e implacable de Nicholas que le asustaba.

Teniendo a Nicholas como aliado, Juliana podía ignorar a la señorita Emerson y a los Barre. Incluso podía soportar el que su madre no recuperara nunca su alegría de antaño.

La marcha de Nicholas la dejó desolada. Había entendido sus motivos, desde luego. Su vida era muy desgraciada en Lychwood Hall. Quería regresar a Cornualles, donde había vivido de niño con sus padres. Pero su partida la había dejado aterida y sola.

Ahora, después de tantos años, Nicholas había vuelto y ella no podía evitar preguntarse qué efecto surtiría su regreso sobre su propia vida. Se sentó en un lado de la cama con el ceño fruncido. Recogió el cepillo y comenzó a peinarse mientras cavilaba.

Estaba claro que la señorita Thrall y Clementine creían que podían utilizar su amistad con Nicholas para atrapar la presa marital más preciada de la temporada. Juliana confiaba sinceramente en que su viejo amigo no cometiera la estupidez de dejarse engatusar por la belleza de Clementine. Pero tampoco era tan ingenua como para resucitar sus sueños de amor y matrimonio, moribundos desde hacía mucho tiempo.

A decir verdad, no sabía qué esperaba de Nicholas. Sólo era consciente de lo maravilloso que había sido girar por el salón de baile en sus brazos, de cómo su sonrisa le había entibiado el corazón. Por primera vez desde hacía mucho tiempo, esperaba ilusionada el día siguiente.

La tarde siguiente, a primera hora, Juliana estaba en la sala de estar bordando un pañuelo cuando la doncella anunció la llegada de una visita para ella. Tomó la tarjeta de visita grabada y, sintiendo que el corazón le daba un vuelco, se levantó en el momento en que la doncella hacía entrar a Nicholas.

—¡Nicholas! —no logró refrenar la sonrisa de placer que se extendió por su cara.

—Juliana —él cruzó la habitación y tomó la mano que le ofrecía—. Pareces sorprendida. ¿Creías que no vendría?

—Claro que no. Es sólo que... —se encogió ligeramente de hombros. No podía explicar la sorpresa y el placer que le causaba el hecho de que hubiera ido a verla tan pronto—. Siéntate, por favor.

Volvió a tomar asiento en el sofá y Nicholas ocupó una silla, frente a ella. Su figura, alta y viril, hacía que la salita pareciera aún más estrecha. Juliana sentía un hormigueo en el estómago. Lo miró y de pronto no supo qué decir.

Nicholas se quitó los guantes y ella se fijó en el anillo que llevaba en la mano derecha. Era un sello de oro, pequeño y sencillo. Juliana no había reparado en él la noche anterior. Pero ahora, al mirarlo, reconoció la H que llevaba grabada.

—¡El anillo de mi padre! —dijo, asombrada.

—¿Qué? —Nicholas siguió su mirada—. Ah, sí, es el anillo que me regalaste cuando me fui.

—¿Lo has guardado todo este tiempo? —sintió que las lágrimas le inundaban la garganta.

—Claro —Nicholas sonrió—. Ha sido mi amuleto de la suerte.

Juliana tragó saliva. Se sentía extraordinariamente dichosa porque hubiera guardado aquel recuerdo suyo tanto tiempo, y sin embargo, al mismo tiempo, se sentía incómoda.

—Yo... Ha pasado tanto tiempo que casi no sé por dónde empezar —le dijo con una leve risa—. ¿Dónde fuiste? ¿A qué te has dedicado? Corren muchos rumores sobre ti, ¿sabes?

Él hizo una mueca.

—¿Y qué dicen?

—Oh, que has sido de todo, desde contrabandista y

pirata, hasta espía. Sospecho que la verdad será probablemente algo más prosaica. Comerciante, quizá.

Los ojos oscuros de Nicholas se iluminaron, llenos de regocijo.

—Puede que en todas esas cosas haya algo de verdad, aunque creo que nunca he abordado un barco para llevarme cofres llenos de oro y piedras preciosas.

—Qué decepción —comentó Juliana—. No se lo diré a las niñas. Arruinaría la imagen que se han forjado de ti.

—Por favor —dijo él con sinceridad—, ojalá se la arruinaras del todo. Me encantaría ir a cualquier parte sin tener que encontrarme jovencitas con la cabeza hueca acompañadas por sus odiosas madres, que parecen empeñadas en mostrarme sus atractivos.

—De eso hay poca esperanza —repuso ella—. Tienes fama de ser muy rico. Y con título, además... Me temo que encontrarás tu camino repleto de ellas hasta que por fin decidas casarte con una.

—Eso jamás —dijo él con una mueca de fastidio.

—Entonces te advierto que no deberías quedarte aquí —prosiguió Juliana.

Nicholas levantó las cejas, y un instante después su mirada reflejó su comprensión.

—¿La rubita?

Juliana asintió con la cabeza.

—Clementine.

Él abrió la boca para decir algo, pero justo en ese momento, como invocada por la conversación, se oyeron fuera unos pasos precipitados y la señora Thrall irrumpió en la habitación.

—¡Lord Barre! ¡Qué agradable sorpresa! Siento muchísimo no haber estado aquí para darle la bienvenida en cuanto llegó.

Nicholas miró con desgana a Juliana, se levantó y ejecutó una educada reverencia.

—Señora Thrall, estábamos hablando de usted.

La señora Thrall sonrió y le lanzó una mirada coqueta.

—¡Adulador! Creo saber a quién quiere ver, y no es precisamente a mí. No se preocupe. Clementine bajará enseguida —se giró hacia Juliana—. Juliana, querida, ¿por qué no avisas para que nos traigan el té? Lo tomaremos en el salón —se volvió hacia Nicholas con una sonrisa—. Es mucho más espacioso, milord. No sé cómo se le ha ocurrido a Juliana recibirlo aquí.

Nicholas miró con indiferencia a su alrededor.

—Me interesaba más hablar con Juliana que la habitación.

—Muy bien dicho, señor, pero aun así creo que será más agradable conversar en el salón.

Nicholas no tuvo más remedio que acompañar a la señora Thrall, que lo condujo por el pasillo hasta el salón, mucho más señorial, de la parte delantera de la angosta casa. Juliana llamó para pedir el té, como le había pedido su jefa, y se sentó, resignada a que su charla con Nicholas se hubiera visto arruinada.

Clementine apareció unos minutos después, jadeante y algo acalorada, y Juliana notó que se había cambiado de vestido y que llevaba entre los rizos una cinta azul recién estrenada.

—¡Lord Barre! —se acercó y le hizo una encantadora reverencia al tiempo que extendía la mano y le sonreía—. Me he llevado una sorpresa cuando mamá me ha dicho que había venido usted a verme.

Nicholas levantó una ceja.

—La verdad es que he venido a ver a la señorita Holcott.

Los ojos de Clementine se agrandaron un poco al oír aquel inesperado desplante, pero su madre se apresuró a llenar su momentáneo silencio.

—Sí, nos sorprendió mucho saber que conocía usted a nuestra querida Juliana —dijo la señora Thrall, y señaló a su empleada meneando el dedo—. Qué mala ha sido guardando ese secreto.

Juliana sintió la tentación de contestarle que no era asunto suyo a quién conociera o dejara de conocer, pero Nicholas dijo con suavidad:

—Sin duda el hecho de conocer a un réprobo como yo no le pareció digno de su atención, señora.

La señora Thrall respondió con una risa aguda.

—Ay, lord Barre… —abrió su abanico de un golpe y se tapó la mitad de la cara en un gesto infantil que resultaba chocante en una mujer de su edad.

Clementine, enojada por no ser el centro de atención, intervino en la conversación:

—Su vida ha debido de ser fascinante —le dijo a Nicholas, mirándolo con sus ojos grandes y límpidos—. Habrá visto muchísimos lugares. Apenas puedo imaginar todas las cosas que habrá hecho.

—Ah, sí —dijo la señora Thrall—. Debe usted hablarnos de sus viajes, lord Barre.

Juliana se la imaginó almacenando anécdotas que luego dejaría caer en futuras conversaciones. «Como me decía lord Barre el otro día…» o «lord Barre me dijo que la India le pareció muy…».

Miró a Nicholas, cuya expresión indicaba que sentía escasos deseos de narrarles sus viajes a la señora Thrall y su hija. Él la miró y después se volvió de nuevo hacia la señora Thrall, diciendo:

—Debe disculparme, señora. Me temo que no puedo quedarme a charlar. Sólo he venido a invitar a la señorita Holcott a dar un paseo en mi coche mañana —miró a Juliana—. Si te apetece, podría venir por la mañana.

—Será un placer —contestó Juliana rápidamente sin mirar a la señora Thrall para pedirle permiso. No estaba dispuesta a permitir que aquella mujer le estropeara otra visita de Nicholas encasquetándoles a Clementine.

—Excelente —Nicholas se puso en pie—. Ahora, si me disculpan, debo despedirme. Señora Thrall. Señorita Thrall —bosquejó una breve reverencia—. Señorita Holcott.

—Milord.

Clementine se quedó mirándolo mientras salía de la habitación. Estaba tan asombrada que por un momento no supo qué decir. Luego se giró para mirar a Juliana con el rostro desencajado por la ira. Juliana deseó súbitamente que sus pretendientes pudieran verla en ese instante.

—¡No! —exclamó Clementine—. No puedes ir. No lo permitiré.

Juliana se envaró.

—¿Cómo dices?

—¡Mamá! —Clementine se dio la vuelta para mirar a su madre—. No puedes permitir que Juliana salga con lord Barre. Soy yo quien debería ir a pasear en coche con él.

Juliana tuvo que hacer acopio de paciencia para no espetarle a la muchacha que era ella a la que había invitado lord Barre.

—No, no, querida —le dijo la señora Thrall—. No te preocupes por eso. Tenía que invitar a Juliana, naturalmente. No estaría bien visto que una muchacha tan joven como tú saliera a pasear a solas con un hombre. Debes llevar a Juliana como carabina.

—No —insistió Clementine—. Es perfectamente normal que una dama vaya a dar un paseo en coche a solas con un caballero, y más aún en un carruaje abierto. Juliet Sloane me dijo que las damas y los caballeros lo hacen todo el tiempo.

Su madre no parecía muy convencida.

—Bueno, sé que no hay ningún inconveniente tratándose de damas y caballeros de cierta edad, pero una chica tan joven como tú y recién llegada a la ciudad, no sé si... —miró a Juliana—. ¿Tú qué opinas, Juliana?

—Opino que en este caso la cuestión carece de importancia, dado que lord Barre ya me ha invitado a dar un paseo con él en coche.

—Eso es cierto —la señora Thrall pareció animarse—. Puedes estar segura, Clemmy, de que si un caballero de tan alto copete como lord Barre le ha pedido a Juliana que os acompañe, así es como debe ser.

Juliana tuvo que apretar los dientes para no decirles que lord Barre no había invitado a Clementine. La enfurecía pensar que aquella fastidiosa chiquilla estropeara su paseo con Nicholas. Se pondría a parlotear, a reírse y a coquetear como una loca, y Juliana tendría tan escasas oportunidades de hablar con Nicholas como ese día. Aquello era el colmo, se dijo. Pero no podía decirle a su jefa que su hija no era bienvenida. Si lo hacía, con toda probabilidad la señora Thrall le prohibiría ir a ella también.

Clementine siguió quejándose unos minutos mientras miraba con intenso desagrado a Juliana, hasta que por fin la señora Thrall sugirió que fueran a comprar un sombrero nuevo que Clementine pudiera ponerse al día siguiente. Juliana, añadió, podía llevar a Fiona a la librería, pues la muy pesada no dejaba de insistir en visitarla.

A la señora Thrall le habría sorprendido enormemente saber que Juliana prefería hacer casi cualquier cosa con Fiona, su hija menor, que con Clementine o su madre. A sus trece años, Fiona poseía más ingenio y encanto que la señora Thrall y Clementine juntas. Juliana había pasado mucho tiempo con ella, pues a la señora Thrall le aburrían las preguntas y los peculiares intereses de la muchacha y a menudo la dejaba en manos de su dama de compañía.

Al final, resultó que esa tarde Fiona estaba tan harta de Clementine como Juliana.

—Si oigo una palabra más sobre lord Barre, creo que me pondré a gritar —le dijo a Juliana mientras caminaban por la calle en dirección a la librería.

Juliana miró a la muchacha y sonrió. Fiona tenía el cabello rubio claro y los ojos azules, como su hermana, pero ahí acababa el parecido. Era ya tan alta como su hermana y de momento no mostraba signos de dejar de crecer. Su cara, más bien cuadrada y de mentón firme, carecía de los hoyuelos que habían hecho famosa a Clementine. Sus ojos, muy distintos a los de su hermana, eran acerados y poseían el brillo de la inteligencia.

—No ha hecho otra cosa en todo el día que hablar de él —prosiguió Fiona, irritada—. Que si es muy guapo, que si es muy rico, que si su nombre es muy respetado…

—Lord Barre es un hombre… notable —le dijo Juliana.

La muchacha hizo una mueca.

—Ningún hombre puede ser el dechado de virtudes del que habla Clementine.

Juliana se echó a reír.

—Bueno, seguramente tienes razón. Pero es amigo mío. Crecimos juntos, y hace mucho tiempo era mi mejor amigo.

—¿De veras? —Fiona la miró con asombro—. ¿Es usted amiga del hombre con el que va a casarse Clemmy?

Juliana levantó una ceja con aire escéptico.

—¿Eso te ha dicho?

—Oh, sí. Dice que dentro de unos días estará loco por ella —Fiona hizo una mueca—. Y no suele equivocarse con los hombres, aunque sea espantosamente ignorante en todo lo demás. A los hombres parece gustarles mucho, por despreciable que sea.

Juliana empezó a decirle automáticamente que no debía hablar de su hermana con tanto desdén, pero, pensándoselo mejor, concluyó que sería un error reprender a la muchacha por ser sincera.

—No creo que con éste tenga tanto éxito.

La noche anterior, se había preguntado si Nicholas podría sentirse atraído por la belleza de Clementine. A fin de cuentas, le había sonreído y había conversado con ella. Pero su actitud de ese día había dejado poco espacio para la duda. Se había marchado alegando falta de tiempo poco después de que Clementine entrara en la habitación y se hiciera cargo de la conversación y, pese a lo que quisiera creer la señora Thrall, no había incluido a Clementine en su invitación. La señora Thrall y su hija se las ingeniarían para que, a la mañana siguiente, Nicholas tuviera que invitar también a Clementine, pero Juliana estaba segura de que no era ésa su intención.

Ella también había visto a Clementine manejar a los hombres con un dedo, y no podía afirmar con toda certeza que no fuera capaz de engatusar a Nicholas con sus triquiñuelas, pero estaba segura de que no le resultaría fácil.

—Eso sería maravilloso —dijo Fiona con una sonrisa—. Debe de ser más listo que la mayoría de los hombres a los que conoce Clemmy.

—Sí, creo que lo es. Nicholas siempre fue muy intuitivo.

—¿Cómo lo conoció?

—Era huérfano y vivía con su tío. Mi madre era prima de la mujer de su tío, y nosotras vivíamos en una casita de su finca. Nicholas y yo forjamos una… una especie de alianza de marginados.

—¿Por qué era un marginado? Porque ahora es lord, ¿no? —preguntó Fiona.

—Era muy extraño —dijo Juliana—. No le trataban como a un futuro lord. Yo nunca lo supe, hasta que oí decir que había asumido el título del que era heredero. Su abuelo estaba enfermo y vivía en Bath, y el tío de Nicholas era su tutor legal. Por cómo actuaban todos… En fin, yo nunca pregunté, pero daba por sentado que su tío Trenton era quien heredaría el título y la finca, y que, después de su muerte, le sucedería su hijo Crandall. Trenton Barre administraba la finca en nombre de su padre, y todo el mundo se comportaba como si fuera el dueño y señor.

—¿Por qué? —preguntó Fiona.

—Trenton Barre era un tirano. Creo que todos le tenían tanto miedo que no se atrevían a importunarlo. Había personas, algunos sirvientes y unos pocos granjeros que vivían en los alrededores, que se portaban bien con Nicholas. Pero siempre en secreto, no delante de su tío. Nunca comprendí por qué el tío Trenton sentía tanta antipatía por Nicholas. Ahora veo que era porque sabía que Nicholas heredaría el título, no él, ni su hijo. Debía de irritarlo profundamente saber que algún día tendría que dejar en sus manos la finca y llamarlo «milord».

—Pues no debía de ser muy listo, porque ¿no habría sido más sensato ser amable con él? Tal vez de ese modo no habría tenido que perderlo todo cuando lord Barre asumiera el título.

—No creo que el tío Trenton pensara de ese modo. Para él, siempre era todo o nada. Tenía que estar al mando. Creo que consideraba suya la finca y odiaba a Nicholas por recordarle con su presencia que no lo era —Juliana se encogió de hombros—. En todo caso, no tuvo que ver a Nicholas asumir el título. Murió hace varios años.

—Parece que era un hombre espantoso —comentó Fiona.

—Lo era. Me alegré de estar en Europa con la señora Simmons cuando murió. De ese modo no tuve que ir al entierro. Me habría costado un enorme esfuerzo presentarle mis respetos.

Siguieron caminando en silencio unos minutos. Luego Fiona dijo:

—Bueno..., si lord Barre es amigo suyo, entonces supongo que me es simpático. Siempre y cuando no se enamore de Clemmy, claro.

—Sí —convino Juliana—, creo que a mí también me costaría mucho tenerle simpatía si se enamorara de ella.

Fiona comenzó a hablar del libro que acababa de leer y Juliana escuchó su conversación prestándole atención sólo a medias. El resto de su mente estaba ocupado revisando su pequeño guardarropa en un intento por encontrar un vestido que no fuera horriblemente insulso y que pudiera ponerse al día siguiente.

Pronto descubrió que era tarea imposible. Todos sus vestidos eran sosos y estaban confeccionados en tejidos prácticos de diversos tonos de gris, azul y marrón, elegidos por lo mucho que duraban y con el fin de darle a Juliana la apariencia de discreta diligencia que la gente esperaba encontrar en una dama de compañía asalariada. Nadie, a fin de cuentas, contrataba a una dama de compañía con la esperanza de que fuera una persona entretenida e interesante. Tales mujeres estaban para procurar cierta dosis de respetabilidad a la mujer a la que servían, o para hacer recados y responder a conversaciones aburridas de otros con aparente interés.

Juliana descubrió que no soportaba la idea de presentarse con una indumentaria tan poco elegante ante Nicholas, y esa noche sacó su mejor sombrero y volvió a prenderle el ramillete de cerezas que le había quitado para hacerlo más discreto. No pudo hacer gran cosa por mejorar el vestido, aparte de ponerle un volantito de encaje alrededor del cuello alto y los puños de las largas mangas.

Pensó en sentarse junto a Clementine, que sin duda llevaría un precioso sombrero nuevo, y sintió, a su pesar, una punzada de envidia. Se había pasado la vida junto a personas que tenían más que ella, y estaba convencida de no haberlas envidiado nunca. Siempre había intentado pensar en los dones que había recibido: una buena salud y un atractivo razonable, y la capacidad para abrirse camino en el mundo sin hallarse a merced de otros, como le había sucedido a su madre. Era libre, tenía algunos ahorros y muy buenos amigos. Aquellas cosas significaban mucho más que otras que tenían algunas personas, y normalmente se sentía afortunada por contar con ellas y no codiciar lo que otros poseían.

Esta vez, sin embargo, no pudo sacudirse el oscuro resentimiento que brotaba de ella cada vez que pensaba en cómo Clementine había interferido en aquel momento que le pertenecía sólo a ella. Clementine arruinaría el paseo con su cháchara y sus coqueteos. No había, sin embargo, nada que pudiera hacer al respecto, salvo confiar en que la muchacha, como tenía por costumbre, llegara tan tarde que pudieran marcharse sin ella.

Por desgracia, a la mañana siguiente Clementine apareció en el cuarto de estar, lista para partir, pocos minutos después que Juliana. Estaba acalorada por la emoción, sus ojos brillaban y sus mejillas parecían cubiertas por un suave rubor. Juliana tuvo que admitir que estaba muy guapa. Y el sombrero que se había comprado la víspera era, en efecto, precioso. El ala de paja, muy estrecha, dejaba al descubierto su rostro, y la gran cinta de raso azul realzaba el color de sus ojos.

Unos minutos después, Nicholas entró en la habitación tras ser anunciado y paseó la mirada por Clementine y su madre.

—Señora Thrall. Señorita Thrall —su mirada fue a posarse en Juliana, y una leve sonrisa iluminó su semblante impenetrable—. Juliana, ¿estás lista?

—Sí —Juliana se levantó y miró a Clementine, que también se puso en pie.

—Milord —dijo la muchacha con una linda sonrisa, y

se adelantó alargando la mano para posarla sobre su brazo—. Estoy muy emocionada. Dígame, ¿es muy alto su carruaje? Si lo es, pasaré mucho miedo —profirió una risita, invitándolo a compartir el regocijo de su miedo femenino, estúpido y encantador.

Nicholas la miró inexpresivamente y no le ofreció el brazo. Se limitó a decir:

—Lo lamento, señorita Thrall, debe de haber algún malentendido. Mi invitación era para la señorita Holcott.

Clementine se quedó boquiabierta y Juliana tuvo que apretar los labios para no sonreír.

La señora Thrall parecía pasmada, pero se recobró más rápidamente que su hija y dijo:

—Yo... pensé que era una invitación general. A fin de cuentas, no está bien visto que un caballero y una dama paseen a solas por la ciudad en coche.

Nicholas fijó su mirada inexpresiva en ella.

—Me alegra saber que le preocupa a usted tanto la reputación de la señorita Holcott, señora, pero le aseguro que no hay nada que temer. Se trata de un carruaje abierto. Y bastante pequeño. Me temo que sólo caben dos personas, razón por la cual mi invitación era expresamente para Juliana.

A la señora Thrall no se le ocurrió qué responder y se quedó mirándolo con estupor. Nicholas aprovechó la ocasión para girarse y ofrecerle el brazo a Juliana. Ésta se acercó y lo agarró del brazo. No pensaba darle tiempo a su jefa para que se repusiera de la sorpresa y le prohibiera ir.

Nicholas parecía ser de la misma opinión, pues la condujo por el pasillo y atravesó la puerta a toda prisa, sin darle apenas tiempo de admirar el flamante carruaje amarillo antes de ayudarla a montar en él. Luego le pidió las riendas al mozo, que había estado paseando a los caballos mientras su amo había estado dentro de la casa, y se acomodó en el asiento, junto a ella.

—¡Qué mujer tan abominable! —exclamó al tiempo que hacía restallar las riendas para arrear a los caballos.

Juliana se echó a reír, alborozada por haber eludido los tejemanejes de la señora Thrall. Sin duda a su vuelta le esperaba un buen rapapolvo, pero de momento no le importaba. Era maravilloso estar en la calle con Nicholas, libre durante una hora y encaramada a un vehículo que era el colmo de la moda y desde el cual podía contemplar con toda comodidad el ajetreo de las calles de Londres. Se puso firmemente el sombrero, se ató la cinta bajo la barbilla y miró a Nicholas con una sonrisa.

Él también sonrió.

—¿Cómo diablos acabaste con esas dos?

Juliana se encogió de hombros.

—No siempre es fácil encontrar empleo como dama de compañía. La gente suele preferir a mujeres mayores y más... bueno...

—¿Más feas? —se aventuró a preguntar Nicholas.

Juliana lo miró de soslayo, sonriendo.

—Vaya, gracias, señor —¿de veras estaba flirteando con Nicholas? Por alguna razón, tampoco aquello la preocupaba—. Pero yo iba a decir más obsequiosas.

Nicholas soltó una risotada.

—Veo que no has cambiado. No te imagino al servicio de nadie. ¿Cómo se te ocurrió hacerte dama de compañía?

—Parecía una salida lógica, después de vivir con Seraphina y tu tía tantos años —contestó ella—. Me mandaron a acabar la escuela con Seraphina —recordó la alegría de su madre al saber que iba a tener la oportunidad de ir a un buen colegio para señoritas, algo que, obviamente, no podían permitirse. Pero ella, desde luego, conocía la razón que se ocultaba tras la aparente generosidad de Trenton y Lilith—. Necesitaban que alguien vigilara a Seraphina y se asegurara de que no se metía en problemas. Lo cual no era tarea fácil, te lo aseguro. Seraphina era tan necia y atolondrada de mayor como de niña. Después, cuando acabamos, Seraphina se fue a hacer un viaje por el continente. La guerra ya había acabado. Así que la acompañé para echarle una mano, y cuando regresamos comprendí que tenía condiciones para trabajar como dama de compañía. Cumplía con diligencia los recados, escuchaba con atención las conversaciones más tediosas y hasta era capaz de algún halago.

—¿Te echó la tía Lilith? —preguntó Nicholas con tono un tanto peligroso.

—Oh, no. Podría haberme quedado. Yo no me engañaba pensando que Lilith me tenía afecto, pero le habría gustado que ayudara a Seraphina durante su debut, y además no quería que dijeran de ella que había arrojado a la calle a una pobre muchacha. Pero ya no soportaba vivir en aquella prisión y, habiendo muerto mi madre, no había razón para que me quedara. Lilith también se alegró de que me fuera, creo. Si me hubiera quedado, habría tenido que presentarme en sociedad a mí también, aunque fuera discretamente, y eso la hubiera sacado de quicio.

Juliana no añadió que Crandall había comenzado a cambiar sus tácticas al hacerse mayor ella, y había pasado de tirarle del pelo y gastarle bromas pesadas a intentar acorralarla en la biblioteca para robarle un beso o manosearla. La persecución a la que la sometía había sido uno de los principales motivos de su marcha de Lychwood Hall. La tía Lilith, pensó, sospechaba algo, pero estaba convencida de que la situación era al revés, y hasta la había acusado alguna vez de intentar cazar a su hijo.

—Así que la tía Lilith me escribió una carta de recomendación y me marché. Me costó algún tiempo, pero luego una persona me contrató para cuidar de su madre enferma —tampoco añadió que aquel empleo había acabado cuando el hombre que la contrató se presentó en la puerta de su cuarto una noche, borracho y dispuesto a abordarla—. Pasado un tiempo conocí a la señora Simmons, y desde entonces las cosas me han ido bastante bien.

Nicholas frunció el ceño.

—Me desagrada que tengas que estar a las órdenes de esa tal Thrall.

—A mí tampoco me gusta —confesó Juliana con franqueza—. Pero es el precio que estoy dispuesta a pagar por mi libertad. Al menos, se trata de una transacción comercial pura y dura. No dependo de la caridad de nadie.

Nicholas había ido maniobrando por las calles mientras hablaban, hasta llegar a los frondosos caminos de Hyde Park, donde había mucho menos trasiego y al fin pudo relajarse y apartar su atención de los caballos. Miró a Juliana.

Aún le causaba cierta sorpresa verla. Sabía, desde luego, que la encontraría más mayor, aunque todavía reconocía en su rostro a la niña que había sido. Pero, aun así, por alguna razón, resultaba desconcertante ver a la mujer en la que se había convertido y contemplar el rostro dulcemente familiar de su infancia transformado en una belleza.

La de Juliana no era la belleza pálida e insípida propia de jovencitas como la señorita Thrall, a las que Nicholas encontraba insoportablemente aburridas. Su hermosura no radicaba únicamente en su abundante cabellera castaña, recogida con severidad en un moño en la nuca, a pesar de que su cabello era de ésos que le daban a uno ganas de quitarle las horquillas para verlo caer, exuberante y salvaje, sobre sus hombros. Tampoco residía en las facciones bien modeladas de su cara. La suya era una belleza que irradiaba de sus vivaces ojos grises y florecía en la sonrisa que curvaba sus labios. Una hermosura nacida de la fortaleza y el carácter, y del sinfín de pequeñas cosas que hacían única a Juliana.

Nicholas la conocía, y sin embargo no la conocía, y aquella combinación le resultaba irresistible. Al mirarla ahora, cobró conciencia del súbito deseo de inclinarse hacia ella y besar aquella boca que se curvaba suavemente para saborear lo que sin duda era la picante dulzura de sus labios.

Sus ojos se ensombrecieron al posarse sobre la boca de Juliana, y sólo gracias a un ejercicio de firmeza logró apartar la mirada. Se quedó mirando al frente, por encima de las cabezas de los caballos, unos instantes mientras reflexionaba sobre el arrebato de deseo que acababa de apoderarse de él. No era aquél el tipo de sentimientos que debía abrigar hacia Juliana, se dijo.

Ella era la querida compañera de sus correrías infantiles, la niña que le había procurado el único cariño que había conocido tras la muerte de sus padres. A su regreso a Inglaterra estaba ansioso por encontrarla, pero con la avidez propia de un viejo amigo..., o de un hermano, quizá. La quería, pensó, tanto como se sentía capaz de querer a alguien, pero el suyo era un amor pequeño, puro, sin dobleces, un profundo afecto por un recuerdo de la niñez.

Sin embargo, allí estaba Juliana, tan distinta de un recuerdo, convertida en una mujer sumamente deseable, y la emoción que acababa de atravesarlo no se asemejaba a un cariño antiguo, sino al destello de deseo que sentía un hombre por una mujer.

Aquel sentimiento le turbó profundamente. Le parecía perverso experimentar aquellas sensaciones por alguien que era para él casi una hermana. Si algún otro hombre hubiera expresado tales sentimientos hacia ella, le habría dado un escarmiento brutal.

Aquel deseo inesperado no era, ciertamente, algo que pudiera moverlo a la acción. Juliana confiaba en él. Él jamás se aprovecharía de ella, ni siquiera de la manera más nimia. Había muchos, y él lo sabía, que le creían falto de escrúpulos, incluso malvado, y él mismo reconocía que no era un buen hombre. Pero jamás haría algo tan rastrero como aprovecharse de los sentimientos de Juliana.

Además, aparte de la importancia de no traicionar la confianza de su antigua amiga, estaba la cuestión de su reputación. Juliana era una dama, y su buen nombre debía permanecer irreprochable. El hecho de que se ganara la vida por sus propios medios hacía aún más imperativo que nada mancillara su nombre. Era sumamente sencillo que incluso infamias sin ningún fundamento se adhirieran a la reputación de una mujer que no tenía familia que la protegiera, ni alcurnia que la respaldara. Él podía –y lo haría, naturalmente– defender su honor, pero la triste verdad era que la defensa de un hombre de su fama sólo conseguiría perjudicarla aún más.

Así pues, Nicholas era consciente de que ni siquiera podía prestarle particular atención sin dar pie a rumores escandalosos. No debía ir a visitarla a menudo, ni sacarla a bailar más que de vez en cuando. Estaba seguro de que habría demostrado mucho más tacto invitando a la exasperante señorita Thrall a pasear con ellos en un coche más grande. Ello habría desviado la atención general hacia Clementine, apartándola de Juliana, y, francamente, le traía sin cuidado lo que las malas lenguas pudieran decir de aquella muchacha. Pese a todo, había querido tener a Juliana para sí solo, egoístamente, al menos por una vez.

Había demasiadas miradas curiosas procedentes de los carruajes y los jinetes junto a los que pasaban, y Nicholas tenía el convencimiento de que pronto se desatarían los rumores acerca de la joven con la que se había visto a lord Barre en el parque. Tendría que refrenarse para no salir a pasear con Juliana durante una semana o dos, y lo más sensato sería no volver a visitarla hasta pasados unos cuantos días. Nicholas detestaba tener que plegarse a aquellas trabas arbitrarias, pero no podía poner en entredicho la reputación de Juliana.

Ésta había percibido al mirarlo el sutil cambio que se había operado en su semblante, el modo en que sus ojos se habían posado fugaz e involuntariamente en sus labios. Se había quedado sin aliento un instante, y se le había encogido el estómago. Nicholas estaba a punto de besarla, había pensado.

Luego, él había desviado bruscamente la mirada y ella se relajó, sin saber si sentía alivio o decepción. Ignoraba, en efecto, qué había ocurrido en realidad. ¿Habría malinterpretado acaso aquella mirada de Nicholas?

Seguramente no. Había percibido una chispa, una crispación infinitesimal de su rostro, y algo dentro de ella se había despertado. No podía renegar de aquella reacción, de aquel anhelo que, aunque un tanto receloso, había difundido por su cuerpo con la velocidad de un rayo una oleada de calor. Todo había sido más rápido, más sutil que el pensamiento. Algo instintivo, pero indudable.

Miró de nuevo a Nicholas de soslayo. Él tenía la mirada fija hacia delante y la mandíbula tensa. Juliana se preguntó qué estaba pensando, qué sentía. ¿Lamentaba quizás aquel impulso momentáneo? Juliana comprendió con cierta desilusión que probablemente sí. ¿Por qué, si no, se había vuelto tan bruscamente?

Aquella convicción resultaba humillante. Si Nicholas había sentido un destello de deseo hacia ella, saltaba a la vista que se había arrepentido al instante. Tenía razón, desde luego. A pesar de que antaño habían estado muy unidos, Nicholas no podía contemplar la posibilidad de cortejar o incluso de casarse con una mujer como ella. Su diferencia de posición social era ahora demasiado vasta. Lo único que Juliana podía esperar de él era su amistad; una amistad que el deseo sólo podía entorpecer.

Nicholas tenía razón, y si ello hería un poco su orgullo, tendría que superarlo. A fin de cuentas, se dijo, ella tampoco quería que la besara. Nicholas era prácticamente un desconocido después de tantos años. Y ella era demasiado madura y práctica como para dejarse llevar por los sueños románticos que había abrigado hacia él en su adolescencia. La emoción que había experimentado al creer que estaba a punto de besarla —aquel cálido hormigueo en el estómago, aquel súbito cosquilleo que había recorrido su piel— carecía de importancia. Al fin y al cabo, ignoraba si lo que había sentido era anhelo o simple temor.

Por otra parte, fuera lo que fuese lo que había sentido, ella era, en resumidas cuentas, la dueña y señora de sus emociones y de su persona. Habría sido sumamente inapropiado que Nicholas la besara, y se alegraba —sí, se alegraba— de que se hubiera apartado sin ceder a aquel impulso.

Aun así, no podía evitar sentirse turbada por su energía, por su estatura, por su sola presencia mientras permanecía sentado a su lado en el alto pescante. Levantó la mirada hacia su cara y contempló su perfil afilado, su piel tensa sobre el arco de los pómulos, sus pestañas densas y aterciopeladas, el único rasgo que suavizaba su rostro.

Nicholas pareció percibir su mirada, pues giró la cabeza hacia ella. Juliana se apresuró a desviar los ojos y un leve rubor cubrió sus mejillas. Odiaría que Nicholas pensara que era una descarada.

Deslizó la mirada hasta sus grandes manos que, enfundadas en guantes de cabritilla flexibles, sujetaban con firmeza las riendas. Recordó el contacto de su mano en la cintura al bailar, cálido y fuerte. Había algo en aquel recuerdo que la dejó un poco falta de aliento.

Una brisa acarició sus mejillas acaloradas y levantó unos cuantos mechones sueltos de su pelo. Le parecía que su piel era más sensible que de costumbre, más receptiva al calor del sol y a la caricia del aire.

Juntó las manos sobre el regazo y bajó la mirada hacia ellas. No tenía sentido pensar así, se dijo. Y Nicholas llegaría a la conclusión de que era una pánfila si seguía allí sentada, sin decir nada.

Pasaron junto a un landó descubierto que ocupaban dos señoras de mediana edad que los miraron con estupor. Juliana comprendió que esa misma tarde habría corrido el rumor de que lord Barre había ido a pasear por el parque con una muchacha desconocida..., y, además, insignificante y mal vestida.

—Vas a ser la comidilla, ¿sabes? —le dijo—. Va a causar gran sensación que hayas salido a pasear con una mujer a la que nadie conoce.

Nicholas se encogió de hombros despreocupadamente.

—Siempre están chismorreando sobre mí. O, al menos, eso me han dicho. Lo bueno es que yo nunca me entero —la miró—. ¿A ti te molesta?

Ella le sonrió.

—No. Como te decía, no saben quién soy. Y, aunque lo supieran, no me enteraría, como tú dices. Lo que me preocupa es lo que dirá la señora Thrall cuando vuelva.

—Tal vez deba entrar contigo. Quizá mejore su humor si paso un rato con esa tediosa chiquilla.

—No, no puedo pedirte que pases por eso —Juliana sonrió—. Estoy segura de que tendrás que hablar con ella muchas más veces de las que desearías. Es decir, si piensas volver a visitar la casa —se detuvo, balbuciendo, consciente de que, sin proponérselo, se había expuesto al dar por sentado que Nicholas volvería a visitarla—. Lo siento. Te he puesto en un compromiso. La tía Lilith siempre me decía que me precipitaba al hablar.

—Tonterías. Hablar con franqueza me parece refrescante. Claro que pienso volver a visitarte…, aunque ello signifique tener que aguantar a las Thrall.

—No vengas muy a menudo —le advirtió Juliana.

Él levantó las cejas y la miró, divertido.

—¿Tan aburrido te parezco?

—No —Juliana se echó a reír—. Claro que no. Pero, si vas muy a menudo, la señora Thrall y Clementine pensarán que estás locamente enamorado de ella.

—Dios no lo quiera —respondió él—. Aunque… tal vez pueda usarla como coartada. De ese modo, tu reputación no saldría malparada si visitara la casa con frecuencia.

Juliana experimentó una punzada de celos al pensar que Nicholas pudiera fingir que estaba cortejando a Clementine.

—Sí, pero entonces se esperaría de ti que te declararas, o te considerarían un sinvergüenza.

Él se encogió de hombros.

—Cosas peores me han llamado. Y he hecho.

—Si crees eso, es porque no has pasado un día tras otro hablando con Clementine.

Nicholas se echó a reír.

—Ah, Juliana, no sabes cuánto me alegro de que al crecer no te hayas convertido en una estirada.

Juliana no pudo refrenar una sonrisa.

—Y yo me alegro de estar con alguien con quien no tengo que refrenar mi lengua.

—Sospecho que, en la familia Thrall, no entienden muchas cosas de las que dices.

—Te equivocas. Clementine tiene una hermana pequeña, una muchacha muy inteligente. Se llama Fiona, y la verdad es que no alcanzo a comprender que forme parte de esa familia.

—¿Hay un señor Thrall?

—Oh, sí, pero ha tenido la sensatez de quedarse en Yorkshire durante el debut de Clementine.

—Entonces puede que Fiona haya sacado de él la inteligencia.

—Seguramente tienes razón.

Siguieron conversando con aquella ligereza mientras atravesaban el parque. Pasaron junto a otras personas, algunas de ellas en coches, otras a caballo. Estaba de moda salir a pasear por la mañana, aunque Juliana no estaba segura de que hubiera muchos miembros de la alta sociedad levantados a aquella hora, teniendo en cuenta lo tarde que acababan las fiestas. Algunas personas saludaron a Nicholas con una inclinación de cabeza o se pararon a hablar con ellos. Otros daban la impresión de buscar su mirada y de recibir, quizá, un saludo de su parte.

—Parece que hay mucha gente ansiosa por conocerte —comentó Juliana.

—Es curioso lo popular que te hace un título —repuso Nicholas.

—Oh, hace falta algo más que un título —dijo Juliana—. El dinero también ayuda.

La sonrisa de Nicholas apareció de nuevo, suavizando las duras facciones de su cara. Ninguno de ellos era consciente de hasta qué punto creció el interés de otras personas en la identidad de Juliana al ver la mirada que le dirigió Nicholas.

—Cuánto cinismo —le dijo él—. ¿No sabes que, supuestamente, debes decir que son mis maravillosas cualidades las que admiran los demás?

—Sé por experiencia que la mayoría de la gente no se molesta en buscar tus maravillosas cualidades —contestó Juliana con franqueza—. Estoy segura de que ninguna de estas personas las conoce.

—En efecto. Creo que tú has sido siempre mi único adalid.

—Y de poco te sirvió, me temo. Nunca logré salvarte del castigo, que yo recuerde.

Él se encogió de hombros con indiferencia.

—Nadie podría haberme salvado, y mucho menos una niña de nueve o diez años. Mi destino quedó sellado el día que murieron mis padres.

—Tu abuelo pudo haberte acogido —repuso Juliana—. Podría haberse interesado por ti, al menos.

—A mi abuelo sólo le interesaban sus muchos achaques, reales o imaginarios. Puede que hubiera alguna rencilla entre mi padre y él. No recuerdo que fuéramos nunca a visitarlo, ni que él viniera a nuestra casa antes de la muerte de mis padres. La primera vez que lo vi fue, que yo recuerde, en su entierro. Después, me dejó en manos del tío Trenton. Y, por lo que sin duda le contaba mi tío de mí, estoy seguro de que no sentía ningún deseo de verme.

—Eso no es excusa —afirmó Juliana con firmeza.

Nicholas la miró con expresión ilegible.

—Creo que no recuerdas cómo era yo. No me merecía tu amistad.

—Bobadas —replicó ella—. Sabía que no eras un santo. Muchas veces eras antipático y te mostrabas grosero con la institutriz. Y con frecuencia hacías sangrar a Crandall por la nariz.

—Ah, entonces sí que te acuerdas.

—Sí. Y también me acuerdo de que había pocas personas que merecieran que les rompieran la nariz tanto como Crandall. Era un muchacho mezquino que al crecer se convirtió en un joven envilecido. Y la señorita Emerson no era sólo estricta; era desagradable. Tal vez deberías haber sido menos duro con Seraphina. No era mala en realidad, creo. Simplemente era necia y egoísta. Pero ¿cómo no ibas a odiar a tu tío? Era un hombre terrible. Te confieso que, cuando me enteré de que había muerto, no sentí ni el menor atisbo de pena.

—Yo tampoco —Nicholas le lanzó una sonrisa de soslayo—. Entonces, ¿somos unos villanos?

—Creo que no. Simplemente somos humanos.

—Tú no sabes qué otras cosas he hecho —le recordó él, mirándola fijamente—. Han pasado muchos años desde que me fui.

Juliana lo miró a los ojos, que eran profundos y negros, y vio en ellos, como muchos años atrás, una aterradora soledad. Movida por un impulso, le puso la mano sobre el brazo y dijo:

—Creo que, sea lo que sea lo que hayas hecho, fue porque no te quedaba más remedio, Nicholas.
—¿Y eso lo justifica?
—No lo sé. Pero creo que significa que no hay maldad en tu corazón.

Nicholas se quedó mirándola un rato sin decir nada, y las líneas de su rostro se suavizaron sutilmente. Agarró las riendas con una mano y puso la otra sobre la mano que Juliana había apoyado en su brazo. Se quedaron así un momento, sin hablar. Luego, él apartó la mano.

—Yo creo que tú tienes un corazón generoso —dijo con ligereza, y aquel instante se disipó—. Ahora, será mejor que volvamos antes de que la señora Thrall empiece a echar fuego por la boca.

Juliana sintió un hormigueo en la mano, allí donde Nicholas la había tocado, y de pronto notó las mejillas acaloradas. Tuvo que hacer un ímprobo esfuerzo por no posar la mano sobre el lugar en que Nicholas la había tocado; aquel gesto habría revelado —estaba segura— hasta qué punto se sentía turbada. Deseaba con una intensidad que al mismo tiempo la sorprendía y la asustaba que Nicholas no hubiera apartado la mano. Que, en vez de hacerlo, se hubiera inclinado hacia ella para besarla.

Apretó los labios con fuerza y fijó la mirada en la calle…, en cualquier parte, menos en Nicholas. Él la consideraba una amiga. Ella no le dejaría saber que lo que sentía por él era algo muy distinto.

Cuando Juliana regresó a casa, se encontró a Fiona merodeando por la entrada, al otro lado de la puerta principal. Era evidente que la muchacha estaba esperándola, pues se volvió hacia ella con un suspiro de alivio y, tomándola de la mano, la llevó a la salita de estar vacía. Juliana abrió la boca para preguntarle qué hacía, pero Fiona se llevó un dedo a los labios y miró hacia lo alto de las escaleras con aire teatral.

Luego cerró la puerta suavemente y se giró hacia ella.

—Será mejor que evites a Clementine. Lleva una hora paseándose por la casa hecha una furia, despotricando contra ti. Está rabiosa.

—Ay, Señor —suspiró Juliana. Había disfrutado enormemente del paseo a solas con Nicholas, pero, tal y como esperaba, tendría que pagar un alto precio por ello.

—¿Qué ha pasado? Habla como si hubieras arruinado su vida —dijo Fiona—. Está mucho más enfadada que cuando le perdí su peine favorito el mes pasado.

—Me temo que lord Barre me ha llevado a dar un paseo en su coche sin invitarla.

Fiona dejó escapar una carcajada.

—¿Eso es? Me preguntaba de qué estaba hablando. No paraba de decir que le habías robado algo, pero yo sabía que eres incapaz de hacer una cosa así.

Juliana hizo una mueca.

—Supongo que será mejor que vaya a aguantar el chaparrón.

—Yo no lo haría, si fuera tú. Siempre me ha parecido mejor dejar que se calmara un poco. Todavía estará bastante enfadada, pero es menos probable que te dé una bofetada. ¿Por qué no salimos a dar un paseo?

Juliana estuvo tentada de aceptar, pero contestó:

—No. No quiero meterte a ti también en un lío. Pero te agradezco la advertencia.

Dejó a Fiona, salió al pasillo y se dirigió hacia el cuarto de estar del fondo de la casa. Sin duda Fiona tenía razón: era preferible dar tiempo a Clementine para que se calmara. Y, aunque Juliana no estaba dispuesta a esconderse de ella, lo más sensato era no provocarla.

Sin embargo, Clementine pareció oír sus pasos, pues apareció en lo alto de la escalera.

—¡Ahí estás!

—Hola, Clementine —dijo Juliana con amabilidad, inclinando la cabeza.

—¿Cómo has podido? —exclamó Clementine.

—Me temo que no sé a qué te refieres —contestó Juliana con calma—. ¿Por qué no entramos en el cuarto de estar y hablamos de ello?

—¿Hablar de ello? ¿Hablar de ello? —la voz de Clementine rezumaba repugnancia–. ¿Cree que puedes intentar robarme a lord Barre y luego arreglar las cosas hablando de ello?

Juliana refrenó con firmeza su ira y dijo:

–Clementine, te aseguro que yo no he intentado robarte a lord Barre.

–¿Y cómo lo llamas tú? –replicó la muchacha, con las mejillas coloradas–. ¡Me has dejado plantada! Tú...

–Yo no he hecho tal cosa, te lo aseguro. Lord Barre explicó que sólo había sitio para dos en su coche y...

–Y debería haber sido yo quien fuera con él –Clementine bajó las escaleras haciendo ruido y se detuvo en el penúltimo escalón con intención, supuso Juliana, de quedar por encima de ella, dado que Juliana la superaba en estatura.

–Lord Barre me invitó a mí –contestó–. Difícilmente podía decirle que te llevara a ti.

–Has maquinado en contra mía. Le has engatusado para que te invitara.

–Clementine, cálmate, por favor. Esto es absurdo –protestó Juliana.

La madre de Clementine bajó las escaleras como un navío de guerra con las velas desplegadas, y Juliana se giró hacia ella.

–Señora Thrall, yo...

La señora Thrall levantó la mano perentoriamente, diciendo:

–No creas que a mí vas a poder engañarme, señorita. Te has pasado de la raya, y no hay más que hablar.

–¿Cómo dice? –Juliana esperaba que la señora Thrall estuviera enojada con ella, pero aquella acusación, manifiestamente injusta, consiguió indignarla.

—No voy a permitir que engatuses a los hombres viviendo bajo mi techo, para que lo sepas.

—¿Qué? —Juliana miró pasmada a su jefa. Estaba tan asombrada que no supo qué contestar.

—Oh, no creas que no conozco tus manejos —le dijo la señora Thrall, moviendo la cabeza arriba y abajo—. Clemmy es una ingenua, no se da cuenta de lo que vas buscando, pero yo sí. Sé lo que hiciste, cómo engatusaste a lord Barre para que te llevara a pasear a solas…, las promesas que sin duda le hiciste. ¿Adónde habéis mientras has estado fuera?

—¿Cómo se atreve? —replicó Juliana con la cara muy pálida, salvo por dos manchas de rubor que la ira hacía arder en sus mejillas—. No tiene motivo alguno para decir esas cosas de mí. Yo jamás…

La señora Thrall agitó una mano desdeñosamente.

—Bah, sé muy bien lo que ha pasado. ¿Por qué, si no, iba a preferir un hombre invitarte a ti en vez de a mi Clementine? No hace falta ser un genio para imaginar las cosas que le habrás prometido…, esas tentaciones a las que ningún hombre, por muy caballero que sea, puede resistirse. Y no voy a consentirlo, jovencita. En mi casa, no, y menos aún habiendo dos jovencitas tan impresionables.

—¡No, mamá! —exclamó Fiona desde la puerta del salón, desde donde contemplaba la escena que se desarrollaba ante ella.

Juliana se acercó a la señora Thrall, cerniéndose sobre su rechoncha figura. Con el paso de los años, había aprendido a refrenar su enojo ante cualquier clase de provocación, pero aquella acusación le resultaba intolerable.

—Nunca ha habido la más leve sospecha sobre mi honor —dijo ferozmente, con la voz algo trémula por la indignación—. Mi reputación es intachable.

—¡Ja! —respondió Clementine—. Mamá tiene razón. Sabías que lord Barre me admiraba, y lo sedujiste para que te llevara a pasear.

—No seas más necia de lo que ya eres, Clementine —le espetó Juliana sin poder refrenarse—. Nicholas no te admiraba. Ni siquiera sabía quién eras. Éramos amigos hace muchos años, y me pidió que saliera a dar un paseo en su coche porque quería hablar conmigo. Y no te lo pidió a ti porque no quiso. No todos los hombres van a caer rendidos a tus pies.

Antes de que Clementine pudiera hacer otra cosa que mirarla boqueando como un pez, Juliana se giró hacia su madre.

—Y, hablando de tentaciones y de reputaciones manchadas, le sugiero que mire primero a su hija. Clementine es una coqueta impenitente. En los bailes tengo que vigilarla constantemente para que no se escabulla a la terraza con el primero que se lo pide. Si no le pone freno, se va a llevar un buen chasco, y le aseguro que, si comete un desliz serio, quedará arruinada a ojos de todo el mundo. Y ni con toda la belleza del mundo podría superar eso. Por muy atractiva que sea, cualquiera descubrirá al conocerla mejor lo caprichosa, egoísta, vanidosa y necia que es, y con el paso del tiempo muchos de sus pretendientes irán desertando. Si espera casarla bien, será mejor que se asegure de que es la clase de muchacha que la madre de un caballero aceptaría como nuera y no sólo una preciosidad a la que los jovencitos inexpertos le andan detrás.

Juliana se detuvo y exhaló un largo suspiro. Una intensa sensación de calma se apoderó de ella. Era consciente de que sin duda había perdido su empleo, pero no podía lamentarlo..., al menos, de momento. Se sentía demasiado bien tras haber expresado al fin sus verdaderos sentimientos.

—¡Sal de esta casa! —gritó la señora Thrall con voz rasposa y la cara sofocada por la rabia—. ¡Ahora mismo! ¿Me has oído?

—Con mucho gusto —respondió Juliana y, rodeando a la señora Thrall, comenzó a subir las escaleras.

—¡Y no esperes que te dé referencias! —gritó la señora Thrall tras ella.

—No se me ocurriría —Juliana siguió subiendo y al llegar arriba echó a andar por el pasillo que llevaba a su cuarto. Tras ella, oyó a Fiona pasar corriendo junto a su madre y su hermana y subir las escaleras a toda prisa.

—¡Señorita Holcott! ¡Espere! —gritó la muchacha.

Juliana se giró en la puerta de su cuarto y la miró. Sintió una punzada de lástima al ver el rostro triste de Fiona.

—Por favor, no se vaya, señorita Holcott —dijo ésta, acercándose a ella.

—Lo siento. No tengo elección. Me temo que tu madre me ha despedido —Juliana giró el pomo de la puerta y entró en su habitación.

Fiona la siguió.

—Sólo está enfadada. Se calmará, y estoy segura de que luego se arrepentirá.

—Yo no estoy tan segura, después de lo que le he dicho —Juliana la miró, suspiró y dijo—: Lo siento mucho. No debería haber dicho esas cosas sobre tu hermana.

—No —Fiona la observó mientras abría el pequeño baúl que había al pie de la cama y empezaba a llenarlo con la ropa de los cajones—. Me temo que tiene usted razón. Clementine es una atolondrada y una egoísta. Y no debía usted permitir que la regañara porque lord Barre no ha caído a sus pies. Odio que se marche.

—Yo también voy a echarte menos —le dijo Juliana a la muchacha sinceramente, y luego le pasó afectuosamente el brazo por los hombros—. Quizá tu madre te deje ir a verme de vez en cuando.

—Quizá —contestó Fiona poco convencida—. ¿Adónde piensa ir?

Juliana se dio cuenta de que ni siquiera había pensado dónde iría ni qué iba a hacer. A decir verdad, había actuado precipitadamente. Pero, aun así, no lo lamentaba.

—Creo que iré a casa de mi amiga Eleanor Townsend..., lady Scarbrough, quiero decir, porque se ha casado. Ten —dijo y, dándose la vuelta, sacó un lápiz de su bolsillo y un trozo de papel de uno de los cajones de la cómoda—. Voy a anotarte la dirección para que vayas a verme. Eleanor y yo fuimos juntas al colegio, y siempre me ha dicho que podía ir cuando quisiera a quedarme con ella.

No hacía falta mucho tiempo para recoger sus pertenencias, y pronto estuvo lista para irse. Llamó a un lacayo para que bajara el baúl y luego le dio a Fiona un abrazo de despedida.

La muchacha tenía los ojos llenos de lágrimas, y Juliana sintió una opresión en el pecho. A pesar de que sólo llevaba allí unos meses, le había tomado mucho cariño a Fiona.

–Iré pronto a verla –prometió la chiquilla con la voz sofocada contra su hombro–. Aunque tenga que escaparme de casa.

–No te metas en líos –le dijo Juliana. Sabía que lo adecuado sería decirle que obedeciera a su madre, pero estaba segura de que la muchacha era mucho más lista que la señora Thrall y que, por tanto, era muy capaz de juzgar cómo debía comportarse.

Después de eso se marchó enseguida; agarró su pequeña bolsa y bajó con ligereza por las escaleras de servicio para despedirse de los criados. Cuando dobló la esquina y salió a la fachada de la casa, descubrió que el lacayo que había bajado su baúl había parado ya un coche y atado el baúl a la parte de atrás. El lacayo la ayudó a subir, cerró la portezuela y el vehículo partió traqueteando.

Allí estaba, de nuevo sin empleo y sin perspectivas de encontrar otro. Se recostó con un suspiro en el asiento y por primera vez en las últimas dos horas pensó en su situación.

Fue entonces cuando se dio cuenta de que Nicholas no sabía dónde estaba.

Lady Scarbrough vivía en una elegante mansión blanca estilo reina Ana que ocupaba casi un tercio de una de las manzanas más elegantes de Mayfair. Al apearse del carruaje, Juliana oyó que el cochero profería un suave silbido. Acto seguido, el hombre se apeó de un salto a por su dinero y se tocó el sombrero con más respeto que cuando Juliana se había montado en el coche.

Mientras el conductor sacaba el baúl de la parte de atrás del coche, Juliana se acercó a la puerta y llamó con la enorme aldaba de bronce. Un momento después abrió la puerta un hombre bajo y de espaldas cuadradas, con las orejas deformes y la nariz rota características de los boxeadores. No era la clase de persona que uno esperaba encontrar trabajando de lacayo, y mucho menos de mayordomo, pero Juliana sabía que tal era su puesto. Como muchos de los empleados de su amiga Eleanor, aquel hombre era poco ortodoxo, competente y sumamente leal.

—¡Señorita Holcott! —exclamó, y su tosco rostro se

iluminó con una sonrisa–. Qué alegría verla. La señorita Eleanor se pondrá loca de contenta. Pase, pase.

–Hola, Bartwell –contestó Juliana y, tras entrar, le dio la pequeña bolsa de viaje que llevaba–. Siento presentarme así. No he tenido tiempo de mandarle una nota a la señorita... quiero decir a lady Scarbrough.

–No se preocupe por eso, señorita. Aquí siempre hay sitio para usted –le aseguró el mayordomo, y luego se volvió para dirigirse a un muchacho que se acercaba a ellos desde el fondo de la casa–. Tú, Fletcher, lleva el baúl de la señorita al dormitorio azul.

Al igual que Bartwell, Fletcher iba vestido pulcramente en blanco y negro, pero no llevaba librea: otra rareza de los sirvientes de Eleanor. Componían éstos una mezcla de nacionalidades: Bartwell era americano, como Eleanor y la doncella de ésta, mientras que Fletcher y la mayoría de los otros criados eran ingleses. La cocinera, en cambio, era decididamente francesa.

El servicio no era la única peculiaridad de la casa de Eleanor. Tenía ésta la costumbre de ayudar al prójimo –había, de hecho, quien la consideraba cínicamente una inveterada entrometida–, y en el curso de los dos años anteriores había recogido a dos niños huérfanos –una muchachita francesa llena de energía llamada Claire y un niño americano llamado Seth–, así como a una joven hindú a la que había salvado de ser arrojada a la pira funeraria de su difunto esposo, y que se había convertido en la niñera de los chicos. Su apoderado era un negro muy bien hablado, un antiguo esclavo al que su padre había comprado para darle la libertad y enviarlo al colegio. La casa estaba llena de vida y era a veces ruidosa, pero todo el mundo adoraba a Eleanor.

—La señorita Eleanor está en su despacho —le dijo Bartwell. Saltaba a la vista, pensó Juliana, que pese a su boda con sir Edmund, para Bartwell nunca sería lady Scarbrough, sino la señorita Eleanor, la que había servido siempre, desde que su padre lo contrató cuando ella era sólo una niña—. ¿Quiere que la lleve a verla o prefiere que le enseñe su habitación para refrescarse un poco?

Juliana contestó que prefería ver a Eleanor primero. Le parecía obligado cumplir al menos con la formalidad de preguntarle a su amiga si podía quedarse allí, a pesar de que sabía que Eleanor jamás le negaría su hospitalidad.

Eran amigas desde hacía doce años, y a pesar de los diferentes caminos que habían tomado sus vidas y de sus frecuentes separaciones, su amistad seguía siendo tan intensa como al principio. Se habían conocido en la escuela superior a la que Juliana había acompañado a Seraphina Barre. Los padres de Seraphina pretendían que Juliana vigilara a la muchacha, la ayudara con sus estudios, lo cual necesitaba a menudo, y se asegurara de que no se metía en ningún lío. Seraphina había aceptado la ayuda de Juliana como una imposición, pero nunca la había considerado su amiga. Esa posición la reservaba para otras muchachas de similar riqueza e importancia.

Así pues, Juliana se había visto abandonada por Seraphina y su grupo de amigas, así como por la mayoría de las demás alumnas. Todas ellas eran conscientes de que su amistad no contribuiría en modo alguno a mejorar su posición social. Juliana, sin embargo, había hecho enseguida buenas migas con otra muchacha a la que también se consideraba una marginada. Eleanor Townsend, aunque muy rica, era americana y, según la opinión reinante en el internado femenino de la señorita Blanton, decididamente rara. A Juliana le había gustado de inmediato, naturalmente.

Mientras Bartwell la conducía por el pasillo hacia el despacho de Eleanor, Juliana oyó el sonido de un piano. La música se detuvo bruscamente y volvió a empezar con cierta vacilación. Luego cesó.

—Sir Edmund está en el salón de música —explicó Bartwell en un aparte—. Componiendo.

Juliana asintió con la cabeza. No conocía muy bien al marido de Eleanor. Ésta se había casado con él hacía apenas dos meses, en una ceremonia discreta a la que Juliana había asistido. Era un hombre delgado y taciturno que, al menos hasta donde Juliana alcanzaba a ver, parecía habitar en la periferia de la vida de Eleanor. Cuando había ido de visita después de la boda, sir Edmund estaba siempre encerrado en el salón de música o arriba, en su cuarto, pasando otro de los catarros febriles que, por lo visto, lo atormentaban con frecuencia. Eleanor aseguraba que era un genio de la música, y Juliana se preguntaba a veces si su amiga no se habría casado con él para asegurarse de que vivía decentemente y podía dedicarse a la música sin preocuparse de nimiedades tales como la comida, las medicinas o el pago de las facturas.

Ocuparse de todo era, a fin de cuentas, lo que mejor se le daba a Eleanor.

Bartwell tocó a la puerta del despacho y, al oír contestar a Eleanor, la abrió.

—La señorita Holcott ha venido a verla, señora.

Eleanor, que estaba repasando unas columnas de números con el lápiz en la mano, levantó la mirada, sorprendida, y al ver a Juliana se levantó de un salto, profiriendo una exclamación de júbilo, y se acercó a ella tendiéndole las manos.

Era una mujer alta —más incluso que Juliana—, pero provista de una figura escultural, a diferencia de Juliana, que era esbelta como un junco. Tenía el cabello muy negro, la tez clara y los ojos de un vívido color azul. Era una mujer con mucho carácter, una mujer que habría llamado la atención en medio de una multitud, y a Juliana siempre le había parecido muy hermosa, aunque sus detractores solían decir que sus facciones eran demasiado grandes y sus pómulos y su mandíbula demasiado angulosos como para considerarla verdaderamente bella. Vestía como se le antojaba, con predilección por los cortes sencillos y nítidos y los colores vivos antes incluso de casarse, cuando a las jovencitas solía relegárselas al blanco y los colores pastel, que a Eleanor le parecían insípidos.

—¡Juliana! ¡Qué maravillosa sorpresa! —exclamó con afecto—. Tráiganos un poco de té, haga el favor, Bartwell.

—Desde luego, señorita Eleanor.

Eleanor besó a Juliana en la mejilla y luego dio un paso atrás, sin soltarle las manos, y observó su cara con el ceño fruncido.

—¿Qué te trae por aquí a estas horas un día de entre semana? ¿Ocurre algo?

Juliana suspiró.

—Me temo que me voy a encomendar a tu bondad, Eleanor. Me han despedido.

—¿Te han despedido? —el rostro expresivo de Eleanor pareció llenarse de indignación—. ¿Ese sapo? ¿La Thrall?

Juliana no pudo evitar sonreír ante la descripción de su amiga.

—Sí.

—Cielo santo. Sabía que era idiota, pero esto... Ven, siéntate y cuéntamelo todo.

Juliana hizo lo que le pedía, relatándole su encuentro con Nicholas y cuanto había sucedido después. Eleanor la escuchó con atención y la interrumpió sólo una vez para preguntar, intrigada:

—¿Nicholas? ¿El primo de Seraphina? ¿Ése del que tanto me hablabas?

Al ver que Juliana asentía con la cabeza, su amiga frunció los labios pensativamente y le pidió que continuara. Juliana así lo hizo, y concluyó su relato en el momento en que Bartwell entraba con el carrito del té.

—Qué mujer tan necia —comentó Eleanor mientras servía el té—. Tenía la ocasión de entrar en los círculos en los que tanto ansía colocar a su hija, y renuncia a ella. Si, en lugar de despedirte, te hubiera tratado bien, a su hija la habrían invitado a las mejores fiestas sólo por ser una conocida de lord Barre.

—¿Tú lo conoces? —preguntó Juliana.

Sabía que su amiga se movía en determinados círculos de la alta sociedad londinense. Eleanor se había convertido en una gran mecenas de las artes y mantenía un salón ecléctico, en el que los artistas y los eruditos se mezclaban con nobles y potentados atraídos por los estímulos intelectuales.

—No, nunca nos han presentado, pero había oído hablar de su regreso. Es uno de los chismorreos predilectos entre la alta sociedad, pero no sabía que fuera tu Nicholas. Si lo hubiera sabido, me habría esforzado por conocerlo —sonrió a Juliana—. Aunque supongo que ahora tendré ese placer.

—Ni siquiera sabe qué ha pasado, ni dónde estoy —reconoció Juliana—. No puedo mandarle una nota diciéndole dónde he ido. Sería demasiada osadía.

Eleanor se encogió de hombros. Conocía tan bien como Juliana las trabas a las que estaban sujetas las damas de calidad. A ella le gustaba desafiarlas, pero era consciente de que la posición de su amiga era mucho más precaria que la suya.

—No temas, ya se nos ocurrirá algo.

Juliana sacudió la cabeza.

—No importa. De todas formas, no podemos ser amigos. A una dama de compañía a sueldo no van a visitarla los caballeros. Ni nadie, a decir verdad. Y, aunque puedo visitarte a ti o la señora Simmons cuando tengo un día libre, no puedo hacerle una visita a un caballero. ¿Cuándo podría verlo?

—Entonces, quédate conmigo —le ofreció Eleanor—. No hace falta que busques otro empleo. Sabes perfectamente que aquí eres bienvenida. Te lo he pedido muchas veces. No habrá ningún inconveniente para que lord Barre venga a visitarte aquí. Estoy segura de que encontraré un modo de avisarle de que estás viviendo conmigo. Edmund y yo nos vamos a Italia dentro de tres semanas. Es mejor para su salud y para su música, ¿sabes? Pero podría retrasar un poco nuestra partida.

—No, no hagas eso por mí. Eres muy amable, pero no puedo abusar de ti de esa manera —respondió Juliana. Su amiga y ella habían tenido muchas veces aquella misma conversación, que era, a decir verdad, su única fuente de conflicto.

Eleanor hizo una mueca.

—¡Tú y tu estúpido orgullo! Tú harías lo mismo por mí si estuvieras en mi lugar.

—Y tú sabes perfectamente que, si estuvieras en mi lugar, harías lo mismo que yo —replicó Juliana con una sonrisa—. No puedo vivir de tu caridad.

—Entonces te contrataré. Necesito una dama de compañía. Las cosas son mucho más agradables cuando una tiene una amiga con quien compartirlas. Te pagaré lo que te pagaba la señora Thrall, y así serás independiente.

—Tú no necesitas una dama de compañía, y las dos lo sabemos. Seguiría siendo caridad, por más disfraces que le pongas, y además se complicarían las cosas porque tendrías que pagarme —Juliana tomó la mano de su amiga y se la apretó afectuosamente—. Sé que estás deseando tomarme bajo tu ala.

Eleanor se echó a reír.

—Eres muy injusta. Aunque debo admitir que tengo cierto deseo de arreglar las cosas —le lanzó a Juliana una mirada divertida y añadió—: Lo único que quiero es que tu vida sea más fácil. Mereces ser mucho más feliz de lo que has sido.

—No sé lo que merezco, pero sin duda te das cuenta de que, tal y como me van las cosas, debo valerme por mí misma.

—Desde luego que sí, soy consciente de ello —contestó la americana—. Eres muy independiente.

—Tengo que buscar empleo. Y... tengo que ser realista respecto a lord Barre —Juliana miró a su amiga con tristeza—. He estado dándole vueltas mientras venía hacia aquí. Estos últimos días he tenido la cabeza a pájaros. Es una situación imposible. No puedo seguir viendo a Nicholas.

Nicholas subió al trote los peldaños de la casa alquilada de las Thrall, canturreando por lo bajo. Había esperado dos días, confiando en que fuera un tiempo prudencial para volver a visitar a Juliana. Aquel intervalo de tiempo le había resultado más bien aburrido, francamente, y más de una vez había pensado en lo absurdo que era que, si quería hablar con alguien, tuviera que refrenarse varios días antes de hacerlo sólo porque se trataba de una mujer.

Aun así, estaba acostumbrado al hecho de que las reglas de la alta sociedad significaran poco para él, y no había sido por su propio bien, sino por el de Juliana, que había decidido seguirlas. Así pues, se había pasado los dos días anteriores haciendo la clase de cosas que los caballeros ociosos hacían en Londres, y las había encontrado insoportablemente aburridas. Había vendido la mayor parte de sus negocios al marcharse de Estados Unidos y aceptar el título; del resto de sus intereses se ocupaba con diligencia su agente comercial, de modo que no requerían más que una visita suya de cuando en cuando. El grueso del dinero que acompañaba al título estaba ligado a las tierras de Lychwood Hall y era administrado por el capataz de la finca, bajo la supervisión de Crandall Barre. Nicholas no había viajado aún a Lychwood, y era consciente de que estaba postergando el inevitable encuentro con sus parientes.

Le abrió la puerta una doncella que, al preguntarle él por la señorita Holcott, sonrió y lo acompañó al salón principal. Al cabo de unos minutos, la señora Thrall entró en la habitación deshaciéndose en sonrisas.

—¡Lord Barre! ¡Qué alegría! Clementine bajará enseguida. Ya sabe cómo son las niñas. Quizá le apetezca una taza de té.

—Gracias —Nicholas se resignó a pasar su visita a Juliana en presencia de las Thrall. Era un incordio, naturalmente, pero no quería que Juliana tuviera problemas con su jefa..., por más que le fastidiara que tuviera que preocuparse por la opinión de aquella mujer. Se preguntaba dónde estaba. Seguramente ayudando a vestirse a aquella cursi de la señorita Thrall.

La señora Thrall entabló con él una conversación que languideció durante unos minutos. Nicholas estaba cada vez más impaciente. Luego Clementine irrumpió en la habitación con cierto revuelo, y él se levantó para saludarla, mirando por detrás de ella en busca de Juliana.

—¿Y la señorita Holcott? —preguntó al sentarse Clementine en la silla más próxima a él—. ¿Dónde está? Espero que no se encuentre indispuesta.

—Oh, no. Me temo que esta tarde tendrá que conformarse con Clementine y conmigo —gorjeó la señora Thrall—. La señorita Holcott no está aquí.

—Entiendo —contestó, aunque no entendía nada—. ¿Y volverá pronto? —le parecía un golpe de mala suerte el haber llegado mientras Juliana estaba fuera, haciendo algún recado. Se preguntaba si podría soportar la compañía de las Thrall unos minutos, con la esperanza de que Juliana regresara pronto, o si debía irse y volver otro día.

—No, no lo creo. ¿Le sirvo más té, milord?

—No —Nicholas descubrió que empezaba a agotársele la paciencia—. ¿Dónde está la señorita Holcott?

La señora Thrall paseó la mirada por la habitación como si la respuesta a su pregunta pudiera saltar de pronto ante ella. Por fin dijo con cierta reticencia:

—Me temo que la señorita Holcott ya no está empleada en esta casa.

—¿Cómo dice? —Nicholas achicó los ojos mirando a la rechoncha señora Thrall—. ¿Se ha despedido?

—Sí. Sí, eso es —asintió la señora Thrall.

—¿Dónde ha ido?

—Me temo que no lo sé —respondió ella.

—¿No dejó ninguna dirección? —preguntó Nicholas, incrédulo.

—No, no, no la dejó. Francamente, me sorprendió mucho su comportamiento. No me esperaba eso de la señorita Holcott —le dijo la señora Thrall, aderezando su historia.

Nicholas fijó en ella su mirada negra e impenetrable.

—¿Por qué se fue? —inquirió.

Ella tragó saliva y se removió, incómoda, en la silla.

—Pues, verá, no estoy muy segura. Um...

—Nos estaba robando —afirmó Clementine—. Mamá tuvo que despedirla.

Nicholas se giró hacia ella, y Clementine Thrall sintió toda la fuerza de su mirada negra.

—¿Robándoles? ¿Juliana? Sugiero que vuelva a pensar lo que ha dicho. Si me entero de que esa historia se ha corrido por la ciudad, me enfrentaré a ella... y a ustedes... sin contemplaciones.

Clementine se puso roja, lo cual no la favorecía, y de pronto notó que le sudaban las manos.

—¿Qué está...? ¿Cómo se atreve a amenazarme? —concluyó débilmente.

—Yo no amenazo, señorita Thrall. Le estoy diciendo con toda claridad que, si vuelvo a oír esa mentira acerca de la señorita Holcott, sabré de dónde procede, y le aseguro que, en ese caso, puede despedirse de cualquier esperanza que tenga de hacer una boda ventajosa —apartó la mirada de Clementine, que estaba boquiabierta, y se volvió hacia su madre—. ¿Me he expresado con claridad, señora?

La señora Thrall asintió con la cabeza, incapaz de hablar.

—Ahora, volveré a preguntárselo. ¿Adónde fue Juliana?

—No lo sé —gimoteó la señora Thrall—. Es la verdad. Recogió sus cosas y se marchó. No sé adónde.

—¡Maldita sea! —Nicholas se levantó de un salto.

Sabía que sería inútil preguntarles a aquellas dos mujeres por qué se había ido Juliana. Estaba seguro de que la culpa era de ellas, pero también de que no conseguiría extraer de ellas una respuesta sincera. De todas formas, ello carecía de importancia; tenía la impresión de que era cierto que ignoraban dónde había ido Juliana, y eso era lo único que le importaba. Había vuelto a perderla.

Salió del salón y cruzó el vestíbulo sin oír apenas las protestas de las Thrall.
—¡Lord Barre!
—¡No, espere!
Nicholas salió por la puerta principal y logró refrenarse a duras penas para no dar un portazo. Estaba furioso, tanto más por cuanto sabía que él era el causante del despido de Juliana. En el mejor de los casos, había ignorado por completo a la señorita Thrall; en el peor, se había mostrado grosero con ella el día que llevó a Juliana a pasear en coche... y todo porque sólo había pensado en sí mismo. Aquella muchacha era exasperante, y él había querido estar a solas con Juliana, de modo que le había hecho un desplante con todas las de la ley. No se le había ocurrido pensar en cómo sus actos podían afectar a Juliana; no había reparado en que aquella idiota le haría pagar a Juliana la humillación que había sufrido por su causa.

Juliana había sido arrojada a la calle y estaba sola en el mundo, sin medio de sobrevivir, por culpa de su apresuramiento. Y él ni siquiera sabía dónde estaba.

Se quedó un rato delante de la puerta de las Thrall, dándoles vueltas a aquellos sombríos pensamientos. Por fin exhaló un suspiro de fastidio, bajó los escalones y salió a la acera. No había avanzado mucho cuando una voz lo detuvo.

—¡Lord Barre! ¡Lord Barre! ¡Espere!

Era la voz de una muchacha, un poco jadeante, y procedía de un lateral de la casa. Al volverse, vio que una muchacha corría hacia él por el estrecho camino que llevaba a la puerta lateral. Aquélla era la entrada de servicio, pero saltaba a la vista que la muchacha no era una sirvienta. Era todavía una adolescente, pues llevaba el pelo recogido en dos trenzas de niña, pero su sencillo vestido de muselina era de buena calidad.

Nicholas recordó que Juliana le había dicho que había otra muchacha en casa de los Thrall a la que le tenía gran afecto, y comenzó a abrigar alguna esperanza.

—¿La señorita Thrall? —preguntó.

Ella se detuvo ante él, casi sin aliento.

—Sí. Yo... soy Fiona Thrall. Sé lo que pasó realmente.

—¿Con la señorita Holcott? —Nicholas, que era todo oídos, dio un paso hacia ella.

Fiona asintió con la cabeza.

—Sí. No fue como ha dicho mi madre. La señorita Juliana no se marchó simplemente. No se habría marchado por propia voluntad.

—De eso no me cabe ninguna duda. ¿La despidió la señora Thrall?

—Sí. Hubo una fuerte discusión. Mi madre y Clementine estaban furiosas. Clemmy dijo que la señorita Juliana había intentado apartarla de usted, y mi madre dijo... —la chica se detuvo, balbuciendo, y se puso colorada—. Acusó a Juliana de... de engañarlo con sus triquiñuelas.

—Me imagino perfectamente lo que le dijo —contestó Nicholas con cierta acritud—. No es necesario que me lo diga. Dígame solamente si sabe adónde fue Juliana.

—Sí, lo sé —le dijo, y pareció aliviada al abandonar el asunto de las injustas acusaciones de su madre—. La señorita Juliana me dejó su dirección para que fuera a visitarla. Se fue a casa de su amiga, lady Scarbrough. Dijo que se conocían del colegio —Fiona le alargó un trozo de papel—. Tenga, puede copiar las señas, si quiere.

Nicholas tomó el papel. Éste contenía únicamente una dirección que guardó rápidamente en su memoria. Luego le devolvió el papel a Fiona.

—Gracias, señorita Thrall. Estoy en deuda con usted. Y si desea usted visitar a la señorita Holcott... —se metió la mano en el bolsillo, sacó un billetero y le entregó una tarjeta de visita—. Sólo tiene que mandarme recado y le enviaré mi coche para que la lleve.

—¿De veras? —Fiona tomó la tarjeta y le lanzó una sonrisa deslumbrante que hizo pensar a Nicholas que algún día eclipsaría a su hermana mayor.

Nicholas se despidió de la muchacha tocándose el ala del sombrero y partió hacia la distinguida dirección de Mayfair que había visto escrita en el trozo de papel. Recorrió a pie el camino, ensimismado, cavilando sobre el papel que había representado en las tribulaciones de Juliana y sobre lo que podía hacer al respecto. Cuando se encontró ante la elegante mansión estilo reina Ana donde vivía lady Scarbrough, había llegado a una conclusión satisfactoria.

Le abrió la puerta un sirviente... o eso dedujo, aunque a decir verdad aquel hombre no vestía librea, sino un sencillo traje negro. El mayordomo lo calibró de un vistazo y lo acompañó escaleras arriba hasta un salón espacioso y bellamente decorado que conseguía ser al mismo tiempo cálido y elegante.

Juliana estaba sentada en compañía de otra mujer, una morena escultural de bellos ojos azules. Se estaban riendo de algo con la tranquilidad y el afecto de las buenas amigas. La morena levantó la vista cuando entraron en la habitación, y Nicholas se sintió traspasado por su mirada vívida e inteligente. Juliana siguió con la cabeza agachada, mirando el bastidor de costura que tenía en el regazo, y no levantó los ojos hasta que el sirviente anunció su nombre.

Entonces alzó súbitamente la cabeza y lo miró con la boca abierta por la sorpresa.

—¡Nicholas! ¿Cómo me has encontrado?

—¿Te estabas escondiendo de mí? —repuso él inquisitivamente—. Si es así, no te ha salido muy bien. Tu amiga, la señorita Fiona Thrall, hizo saltar la liebre.

Juliana se sonrojó.

—No, no quería decir eso. No me estaba escondiendo, por supuesto. Es que... no sabía cómo avisarte. Fue todo, eh, bastante repentino.

—Eso he oído.

—Lord Barre —la otra mujer se levantó y cruzó la habitación tendiéndole la mano—, soy Eleanor Scarbrough.

—Disculpadme —se apresuró a decir Juliana, poniéndose en pie—. Lord Barre, permítame presentarle a mi amiga, lady Scarbrough. Lady Scarbrough, lord Barre.

Juliana se sentía extrañamente azorada ante la presencia de Nicholas. Al verlo entrar en el cuarto, la alegría la había atravesado como un disparo, haciéndola perder el equilibrio. Apenas dos días antes se había convencido de que tendría que renunciar a su amistad y, pese a todo, nada más verlo el corazón le había dado un vuelco en el pecho, y se había sentido sofocada y sin aliento.

—Me alegra conocerlo, lord Barre —dijo Eleanor. Luego, mirando de reojo a Juliana un momento, prosiguió suavemente—: Lo siento, pero me temo que tengo que atender unos asuntos en mi despacho. Sin embargo, estoy segura de que la señorita Holcott estará encantada de conversar con usted. Si me disculpan…

Juliana sabía que su amiga quería darle discretamente la ocasión de hablar con Nicholas a solas, pero, teniendo en cuenta el tumulto que se había desatado en su interior, hubiera preferido que Eleanor no fuera tan complaciente. Ignoraba qué debía decirle a Nicholas. Sabía que debía explicarle que era inútil que siguieran siendo amigos, pero temía que, si empezaba a hablar de ellos, las lágrimas le impidieran continuar. La alarmaba igualmente la idea de que Nicholas notara en su voz el extraordinario placer que suponía para ella su visita. Era sencillamente absurdo mostrar tanta emoción, sobre todo teniendo en cuenta que Nicholas tenía una expresión adusta y severa. ¿Estaba enfadado con ella?, se preguntaba.

—Debo disculparme por lo que ocurrió —comenzó a decir él bruscamente, tan pronto Eleanor hubo salido de la habitación.

—¿Por qué? —preguntó Juliana, desconcertada.

—Por la conducta de esa necia —contestó él sucintamente.

—¿La señora Thrall? Tú no tienes nada que ver con ella —repuso Juliana, extrañada.

—No, pero contigo sí. Y no te habría despedido si yo no les hubiera hecho un desplante a ella y a su hija el otro día. Debí tener más cuidado. No pensé en cómo podía afectarte.

Juliana se envaró.

—No tiene importancia —contestó. No le gustaba pensar que Nicholas la consideraba una responsabilidad, y menos aún una responsabilidad onerosa, como parecía deducirse por su expresión—. No es culpa tuya. Y pronto encontraré otro empleo.

Ya había visitado una agencia de colocación, y aunque no había puestos disponibles como dama de compañía, confiaba en que pronto surgiera alguno.

El semblante de Nicholas se oscureció.

—No —pareció darse cuenta de lo autoritaria y desabrida que había sonado aquella única palabra, y añadió—: No deberías ser la dama de compañía de nadie —Juliana hizo amago de hablar, pero antes de que pudiera decir nada él prosiguió rápidamente—. He dado con la respuesta a tu dilema.

—¿De veras? —Juliana lo miraba fijamente, preguntándose de qué demonios estaría hablando.

—Sí. Es muy sencillo. Vas a casarte conmigo.

Hubo un largo momento de silencio. Juliana siguió mirándolo fijamente, demasiado perpleja al principio como para articular palabra. La súbita efusión de deseo que había brotado dentro de ella la había dejado atónita. Comprendió que deseaba desesperadamente aceptar su proposición. Pero tras aquella emoción llegó de inmediato el agudo alfilerazo de la rabia y la humillación.

No podía estar más claro que Nicholas no deseaba casarse con ella, que se lo estaba pidiendo —no, ni siquiera se lo estaba pidiendo, ¡se lo estaba notificando!— únicamente porque tenía la convicción de que era, de alguna manera, responsable de ella.

—Disculpe, milord —dijo fríamente, levantando el mentón con aire desafiante—. Puede que ahora tenga un título, pero eso no le da derecho a darme órdenes. No soy una de sus sirvientas.

—Desde luego que no —contestó él con cierta impaciencia—. No intento darte órdenes. Pero es la respuesta evidente.

—¿La respuesta? No sabía que hubiera hecho una pregunta —replicó ella—. Estamos hablando de mi vida, no de alguna incógnita.

Él pareció desconcertado.

—Sé que estoy hablando de tu vida —respondió—. Te estoy pidiendo que te cases conmigo.

—¿Me lo estás pidiendo? No he oído ninguna pregunta. Sólo te he oído afirmar que iba a casarme contigo. ¿Tan arrogante te has vuelto desde que no te veo? ¿Esperabas que me desmayara a tus pies porque te dignaras decir que estabas dispuesto a casarte conmigo?

—¿Arrogante? —él arrugó las cejas y sus ojos oscuros brillaron—. ¿Llamas arrogancia a ofrecerte mi nombre?

—Llamo arrogancia a dar por supuesto que el matrimonio es lo único que puede salvarme. Que mi vida es un... un problema porque soy una mujer soltera. Sí, tengo que ganarme la vida, pero al menos soy independiente. Elijo lo que quiero hacer.

—¿Llamas independencia a estar a las órdenes de otra persona? —replicó él.

—Por lo menos me pagan, tengo un día libre a la semana y, si mis deberes se me hacen demasiado pesados, soy libre de marcharme. No estoy a las órdenes de un hombre veinticuatro horas al día, siete días a la semana, sin dinero propio y sin posibilidad de marcharme.

—¿Así crees que sería estar casada conmigo? —preguntó Nicholas, irritado—. ¿Crees que intentaría controlarte? ¿Que te forzaría a obedecerme? Te ofrezco la oportunidad de escapar a una vida de penosos esfuerzos, y me lo echas en cara como si estuviera intentando perjudicarte.

—¡Yo no te he pedido ayuda! —exclamó Juliana, cerrando los puños junto a los costados—. Tú me la has impuesto. Sin pedirme permiso, me dices que voy a casarme contigo. Me dices que mi vida es una miseria y que vas a ponerle remedio —se acercó a él hasta que estuvieron casi pegados y lo miró belicosamente—. Muchísimas gracias, pero es mi miseria, y te agradecería que no metieras la nariz en ella.

—Hay que ser desconfiada e ingrata para... —Nicholas se interrumpió. Sus ojos tenían una mirada feroz.

Se quedaron allí parados un rato, mirándose el uno al otro, demasiado enfadados para hablar siquiera. Nicholas la miraba con los puños apoyados en las caderas y la cabeza hacia delante, y ella permanecía en una pose casi idéntica, prácticamente temblando de indignación.

Luego, de pronto, para sorpresa de Juliana, el humor iluminó los ojos de Nicholas y se relajó, bajó las manos y una carcajada escapó de sus labios.

—Siempre has sido de armas tomar, ¿eh?

Juliana intentó aferrarse a su furia, pero sintió que se le escapaba entre los dedos y un momento después ella también se echó a reír.

—No soy la única.

—Juliana, por favor, no te enfades conmigo. No pretendía ofenderte. Si he sido arrogante, perdóname. No es por el título, me temo, sino porque me he acostumbrado a dar órdenes. Sólo quería ayudarte. Pero, como bien sabes, nunca permití que me inculcaran buenos modales.

—Puede que tus modales fueran mejores si no hubieran intentando inculcártelos a golpes —respondió ella y se apartó con un suspiro, diciendo—: Sé que te preocupas por mí, Nicholas, pero...

—¿Pero qué? —preguntó él—. Por favor, Juliana, escúchame. No intento obligarte a nada. No siento ningún deseo de controlarte, y no pretendo ofenderte. Te estoy ofreciendo simplemente una... una vida más fácil. Piensa en las ventajas. Tendrías dinero, ropas, la libertad de hacer lo que te plazca. Sería sólo un matrimonio de nombre. No espero que seas mi esposa en todos los sentidos.

—Pero, Nicholas, esto es un disparate. ¿Por qué quieres ofrecerme tal cosa?

—También yo saldría ganando —contestó él—. Necesito una esposa. Ahora tengo un título, y hay ciertas obligaciones sociales que lo acompañan. Y ya me conoces: no tengo modales, como acabas de comprobar. Iría por ahí metiendo la pata y enemistándome con todo el mundo.

—¿Y eso te importa? —preguntó ella, escéptica.

Nicholas se echó a reír.

—Puede que no mucho. Pero puede que, a medida que me haga mayor, lamente haberme granjeado la enemistad de todos los pares del reino —se detuvo y su expresión se hizo más seria—. Sé lo que la gente piensa de mí. Que soy salvaje y malvado. Casi nunca me molesta. Pero a veces... —se encogió de hombros—. No soy completamente inmune a esas cosas. Creo que tal vez desee dejar de ser un... caso perdido —algo brilló en sus ojos y desapareció—. Tú podrías convertirme en una persona respetable. Sabrías qué hacer y qué decir, cómo celebrar una fiesta, y a quién invitar para que no me den ganas de aullarle a la luna en vez de escuchar a esa gente.

Juliana sonrió a medias.

—No sé si hay alguien en la alta sociedad que encaje en esa descripción. Además, yo soy tan ajena a ella como tú.

—Puede ser, pero tú, al menos, eres una buena persona. Sabes lo que está bien y lo que está mal.

—Tú también, Nicholas. Si no fueras bueno, no me ofrecerías todo eso.

—No soy tan bueno. Los dos sabemos que necesito una esposa. Tengo dos casas que mantener. Y necesito a alguien que lime mis aristas.

—Pero sin duda necesitas a alguien de posición más parecida a la tuya. Una chica de buena familia.

—Tu familia no tiene nada que objetar. Tu padre era sencillamente el hijo menor.

—Del hijo menor —añadió Juliana—. Sí, nuestro apellido es bastante importante, pero no somos ricos. No da la talla.

—Que no te oiga la tía Lilith denigrar a su familia.

—Yo sólo soy su prima.

—Pero vales cien veces más que ella. Eso es lo que a mí me importa. No me interesa el dinero; tengo suficiente. ¿Con quién debería casarme, Juliana? Dímelo.

¿Con una de esas mocosas que me persiguen y cuyas madres tienden trampas a los solteros incautos? ¿Quizá con una muñequita como Clementine Thrall?

—¡Nicholas! Claro que no. Pero hay otras mujeres...

—¿Cuáles? No me interesan las muchachas de risa floja. Te conozco, y sé que serías una excelente esposa para un noble. Además, si te casas conmigo, dejarán de perseguirme todas las jovencitas de la alta sociedad, lo cual será, te lo aseguro, un gran alivio para mí.

—Nicholas..., esto es ridículo.

—En absoluto. Piensa que dentro de poco tengo que ir a Lychwood para ver a mis parientes. No dejarás que me enfrente yo solo a la tía Lilith y a Crandall, ¿verdad? ¿No serás tan cruel?

Juliana lo miró. A pesar de que Nicholas parecía bromear, tenía la sensación de que, en el fondo, hablaba muy en serio.

Luego, con una sonrisa malévola, añadió:

—Vamos, dime la verdad. ¿No te gustaría volver a ver a la tía Lilith siendo la señora de la casa?

—Pero ¿y el amor? —balbució Juliana. A pesar de sus muchos argumentos, Nicholas no había mencionado aquella cuestión ni una sola vez.

Él le lanzó una mirada sardónica.

—¿Qué pasa con él?

—¿No te gustaría casarte con la mujer a la que amas? ¿No es ése el verdadero propósito del matrimonio? ¿Estar con la persona que amas el resto de tu vida?

—¿Lo es? —contestó él, y se apartó. Su semblante había vuelto a adquirir su dureza habitual—. Yo no creo en el amor.

—¡No digas eso!

—¿Por qué no? Es la verdad —se giró para mirarla—. El amor es casi siempre un cuento de hadas. Sirve de bien poco, como no sea para que la gente se sienta mejor con la suerte que le ha tocado. Yo, ciertamente, he visto muy poco amor en los matrimonios.

—Pero tus padres...

—Apenas me acuerdo de ellos —Nicholas tenía una expresión impenetrable. Por primera vez, a Juliana le pareció un desconocido—. Pero me acuerdo de mis tíos, y entre ellos no había nada más que orgullo y asco.

—¡No puedes tomar a Lilith y Trenton Barre como ejemplo! —exclamó Juliana—. No son un buen ejemplo de nada. Ni de marido y mujer, ni de padres, ni de personas siquiera. Mis padres se querían. Fueron felices juntos.

—Y tu madre fue un fantasma los años que yo la conocí —respondió Nicholas.

Juliana sabía que cuanto decía era cierto. Su madre había vivido el resto de sus días en medio de una neblina triste y remota, y nada que hiciera ella podía devolverle la alegría.

—Al menos conoció el amor durante un tiempo —dijo Juliana con tenacidad.

—Juliana... —Nicholas se acercó a ella—. Tú eres la única persona del mundo en la que confío. Eres lo más parecido a una verdadera familia que he tenido nunca. Quiero saber que estás bien. Tengo medios para ofrecerte una buena vida, y ganas, pero no hay ningún otro modo de hacerlo sin deshonrar tu nombre. El matrimonio es el único medio que tengo para ofrecerte lo que te mereces, lo que quiero que tengas.

Aparte de eso, no siento amor por ninguna mujer. Nunca he sentido nada, aparte de deseo, y el deseo es fácil de satisfacer.

Juliana abrió los ojos de par en par al oírle, y sintió que le ardían las mejillas.

—Sí, ya sé —dijo Nicholas con cierta impaciencia—. No debería hablarle de esas cosas a una dama. Pero he de ser sincero contigo. Quiero que comprendas que... que no me interesa el amor. No lamentaré casarme sin él. Puedo mantener con toda facilidad una relación desapasionada. El deseo carnal puede satisfacerse fuera del matrimonio. Discretamente, por supuesto. Jamás te avergonzaría.

—Pero ¿y yo? —replicó Juliana, ignorando el sonrojo que teñía su cara. Deseaba ser tan franca como él—. ¿Yo también he de buscar el amor en aventuras pasajeras..., discretamente, por supuesto?

Una luz fría centelleó en sus ojos, y por un momento su rostro se tornó frío y peligroso. Parecía de la cabeza a los pies el pirata que algunos decían que era.

Luego se relajó con visible esfuerzo.

—Confiaré en tu buen criterio, desde luego.

Le lanzó una mirada desafiante, con una ceja levantada, y Juliana comprendió que era plenamente consciente de que ella nunca buscaría una aventura ilícita, ni siquiera aunque en su matrimonio no hubiera amor.

Algo irritada porque Nicholas hubiera descubierto su bravuconada, ella replicó:

—Bueno, sean cuales sean tus sentimientos al respecto, tal vez yo tenga aún la esperanza de casarme algún día con un hombre al que ame.

—¿Y cómo vas a encontrar a esa persona? —preguntó

Nicholas con sorna–. Sé práctica, Juliana. ¿A quién vas a conocer mientras sirves a muchachas estúpidas o a ancianas adineradas?

Juliana sintió el escozor de las lágrimas en los ojos al oír sus palabras. Nicholas tenía razón, por penosa que fuera la verdad. En los años que llevaba trabajando como dama de compañía, no había conocido a ningún hombre interesante, o, al menos, a ninguno que pudiera considerar siquiera la posibilidad de casarse con ella. Y era lo bastante realista como para reconocer que, en los años venideros, se iría haciendo mayor y, por tanto, sería aún más improbable que alguien le propusiera matrimonio, incluso si encontraba un hombre al que pudiera amar. Aquélla era una perspectiva sombría, una perspectiva que más de una vez la había hecho verter lágrimas sobre la almohada de madrugada.

Se dio la vuelta y luchó por refrenar las lágrimas que amenazaban con estrangular su voz.

–Soy consciente de que no debo abrigar esperanzas. Pero aun así… –cuadró los hombros con orgullo y se volvió para mirarlo, alzando la cabeza–. Por lo menos sólo yo controlo mi vida.

El semblante de Nicholas se suavizó; sus ojos parecían de pronto tocados por el arrepentimiento.

–Siento haberte hecho daño. He hablado con demasiada franqueza. No pretendía que tus ojos se llenaran de dolor.

–No es culpa tuya decir la verdad –contestó Juliana.

Nicholas la tomó de las manos y la miró a los ojos fijamente.

–Eres una mujer valiente y maravillosa. Si el mundo

fuera justo, serías una duquesa, y todas las señoras Thrall y las Clementines de la tierra serían tus sirvientas. No puedo cambiar lo que te ha sucedido, pero te ofrezco lo que está en mi mano. Tendrás dinero para hacer lo que desees, para comprar lo que quieras. Tendrás criados que se ocupen de ti, y no habrá nadie que pueda mirarte por encima del hombro ni darte órdenes. No seré un marido dominante y autoritario, te doy mi palabra. Seremos, como siempre, amigos. Y serás libre e independiente. Jamás te pondré trabas.

Juliana sintió una punzada de dolor en el corazón. Era consciente de la avasalladora cercanía de Nicholas, de la leve aspereza de sus manos, del frescor del metal de su anillo, del olor varonil a jabón de afeitar que excitaba su olfato, del calor de su cuerpo recio, tan próximo al suyo. Si le ofreciera, además de su mano, su corazón... Si fuera amor lo que veía en sus ojos y no solamente bondad...

—¿Qué me dices de los hijos? —balbució para su propia sorpresa.

—¿Qué ocurre con ellos? —Nicholas parecía sorprendido.

A pesar de su azoramiento, Juliana prosiguió diciendo:

—¿Y si en algún momento quiero tener hijos? Es muy natural que una mujer desee ser madre. Tener una familia a la que amar y nutrir.

Nicholas se quedó mirándola un momento. Juliana aguardó; el rubor causado por la vergüenza empezaba a mezclarse con un calor muy distinto.

—Cuando llegue ese momento —dijo él al fin con voz ronca—, sólo tendrás que decírmelo.

Se inclinó hacia ella, acercando poco a poco la cara. Juliana miró involuntariamente sus labios.

—Si decidieras que ése es el tipo de matrimonio que quieres —murmuró él—, puede arreglarse.

Juliana se quedó sin aliento y cerró los ojos. Los labios de Nicholas tocaron los suyos, suaves pero firmes, y comenzaron a moverse con mayor insistencia. Juliana sintió que la cabeza le daba vueltas y que sus sentidos cobraban de pronto vida. Nicholas posó las manos en sus brazos; apretó su carne. El calor de su cuerpo era una cosa palpable que acariciaba y envolvía a Juliana.

Ella tembló ligeramente, echó la cabeza hacia atrás y sus labios se abrieron. La boca de Nicholas tenía un embriagador sabor a miel. Juliana no podía respirar, no podía resistirse; se sentía como si estuviera al borde de un precipicio, y era consciente de que sólo ansiaba entregarse a él, caer en la negra sima del deseo.

Nicholas se apartó y contempló su rostro. Sus ojos ardían con un oscuro fulgor.

—Piénsatelo —dijo con aspereza—. Es todo lo que te pido.

Diciendo esto, se dio la vuelta bruscamente y salió de la habitación, dejando a Juliana anonadada tras él.

7

Juliana se lo pensó. De hecho, el resto del día no hizo otra cosa que pensar en la escena que había tenido lugar entre ellos. El beso de Nicholas la había dejado turbada y confusa, llena de sensaciones extrañas y de ideas caprichosas y contradictorias... y repleta también de ilusiones.

¿Qué había querido decir Nicholas al besarla? Una parte de ella deseaba creer que aquel beso era señal de que Nicholas sentía por ella mucho más de lo que expresaba; que, a pesar de que decía no creer en el amor, en el fondo era eso lo que sentía por ella.

Con todo, procuraba apartar de sí con severidad tales pensamientos. Había visto suficiente mundo como para saber que había una clara diferencia entre el amor y el deseo. Y los hombres parecían sentir con suma facilidad un deseo despojado de vínculos más profundos. Sería el colmo de la insensatez creer que el ofrecimiento de Nicholas era otra cosa que lo que él mismo había afirmado: un matrimonio sólo de nombre, desprovisto de amor.

Tampoco podía negar que era, ciertamente, una oferta muy tentadora. Muchas mujeres habrían aprovechado sin dudarlo la ocasión de convertirse en la esposa de lord Barre, incluso aunque no mostrara por ellas ni el más leve indicio de afecto. Ser lady Barre, la señora de dos grandes casas y de un sinfín de sirvientes a la que la alta sociedad concedería de inmediato un puesto preeminente, era el sueño de muchas jóvenes casaderas. Para una solterona de veintisiete años, sin fortuna y obligada a ganarse la vida, era casi un don inimaginable.

Juliana había pasado toda su vida en las márgenes de un mundo de riqueza y privilegios del que había sido espectadora pero en el que nunca había podido tomar parte. Había ayudado a algunas jóvenes, como su prima Seraphina y Clementine Thrall, a vestirse y peinarse, y luego, ataviada con sus ropas insulsas, las había visto salir a bailar, asistir a la ópera o acudir a una fiesta.

Casarse con Nicholas cambiaría todo aquello. La ropa que se comprara sería suya. Celebraría suntuosas fiestas y asistiría a otras como invitada. Luciría joyas y ricos tejidos. Y jamás tendría que volver a apaciguar a una jefa o a preocuparse por lo que haría si no encontraba otra colocación. Aquello le daría, tal y como Nicholas había dicho, una libertad inmensa.

Pero, aun así, no podía evitar que la idea de un matrimonio sin amor la hiciera dudar. Siempre había creído que se casaría por amor. Llevaba consigo el recuerdo del cariño de sus padres, las risas y el afecto que habían compartido. Siempre habían andado escasos de dinero, pero no le importaba; el amor que se tenían compensaba cualquier falta. Y Juliana sabía que eso era lo que quería para sí misma.

Nicholas era el hombre que aparecía en sus sueños de adolescencia. Naturalmente, al ir creciendo, había comprendido lo necios e improbables que eran aquellos sueños. Se había aferrado, sin embargo, a la esperanza de que en alguna parte hubiera un hombre que la quisiera, a la ilusión de que algún día encontraría la clase de amor que habían compartido sus padres. Le parecía la más terrible de las ironías que, al recibir por fin una proposición de matrimonio, ésta fuera la antítesis de sus anhelos... y que, pese a todo, la hubiera formulado el mismo hombre que antaño había ocupado sus delirios románticos.

¿Cómo iba a dar su consentimiento a aquel acuerdo, tan tentadoramente cercano a sus sueños, y sin embargo terriblemente alejado de ellos?

Por otro lado, sabía que sería absurdo tirar por la borda aquella oportunidad. Era poco probable que, en su situación, pudiera casarse por amor. Nicholas tenía razón al decir que, dada su posición, rara vez conocía a hombres interesantes y, cuando los conocía, a ninguno de ellos se le ocurriría proponerle matrimonio a una mujer sin importancia como ella.

Si no cabía la posibilidad de casarse por amor, ¿tan terrible era acaso casarse habiendo al menos verdadero afecto? Nicholas la quería a su modo. Había dicho que era toda la familia que tenía. Sin duda decía algo respecto al lugar que Juliana ocupaba en su vida el hecho de que estuviera dispuesto a casarse con ella para ofrecerle una vida mejor, en lugar de desposar a cualquiera de las bellas jovencitas entre las que podía escoger a su esposa.

Y, aunque aquello estuviera muy lejos del amor, a Juliana le parecía que podía ser la base para un matrimonio duradero. Nicholas y ella compartían un pasado común; eran amigos. Y él era un buen hombre, dijeran lo que dijesen los demás acerca de su carácter perverso. Sólo por bondad podía haberse ofrecido a atarse a ella de por vida.

Había, sin duda, cierto deseo malicioso de escupir metafóricamente en los ojos de los parientes que lo habían maltratado; para ellos sería un mal trago verlo enseñorearse de la casa y el título que tanto habían deseado. ¿Cuánto más molesto no sería verla a ella, otra criatura inferior a sus ojos, convertida en la señora de aquella casa solariega? Nicholas se reiría tibiamente de la consternación de las jovencitas de la aristocracia que lo habían perseguido —y de sus madres—, cuando se enteraran de que había preferido a una joven sin un céntimo.

Pero aquellos deseos no bastaban para empujarlo a casarse, Juliana estaba segura de ello. En el fondo, tenía que ser su generosa naturaleza la que lo había impulsado a hacerle aquella proposición. Y sin duda alguna un hombre semejante sería un marido amable y generoso. Si alguna otra mujer en su situación le hubiera pedido consejo, Juliana la habría instando a aceptar el ofrecimiento.

De hecho, eso fue lo que le dijo Eleanor esa tarde, cuando Juliana le habló de la proposición de Nicholas.

—Claro que debes aceptar. Te mereces la vida que puede darte, y me parece un rasgo de inteligencia que te haya elegido por esposa.

Juliana sospechaba que su amiga no compartía sus ideas respecto al lazo sagrado del matrimonio. Eleanor y su marido parecían tener una relación extraña, más parecida a la de un hermano y una hermana; afectuosa, pero carente de pasión. Aun así, Juliana sabía también que su amiga quería lo mejor para ella. Tal vez tuviera razón en lo que decía.

Esa noche se fue a la cama sin haber resuelto la cuestión que ocupaba su mente, y cuando llegó el día y se despertó de un sueño intranquilo y turbador, descubrió que seguía sin saber qué camino debía tomar.

Después del desayuno, Eleanor se fue a trabajar a su despacho, como hacía casi todas las mañanas. Juliana salió a dar un paseo con los niños y la niñera, una joven india muy atractiva y de piel atezada, que seguía comportándose con cierta timidez ante ella. Más tarde, los niños subieron al piso de arriba a dar sus clases, y Juliana se quedó a solas con sus pensamientos.

Suponía que debía ir a la agencia de colocación para preguntar si había quedado libre algún empleo. Sin embargo, no se arrancaba a hacerlo. Tenía que estar allí, por si Nicholas iba a visitarla.

Se puso a hacer unos arreglos que Eleanor necesitaba, pero no pudo concentrarse y tuvo que deshacer la mitad de las puntadas que había dado. Por fin dejó a un lado la labor, consciente de que era una pérdida de tiempo.

Sabía que era hora de tomar una decisión. Nicholas llegaría pronto, y ella debía darle una respuesta.

Sus perspectivas no eran buenas, tenía que admitirlo. Era improbable que llegara a encontrar el amor que buscaba, de modo que, si insistía en esperar, era muy posible que nunca se casara. Se pasaría el resto de su vida al borde de la vida de otros. ¿No sería mejor casarse con Nicholas? ¿Disfrutar de la seguridad y de las ventajas que le reportaría aquella boda? Con todo, apenas soportaba pensar en resignarse a que su marido no la quisiera y tuviera aventuras con otras mujeres, por muy discretas que fueran. Anhelaba un matrimonio verdadero, pero cuando pensaba en rechazar a Nicholas se le encogía el corazón.

Oyó que llamaban a la puerta. Se le hizo un nudo en el estómago y apretó las manos sobre el regazo. Escuchó un ruido de pasos en el vestíbulo y un momento después Nicholas entró en la habitación.

Juliana se levantó al cruzar él la habitación. De pronto se sentía sin aliento. Nicholas se inclinó sobre su mano y al erguirse la miró a los ojos.

—¿Y bien? —preguntó, muy serio—. ¿Has tomado una decisión?

No podía hacerlo, pensó; no podía encadenarse a una vida semejante. Abrió la boca para decírselo, pero para sorpresa suya lo que dijo fue:

—Sí, me casaré contigo.

Nicholas pareció casi tan sorprendido como ella porque aceptara. Luego en su rostro se dibujó una amplia sonrisa, y la atrajo hacia sí para abrazarla. Juliana se relajó un instante entre sus brazos. Casi le resultaba fácil creer que su compromiso era normal, que Nicholas era feliz porque la mujer a la que quería había aceptado ser su esposa.

Pero ésa no era la verdad, se dijo, y cuanto antes se

hiciera a la idea, tanto mejor. Se apartó y le sonrió con cierto embarazo.

—Estaba seguro de que te mostrarías inflexible —dijo Nicholas—, y de que tendría que esforzarme por convencerte. Me lo has puesto mucho más fácil.

—Yo... era lo más sensato —contestó Juliana con cautela.

—Tengo que ir pronto a Lychwood Hall —le dijo él—. ¿Por qué no nos casamos allí? Son la única familia que tenemos, tanto tú como yo, por poco que me guste.

Juliana asintió con la cabeza. Sentía escasos deseos de volver a ver a sus primos, pero aquél sería uno de sus primeros deberes como esposa de Nicholas. Por fuerte y próspero que fuera, necesitaría un escudo contra la familia Barre.

—Compraré una licencia especial para que se nos dispense del anuncio público del desposorio —prosiguió él—. Y hay que comprarte ropa nueva.

—No hace falta que... —comenzó a decir ella, algo avergonzada.

—Tonterías. Claro que hace falta. Una novia debe tener su ajuar, ¿no es cierto?

—Pero es demasiado. Todavía no nos hemos casado.

—¿Debo esperar hasta después de la ceremonia? —preguntó él con un brillo en los ojos—. ¿Quieres que nos casemos aquí y que te compremos ropa antes de ir a Lychwood Hall?

Ella hizo una mueca.

—No seas absurdo. No hay necesidad de...

—Sí que la hay. ¿Te has mirado al espejo? No pienso permitir que mi esposa vaya por ahí vestida como una institutriz. Quiero que el mundo vea lo hermosa que eres. ¿Quieres que todo el mundo diga que soy un avaro, que obligo a mi esposa a llevar ropa vieja y fea?

—Claro que no —contestó Juliana, sintiéndose estúpida. Le parecía algo mezquino por su parte aceptar semejante regalo, como si fuera a casarse con él sólo por su riqueza. Pero no era cierto, iba a casarse con él porque... En fin, sería mejor no pensarlo.

—Muy bien —le dijo, componiendo una sonrisa—. Iremos a comprar mi ajuar.

Eleanor fue la primera persona a la que le dieron la noticia. La amiga de Juliana se mostró entusiasmada, casi tanto como de saber que Juliana estaba a punto de comprarse un vestuario nuevo.

—¡Qué maravilla! Deberíamos empezar con madame Fourcey. Este año es la modista que hace furor. Se rumorea que es la hija de unos aristócratas franceses huidos de la Revolución.

—¿Y es cierto?

Eleanor se encogió de hombros.

—No tengo ni idea, pero sospecho que es más probable que sea una consumada actriz de Ipswich. Sin embargo, te aseguro que haciendo vestidos es una artista.

—Confiamos plenamente en su experiencia, milady —le aseguró Nicholas.

A la mañana siguiente fueron los tres a visitar la tienda de madame Fourcey, y Juliana quedó inmediatamente prendada de un vestido expuesto en un maniquí. Era un vestido de baile de hermoso raso color crema, con el bajo y la corta cola bordados en hilo dorado con un festón de flores. El bordado se repetía alrededor del generoso escote.

—¿A la señorita le gusta? —preguntó madame Fourcey con fuerte acento francés; quizá demasiado fuerte. Le lanzó a Juliana una simpática sonrisa, y después hizo lo mismo con Nicholas y Eleanor. Sin duda aquella mujer reconocía el dinero cuando lo veía—. Le quedará perfecto, con su pelo y sus ojos. ¿Desea probárselo? —ya se había vuelto y le estaba haciendo una seña a una ayudante para que le quitara el vestido al maniquí.

—Oh, no... —comenzó a decir Juliana, algo sorprendida por su intenso deseo de probarse el vestido.

—Sí, claro que sí —contestó Nicholas. Se volvió hacia ella—. Para eso hemos venido —sus ojos oscuros brillaron.

—Sí, lo sé —Juliana se sonrojó. Sabía que se estaba comportando como una tonta. Pero resultaba difícil romper con la costumbre inveterada de ahorrar hasta el último penique.

Dejó que la modista la condujera al probador, al fondo de la tienda, mientras Eleanor se acomodaba en un sofá de terciopelo verde con una revista de moda en las manos. La modista y su ayudante despojaron a Juliana de su vestido oscuro. Madame Fourcey sacudió la cabeza al examinar el traje y lo dejó a un lado.

—No, no, no. Este color no es para usted —dijo con énfasis. Ladeó la cabeza y añadió con un brillo de humor en la mirada—: Ni para nadie.

Su ayudante y ella levantaron el vestido de raso y lo deslizaron con cuidado sobre la cabeza de Juliana. Mientras la ayudante abrochaba la espalda, madame Fourcey se atareó desplegando la falda y alisándola hasta que todos los pliegues quedaron a su gusto.

—Ah, sí —dijo, sonriendo—. Le queda perfecto.

Bueno, un poco corto, pero eso tiene fácil arreglo. Se cose un volantito debajo de la falda, así —levantó el bajo del vestido para mostrárselo a Juliana—. De ese modo, la labor no queda oculta. Hasta aquí, y luego empieza la cola.

Juliana se miró al espejo y de pronto se sintió arrastrada por un fiero deseo de poseer aquel vestido. Incluso con el pelo recogido hacia atrás con su sencillez de costumbre, nunca había estado tan hermosa. Los colores crema y oro del vestido realzaban el tono cálido de su piel y contrastaban a la perfección con el tono oscuro de su cabello. Nunca se había considerado vanidosa, pero no podía evitar entusiasmarse ante la imagen que presentaba con aquel vestido.

La modista le sonrió sagazmente.

—Ya verás. Venga, vamos a enseñárselo a su...

—Prometido —repuso Juliana, sintiendo un súbito arrebato de orgullo.

Madame Fourcey la condujo a la tienda, donde esperaban Nicholas y Eleanor. Nicholas se levantó al verla entrar, y sus ojos oscuros brillaron.

—Ah —dijo con satisfacción—. Ése es el aspecto que debes tener.

Juliana se acaloró bajo su mirada. Sintió el mismo cosquilleo que ahora notaba a menudo en presencia de Nicholas, y se preguntó qué sentía él, si sentía algo, cuando estaban juntos.

—Es bastante caro —dijo, aunque sabía ya que no tenía fuerza de voluntad suficiente para rechazar aquel vestido.

—No pienses en esas cosas —le dijo Nicholas, acercándose a ella—. Quiero que lo tengas. Vas a ser mi esposa.

La miró a los ojos, y Juliana comprendió de pronto que era importante para él procurarle una colección de ropa elegante. No se trataba únicamente de un impulso generoso. Aquello satisfacía algo en él, le procuraba placer, y aquello zanjó la cuestión para Juliana.
—Gracias —contestó con sencillez.

Juliana pasó la semana siguiente en una auténtica orgía de compras. Después del primer día, Nicholas dejó la cuestión en manos de Eleanor. Dado que tenía un gusto exquisito y mucho dinero, Eleanor conocía a las mejores modistas y sombrereras, y las dos iban de tienda en tienda, comprando tantas cosas que a Juliana le daba vueltas la cabeza.

Compraron vestidos de mañana de muselina sencilla y con ramos, así como vestidos de tarde de muselina más fina, de linón y seda, festoneados con tiras de raso o bordados en el dobladillo y las mangas. Compraron vestidos de paseo confeccionados en género más grueso, para viajar.

Cuando Juliana protestó por el precio de un traje de montar de terciopelo azul oscuro, diciendo: «Pero si ni siquiera tengo caballo», su amiga le lanzó una mirada y contestó: «Pero lo tendrás».

Compraron también numerosos vestidos de noche, aunque, a juicio de Juliana, ninguno podía compararse con el primero que se probó. Eran vestidos del satén más refinado y de tafetán ligero, algunos con pequeñas colas y todos ellos escotados, con cuellos amplios, cuadrados o redondos.

Pero los vestidos, tantos que a Juliana le daba vueltas la cabeza, no bastaban. Juliana debía tener también ropa interior del algodón más suave, desde la camisa a las enaguas, pasando por las medias de color carne que cubrirían la parte inferior de su cuerpo bajo los vestidos más finos y las enaguas de moda. Y también debía tener camisones nuevos, festoneados de encaje y bordados, y batas de brocado y terciopelo.

Luego estaban las diversas prendas de abrigo que se consideraban necesarias para una dama acomodada: chaquetas cortas de manga larga y pellizas forradas de piel, así como capas para llevar con los vestidos de noche, y abrigos largos hasta los pies. Naturalmente, eran necesarios también zapatos en abundancia: botas de montar de cuero bruñido, zapatos de paseo y zapatillas de noche confeccionadas en cabritilla de colores suaves o raso bordado. Y no podían olvidarse las sombrillas de seda de diversos colores, a juego con los trajes, así como guantes de diferentes largos, géneros y colores. Cintas. Abanicos. Bolsitos. La lista de cosas necesarias parecía inacabable.

Y ningún guardarropa podía considerarse completo sin la adición de sombreros. Había bonetes redondeados y de ala ancha, algunos atados con pañuelos al estilo «gitano», y otros con grandes cintas de colores. Había sombreros ajustados que ceñían suavemente su cara, y otros de suave terciopelo al estilo turbante. Algunos tenían la copa plana y otros la tenían redondeada, y había otros que seguían la moda reciente de la copa elevada. Estaban decorados, naturalmente, con plumas de avestruz o con ramilletes de cerezas de madera pintada, o con flores y cintas.

Era un derroche de riqueza, y aunque resultaba delicioso, Juliana pronto empezó a sentirse como si se hubiera atiborrado de dulces. A fin de cuentas, nadie necesitaba tantos sombreros, ni zapatos, ni accesorios, y al final de la semana decidió poner fin a aquello.

La mayor parte de las cosas que había comprado habían de hacerse a medida, desde luego. Unos cuantos vestidos, como el elegante traje de noche que se había probado en primer lugar, estaban ya confeccionados y requerían solamente un pequeño arreglo, y las modistas aceptaron darse prisa en la confección de algunos otros vestidos. Pero para la mayoría de las prendas tomaron medidas y quedaron en enviárselas a Juliana a Lychwood Hall cuando estuvieran acabadas.

Con el ajetreo de aquellos días, Juliana apenas vio a Nicholas hasta que partieron hacia Lychwood Hall poco más de una semana después. Aquel día, sin embargo, pareció llegar enseguida. Juliana apenas daba crédito cuando se descubrió despidiéndose de Eleanor con un beso en la mejilla antes de montar en el carruaje que la esperaba.

Miró el coche, junto al que Nicholas aguardaba para ayudarla a subir, y se volvió hacia Eleanor, sintiendo de pronto un nudo en el estómago.

—Ay, Eleanor —murmuró—. ¿Estoy haciendo lo correcto?

Su amiga sonrió.

—Claro que sí. Son sólo los nervios de la boda. Hasta yo los sentí, y ya sabes que, en general, soy imperturbable.

—Pero en realidad apenas lo conozco —prosiguió Juliana—. Estos últimos quince años hemos sido extraños el uno para el otro y...

Eleanor la tomó de la mano y se la apretó.

—Sabes que en mi casa eres bienvenida, si quieres quedarte aquí. Si crees que todo esto es demasiado precipitado... En fin, Nicholas esperará, estoy segura. Puedes venir a Italia con sir Edmund y conmigo y casarte cuando vuelvas, si aún quieres hacerlo.

Las palabras de su amiga fueron el antídoto perfecto para el repentino nerviosismo de Juliana. Al verse ante la posibilidad de no casarse con Nicholas, dio marcha atrás. Se dio cuenta de que, pese al nerviosismo de la boda, quería casarse con él.

Sonrió, divertida consigo misma, y le apretó la mano a Eleanor.

—No, no quiero esperar. De veras. Tienes razón..., sólo son los nervios de embarcarme en una nueva vida. Estoy tan ilusionada como asustada. Ojalá pudieras asistir a la ceremonia.

—A mí también me gustaría —le aseguró Eleanor—. Si no tuviéramos ya los pasajes para el barco...

—Lo sé. Y no debes retrasar tu viaje —no mencionó, como no lo mencionaba Eleanor, que la tos de su marido sonaba cada día peor.

Con un último abrazo, Juliana se despidió de su amiga y bajó los peldaños hasta la calle. Nicholas la tomó de la mano para ayudarla a subir al carruaje; luego se giró para inclinarse ante Eleanor y subió al coche.

Se sentó frente a Juliana. A fin de cuentas, se consideraba indecoroso que un caballero se sentara junto a una dama en un carruaje, a menos que fuera su marido o un pariente, tal como un padre o hermano. El carruaje se puso en marcha, y Juliana se acomodó en el mullido asiento. Los cabeceros eran blandos y esponjosos, lo mismo que el asiento, y el cuero marrón que los cubría era suave como la mantequilla.

—Es un carruaje muy bonito —le dijo a Nicholas, un poco incómoda ahora que estaban solos.

—Me alegra que te guste. Es tuyo —contestó él.

—¿Ah, sí? —Juliana lo miró con sorpresa.

Él se encogió de hombros.

—Un carrocín está bien para un soltero. Pero una dama necesita un carruaje cerrado.

Juliana paseó de nuevo la mirada por el coche, un tanto asombrada. Nicholas tenía razón, suponía. Lady Barre no podía hacer sus visitas en el carrocín de su marido, ni en una calesa tirada por un poni. Sin embargo, no podía evitar preguntarse si el hecho de que Nicholas le hubiera comprado aquel coche no sería señal de algo más que simple atención a los requerimientos de su posición social. Tenía que haber cierto grado de afecto por su parte para que hubiera escogido y comprado aquel coche.

Juliana pasó una mano por el cuero exquisitamente suave del asiento. ¿Se estaba engañando, se preguntó, al pensar que quizá Nicholas la quería más de lo que él mismo pensaba?

Volvió a mirarlo. Nicholas la estaba observando. Las facciones marcadas de su cara parecían haberse suavizado en cierto modo, y sus ojos tenían una expresión cálida. Miró los labios de Juliana y ella recordó su contacto, firme, delicado y caliente, el día que se habían besado. El sofoco que había experimentado entonces volvió a apoderarse de ella al recordarlo. Apartó la mirada, confiando en que Nicholas no adivinara lo que estaba pensando.

Se aclaró la garganta.

—Gracias. Eres muy generoso conmigo.

—Disfruto siéndolo —le dijo él con sencillez—. Las cosas que se pueden comprar para uno mismo tienen un límite.

Juliana volvió a mirarlo y sus ojos grises brillaron al decir:

—Hay algunas personas que no son conscientes de ello, ¿sabes?

—Eso he notado.

El carruaje circulaba lentamente por las calles de Londres, pero poco a poco el tráfico fue disminuyendo y los edificios escaseando, y al cabo de un rato salieron al fin de la ciudad. El viaje a Lychwood Hall no era muy largo, ya que la casa se hallaba en la verde y bella campiña de Kent. Juliana suponía que a otras personas podía parecerles peculiar que Nicholas no hubiera visitado aún su hogar ancestral. Ella, en cambio, entendía perfectamente su reticencia. Esa comprensión, pensaba, era quizá la principal razón de que Nicholas deseara desposarla. Ella era la única persona del mundo que sabía por qué le resultaba tan difícil pisar de nuevo aquella fría mansión. Había asistido al denodado empeño de quebrantar la voluntad de Nicholas en sus años mozos: a los frecuentes castigos, cuando se le encerraba en su cuarto y se le negaba la cena, a las azotainas administradas en el despacho de Trenton Barre y a lo que era quizá lo peor de todo: la fría falta de amor hacia un niño huérfano.

De niña, la confundía el modo en que los Barre trataban a Nicholas. Ahora sabía que eran los celos lo que impulsaba a Trenton Barre, la envidia porque aquel muchacho se adueñara algún día de las tierras y el título que tanto ambicionaba. Sin embargo, no lograba perdonar a Trenton Barre. En lugar del cariño que debería haberle dado al hijo de su hermano, Barre había ofrecido a Nicholas únicamente soledad y rechazo. Nicholas sólo la había tenido a ella, y a algunos sirvientes y campesinos de la finca que le demostraban en secreto su amistad. La entristecía un poco pensar que ella era probablemente la única persona a la que Nicholas podía agasajar con parte de su fortuna.

Le lanzó una mirada. Él estaba contemplando el paisaje con expresión impenetrable. Juliana se preguntó en qué estaría pensando en su regreso al que había sido su hogar.

—Será extraño volver a ver la casa —comentó—. Hace más de ocho años que no voy por allí.

Nicholas la miró.

—Me parece que todo será demasiado familiar.

—Seguramente tienes razón —contestó Juliana. Hizo una pausa y luego prosiguió—: ¿Qué piensas hacer allí?

—Inspeccionar los libros y las tierras, supongo. Solucionar los problemas que hayan surgido. Crandall está al mando desde que murió su padre. He de admitir que su administración suscita en mí serias dudas.

—Puede que haya cambiado.

—Puede.

—¿Dejarás que sigan viviendo allí? —preguntó ella.

Nicholas esbozó una sonrisa maliciosa.

—Debo decir que me produciría cierta satisfacción echarlos a la calle —se encogió de hombros—. Pero serviría de poco. De todos modos, no quiero vivir allí. Es un sitio lúgubre y desagradable. Espero pasar... que pasemos... la mayor parte del tiempo en Londres, y en la casa de mis padres en Cornualles. Sería una mezquindad echar a la tía Lilith y a Crandall, ¿no crees?

Ella le sonrió.

—Me alegra que no seas mezquino. A mí tampoco me agradan, pero...

—Pero tienes un corazón generoso —concluyó él.

—Igual que tú.

—No. Yo simplemente no veo razón para provocar un escándalo si no es necesario —su semblante se volvió severo—. Sin embargo, no puedo asegurar que mi reacción fuera la misma si el tío Trenton siguiera vivo.

—Era un hombre malvado. Siempre me dio miedo. Tenía una mirada tan fría... Era como mirar un pozo. Yo no habría podido plantarle cara, como hacías tú.

—Te aseguro que muchas veces me temblaban las piernas —contestó Nicholas—. Pero no quería darle la satisfacción de verme asustado. Era simple determinación, no valor.

—Bueno, pues espero tener suficiente determinación como para volver a entrar en la casa.

Nicholas la miró con cierta preocupación.

—¿Tanto te molesta regresar? No creía que... No era necesario que viniéramos.

—No, yo creo que sí era necesario... para ti. ¿No es cierto?

Él tardó un momento en contestar.

—Sí. Lo era, en cierto modo. Pero no tenemos que casarnos allí. No hacía falta que tú vinieras.

—Seguramente para mí es tan necesario como para ti. De todos modos, mis recuerdos no son tan malos como los tuyos. Pero he de confesar que me alegra que no quieras vivir allí. Creo que la casa de Cornualles será mucho más adecuada.

A él se le iluminó la cara.

—Sí. Es una casa preciosa... o lo era. En mi ausencia ha sufrido cierto abandono. Pero ya he puesto en marcha las reformas. Dentro de unos meses estará habitable. Hasta entonces, viviremos en Lychwood Hall.

—En Cornualles es donde viviste de pequeño, ¿verdad?

Nicholas asintió con la cabeza.

—Sí. La casa está en un acantilado, frente al mar. Desde las plantas de arriba, la vista es maravillosa.

—Recuerdo cómo lo echabas de menos —dijo Juliana suavemente.

—Creo que lo que más echaba de menos era el mar. Teníamos un barco, y mi padre me enseñó a navegar. Era lo que más me gustaba.

—¿Fuiste allí cuando te marchaste de Lychwood Hall?

Él asintió la cabeza.

—A la casa, no. Estaba seguro de que sería el primer sitio donde me buscaría Trenton. Pero fui a Cornualles. Allí conocía a gente que podía darme cobijo. Y podía trabajar en los barcos.

—¿Pescando?

—Entre otras cosas —contestó Nicholas. Miró por la ventanilla y luego a ella—. También me dediqué al contrabando. Esos rumores son ciertos. Se ganaba dinero, y era un buen modo de esconderme de mi tío. De todas formas, allí casi nadie me habría delatado. Pero a los que podían haberlo hecho les daba miedo traicionar a un contrabandista.

—Entonces, traías mercancías de Francia.

—Sí. Coñac y vino, sobre todo.

—¿Y también hacías de espía? —preguntó Juliana suavemente.

—Eso también. Era fácil compaginarlo con el contrabando. Cuando tuve mi propio barco, empecé a llevar y traer espías a Francia. Otras veces sólo traía información —se encogió de hombros—. Normalmente no era yo quien espiaba. Habría sido difícil llevar el negocio si me quedaba meses enteros en Francia.

—¿Normalmente? Entonces, ¿a veces te quedabas en Francia? ¿Recogiendo información?

—Un par de veces. Una vez, cuando se habían cortado las comunicaciones y necesitaban averiguar qué había pasado. Me pagaron lo suficiente como para compensar nuestras pérdidas. Y luego otra vez, cuando de todos modos había decidido vender el negocio —le sonrió—. Así que, ya ves, esos rumores también son ciertos. No soy un tipo muy formal. Tal vez debas pensarte de nuevo si aceptas mi proposición.

—Pero espiabas para Inglaterra.

—Sí. No era lo bastante malvado como para trabajar para la otra parte.

—Entonces eras un patriota. Y el contrabando te servía de tapadera, así que me parece que no hay nada de malo en ello.

—Me habría dedicado al contrabando de todas formas —contestó él sin emoción—. Y por lo demás me pagaban muy bien. Lo hacía por dinero, no por patriotismo.

—Di lo que quieras —contestó Juliana con una sonrisa—. No vas a convencerme de que eres malo.

Una sonrisa tensó las comisuras de la boca de Nicholas.

—Y creo que tú eres igual de terca que yo.

—Tal vez sí.

—Pero no esperes demasiado —dijo él en tono más serio—. No quiero que te lleves una desilusión.

—No lo haré —Juliana no explicó si se refería a que no iba a esperar demasiado o a que no se sentiría desilusionada. Y Nicholas no preguntó.

El resto del día pasó con tranquilidad. A ratos charlaban, y el resto del tiempo permanecían sentados en un cómodo silencio. Era extraño, pensaba Juliana, que se sintiera tan a gusto con Nicholas después de tantos años de separación, y sin embargo había momentos en que, de pronto y sin saber por qué, se descubría embelesada con la forma de su mandíbula, con la curva misteriosa de su frente o con el modo en que el sol caía sobre su cabello negro. En esas ocasiones, lo que sentía no era comodidad, ni bienestar. Era una sensación profunda e inquietante, una especie de excitación que la dejaba sin aliento, una lenta oleada de anhelo que la hacía removerse, nerviosa, en el asiento y apartar la mirada de él mientras el rubor cubría sus mejillas.

Era en esas ocasiones cuando recordaba el beso que le había dado Nicholas, y se preguntaba qué habría querido decir con él y si volvería a repetirse.

Comieron a hora tardía en una posada del camino, y mientras avanzaba la tarde Juliana se quedó dormida en un rincón, acunada por el monótono runrún del carruaje. Cuando se despertó, era ya tarde.

—Ya casi hemos llegado —le dijo Nicholas.

Juliana se irguió y miró por la ventanilla. El paisaje

le resultaba familiar, y comprendió que se estaban acercando a la aldea. Lychwood Hall quedaba al otro lado del pueblo.

Se alisó la falda con cierto nerviosismo y luego se puso los guantes y el sombrero que se había quitado durante el viaje. Miró a Nicholas y él le dedicó una leve sonrisa.

—No te pongas nerviosa. Si te ofenden, tendrán que irse.

Ella le devolvió la sonrisa.

—No son ellos los que me preocupan. Es... no sé. Es como si empezara por completo una nueva vida.

—Sí.

Atravesaron la aldea y tomaron otro camino. Los setos crecían junto a los márgenes de la carretera. Al cabo de un rato, dieron paso a una hilera de árboles. Y allí, al fondo, se levantaba la enorme casona, edificada en forma de rectángulo, de tres pisos de altura, con un ala añadida a un lado que se extendía hacia atrás. Era de piedra gris, con estrechas franjas de pedernal entre las capas de piedra. Presentaba una fachada perfectamente simétrica, con cuatro gabletes, cada uno de ellos con ventanas con parteluz, y tenía en el centro un porche de tres plantas, con el escudo de armas de los Barre labrado en lo alto. Era una casa elegante y decorosa, pero había cierta frialdad en su perfección.

Habían llegado a Lychwood Hall.

Les abrió la puerta Rundell, el mayordomo, en persona. Hombre más bien recio, con un cerco de pelo que le corría por detrás de la cabeza de oreja a oreja y la coronilla completamente calva, era ya el mayordomo cuando Juliana llegó a Lychwood Hall, hacía casi veinte años. Su porte seguía siendo tan erguido como siempre, aunque el cerco de pelo se había vuelto visiblemente más ralo y blanco.

Se inclinó ante Nicholas diciendo:

—Bienvenido a casa, milord. Señorita Holcott. Por favor, acepten mis felicitaciones.

—Gracias, Rundell —Nicholas le dio los guantes y el sombrero, y Rundell se los pasó a un lacayo.

—Imagino que querrá ver primero a la señora Barre, señor —prosiguió Rundell—. Luego, si le place, quisiera presentarle al servicio, desde luego.

—Desde luego.

Juliana estaba segura de que sería más grato ver a los sirvientes que a la familia, pero no tuvo más remedio que preguntarse si la actitud de los demás hacia Nicholas habría cambiado, dadas las circunstancias.

Agarró del brazo a Nicholas, más para buscar consuelo que por cortesía, y siguió junto a él al mayordomo a través del espacioso vestíbulo cuadrado y a lo largo del pasillo. Rundell abrió la puerta del salón de recibir, que rara vez se usaba, y los hizo pasar.

En la estancia había cuatro personas. Una de ellas era un hombre al que Juliana no había visto nunca, un sujeto de mediana estatura con el pelo castaño arreglado con el cuidadoso desaliño que había puesto de moda lord Byron unos años antes. Tenía un rostro agradable, si bien un tanto anodino, y sus ojos eran de un tono de marrón algo más claro que el de su cabello. Cuando entraron estaba de pie junto a la ventana, mirando hacia fuera con aire aburrido, y se giró hacia ellos con interés.

Las otras tres personas eran mujeres, dos de ellas sentadas en el sofá y la otra en una silla, enfrente. La de más edad era Lilith Barre, la tía de Nicholas, y lo primero que pensó Juliana fue lo poco que había cambiado desde la última vez que la había visto, hacía casi nueve años. Su cabello rubio claro, peinado con elegancia, parecía algo oscurecido por algunas pinceladas de gris, pero su rostro y sus manos tenían pocas arrugas, cosa que cabía atribuir a su costumbre de llevar sombreros de ala ancha y guantes cada vez que se aventuraba a salir, así como a la aplicación disciplinada de lociones y cremas. Su figura era asimismo bastante esbelta, lo cual se debía —Juliana estaba segura— a su pasión por la equitación. Lilith adoraba los caballos —el único signo de afecto que Juliana había visto en ella— y tenía un caballo y una yegua para cabalgar por la finca.

—Señora Barre —el mayordomo se inclinó ante Lilith—, lord Barre y la señorita Holcott han llegado.

—Sí, ya lo veo. Pasad —Lilith se levantó y avanzó hacia ellos; su voz era serena y su porte regio. Ni su mirada ni sus ademanes mostraban el más leve atisbo de alegría o intranquilidad—. Lord Barre. Señorita Holcott.

Podrían haber sido personas a las que no había visto nunca, pensó Juliana.

—Por favor, siéntate. Estaréis cansados del viaje. Y sedientos. Rundell, té, por favor —se volvió hacia las otras dos mujeres—. Ya conocéis a lady Seraphina Lowell-Smythe, por supuesto. Permitidme presentaros a la señora Winifred Barre, la esposa de mi hijo Crandall. Me temo que Crandall no ha podido venir. Está fuera, ocupándose de los asuntos de la finca.

Cuando Seraphina se adelantó para saludarla, Juliana reparó en que había cambiado más que su madre. Los años la habían despojado de su esbelta figura, y vestía recargadamente, quizás en un intento de desviar la atención de su gordura. Llevaba una cinta azul entre el intrincado arreglo de tirabuzones rubios, a juego con los lazos azules que adornaban su vestido de muselina blanca. Flores bordadas, azules y amarillas, ornaban el bajo y las mangas del vestido, así como el escote. Una banda de muselina almidonada salía del cuello y un chal de gasa le cubría los hombros y brazos. Llevaba un camafeo de coral prendido en medio del pecho, y unos pendientes a juego pendían de sus orejas. Una cadena de oro con un medallón alrededor del cuello y varios brazaletes de oro completaban su atuendo.

—¡Juliana! ¡Nicholas! —exclamó Seraphina sonriendo, y besó a Juliana en la mejilla como si fueran viejas amigas, a pesar de que hacía nueve años que no veía a Juliana y aún más que no veía a Nicholas... y a pesar de que nunca, ni siquiera cuando de niños vivían todos allí, les había tenido mucho cariño—. Qué elegante estás, Juliana.

Sus ojos recorrieron con cierta envidia la silueta alta y esbelta de Juliana, ataviada con su elegante vestido de viaje azul. Luego se giró a medias y tiró de la mujer que permanecía de pie detrás de ella.

—Winnie, no seas tímida.

La otra sonrió y se inclinó ante Nicholas y Juliana.

—Milord. Señorita Holcott.

Rubia y de ojos azules, como Seraphina, aquella mujer era lo opuesto a su cuñada tanto en atuendo como en actitud. Callada y poseedora de una tímida sonrisa, lucía un sencillo vestido de muselina con lunares, y su único adorno eran unos pendientes de perlas y el anillo de boda. Era joven y de dulce semblante, y no parecía la clase de mujer que podía haberse casado con el Crandall que Juliana recordaba. O quizá, se corrigió a sí misma Juliana, sólo una muchacha así pudiera soportar a aquel hombre.

—Y éste es el marido de Seraphina —añadió la tía Lilith, señalando al hombre parado junto a la ventana, que al fin se acercó para estrecharles la mano—. Sir Herbert Lowell-Smythe. Seraphina y sir Herbert están pasando con nosotros el verano.

A Juliana le pareció extraño que la pareja estuviera de visita en aquella época del año, dado que la temporada londinense estaba en pleno auge. La Seraphina que ella conocía soñaba con el día en que podría pasar cada temporada en Londres, yendo a bailes y fiestas. Lychwood Hall y sus alrededores siempre le habían parecido mortalmente aburridos. Y desde que era una mujer casada, su existencia no estaba atada a la finca, como lo estaban las de Crandall y su madre. A Juliana sólo se le ocurrió pensar que su curiosidad por conocer al nuevo lord Barre era tan grande que había bastado para apartarla de la ciudad.

Sir Herbert saludó cordialmente a Juliana y Nicholas y les preguntó por su viaje desde Londres. Todos hicieron algunos comentarios generales acerca del tiempo y de lo poco que había cambiado la aldea, y después la conversación, ya renqueante, cesó del todo.

—Bueno —dijo la tía Lilith al cabo de un momento de silencio—, imagino que querréis asearos un poco antes de la cena.

—Sí, gracias —Juliana se apresuró a aprovechar aquella excusa.

—Muy bien. Llamaré a Rundell.

El mayordomo acudió tan pronto a la llamada que Juliana sospechó que estaba junto a la puerta. Los acompañó al pie de la escalera, donde encontraron esperándolos a los sirvientes, uniformados y puestos en fila. Juliana recordó que Rundell le había pedido a Nicholas que saludara al servicio, y aquel deber añadido antes de que tuviera ocasión de estar sola y echarse un rato la hizo gruñir para sus adentros.

—La señora Pettibone, el ama de llaves —dijo el mayordomo, conduciéndolos a la cabecera de la fila, donde aguardaba una mujer gruesa de mediana edad con una cofia blanca y almidonada, un delantal sobre el severo vestido negro y el enorme anillo de llaves que era el símbolo de su oficio colgado a la cintura.

La señora Pettibone se inclinó con gran dignidad, y el mayordomo siguió recorriendo la fila, presentándoles primero a la cocinera y luego a los lacayos, a las doncellas de salón, a las doncellas de las habitaciones y así sucesivamente, hasta la última criada de la cocina y el último mozo. Los sirvientes formaban un auténtico batallón. Juliana reparó por primera vez en el hecho de que pronto sería ella la que dirigiera aquel ejército, algo que escapaba por entero a su experiencia. Sólo esperaba que la confianza de Nicholas en sus capacidades estuviera justificada. Odiaría fracasar estrepitosamente en presencia de la tía Lilith, y era muy consciente de que, tras tantos años trabajando para Lilith, la lealtad de los sirvientes estaría probablemente del lado de ésta. Cuando las riendas de una casa pasaban de una señora a otra el cambio nunca resultaba fácil, y sin duda no se hallaban en la mejor de las tesituras.

Tras las presentaciones, fueron conducidos a sus habitaciones, y Juliana pudo quedarse sola al fin. Se tumbó en la cama y permaneció allí tendida largo rato, mirando el pesado dosel de brocado que colgaba, muy alto, por encima de su cabeza. La cama era maciza y grande, de nogal oscuro y estilo jacobino, y tenía labrado un tropel de animales, rostros y escenas. El dosel, colgado de postes altos y gruesos, estaba bordado en oro y verde oscuro, con cortinas a juego recogidas junto a los cuatro postes. Teniendo en cuenta la suntuosidad de su cama, supuso lo grande y recargada que debía de ser la del señor de la casa. Se preguntaba si aquélla era siempre la cama de lady Barre, o si Lilith se la habría asignado con el único propósito de intimidarla.

Pero hacía falta algo más que una cama para intimidarla, se dijo sacando la barbilla involuntariamente. Se sentó y paseó la mirada por la habitación, fijándose en todos los detalles que al llegar no había notado por culpa del cansancio.

Era una habitación espaciosa, con una agradable hilera de ventanas orientadas al sur, y estaba amueblada y decorada con profusión y cierto abigarramiento. Un diván de terciopelo verde y aspecto confortable, cubierto de cojines dorados, repetía el mismo esquema de color que la cama, y las gruesas cortinas que flanqueaban cada ventana eran asimismo de terciopelo verde. Un enorme ropero y una cómoda alta y estrecha con cajones poco profundos, así como un aparador y otra cómoda alta, todo ello en oscura madera de nogal, procuraban espacio más que suficiente para guardar sus ropas. Había también un tocador con espejo y silla, un pequeño escritorio y una mesita redonda junto a la cama, y aun así la habitación tenía espacio de sobra. El lujo de la estancia resultaba casi abrumador para una mujer enseñada desde pequeña a ahorrar cada penique, y Juliana no tuvo más remedio que preguntarse de nuevo si ése era precisamente el efecto que la tía Lilith esperaba que surtiera sobre ella.

En una de las paredes laterales de la habitación había una puerta, y Juliana se acercó a ella movida por la curiosidad. Había una llave metida en la cerradura; la giró y al abrir la puerta se halló contemplando otra habitación. Cerró rápidamente la puerta. Oyó ruido de pasos en la otra habitación. Estaba claro que su dormitorio se comunicaba con otro, y supuso que debía de ser la habitación de Nicholas. Aquel arreglo era bastante frecuente entre los matrimonios de la aristocracia.

Juliana se dio la vuelta y un rubor involuntario cubrió sus mejillas. No quería pensar en las posibilidades que ofrecía aquella puerta.

Unos minutos después, llamaron a la puerta y dos lacayos metieron en la habitación los baúles de Juliana. Los seguía su doncella nueva, una muchacha llamada Celia que había sido la doncella de Eleanor desde que ésta estaba en Inglaterra. La muchacha se había acobardado ante la idea de acompañar a su señora a Italia, de modo que Eleanor había sugerido que Juliana la contratara, y Juliana se había apresurado a hacerlo. Celia era una maga de los peinados, y estaba claro que, con su nuevo guardarropa y su tren de vida, Juliana iba a necesitar una doncella que estuviera a la altura de todo aquello.

Celia y Roberts, el ayuda de cámara de Nicholas, habían llegado de Londres esa misma mañana. Habían salido antes y, sin embargo, habían llegado después que ellos debido a que viajaban en el carro que transportaba el equipaje. Celia comenzó a ir de acá para allá sacando la ropa de Juliana, ayudada por una de las criadas de la casa, y recogiendo sus cosas. La eficiente muchacha acabó al poco rato de guardar las posesiones de Juliana y comenzó a preparar uno de los elegantes vestidos de noche, muy arrugado por el viaje en el baúl, para la cena.

Juliana eligió con esmero su vestido. No quería que, en aquella primera cena con la familia de Nicholas, alguien pudiera criticar su atuendo. Una joven soltera debía vestir de blanco, y aunque Juliana tenía la sensación de que a su edad no pertenecía ya a la categoría de una muchacha casadera, creía conveniente ceñirse a las normas al pie de la letra. Se puso un vestido de noche de seda blanca, de corte sencillo pero elegante, cuyo único ornamento era una cinta muy ancha, en tono azul oscuro, atada bajo el pecho, y Celia le trenzó hábilmente una cinta del mismo color por entre los rizos. El vestido tenía apenas un atisbo de cola y un solo volante en la parte delantera. Sin embargo, cualquiera que estuviera al tanto de la moda sabría inmediatamente que era obra de una modista de primera fila y de que realzaba al máximo la esbelta figura de Juliana.

Para cuando Celia acabó de arreglarle el pelo y le dio su abanico, Juliana tenía ya la confianza de que estaba todo lo guapa que podía estar. Salió al pasillo y miró involuntariamente hacia la puerta de la habitación contigua. En ese preciso momento Nicholas salió de la habitación llevando una cajita plana en las manos.

Levantó la vista y al ver a Juliana una sonrisa asomó a su cara.

—Juliana, ahora mismo iba a verte —se detuvo ante ella—. Qué guapa estás.

La miró con ojos llenos de afecto y Juliana sintió que una oleada de calor se apoderaba de ella.

—Gracias —contestó con suavidad—. Quería parecer digna de... de ser tu esposa.

—Soy yo quien no es digno de ti, te lo aseguro —le dijo él—. Ni lo son esos buitres que nos esperan abajo.

Juliana dejó escapar una risilla al oír cómo describía a sus parientes.

—Eres muy poco amable.

—Soy sincero, y lo sabes. Y espero que sepas también lo preciosa que eres —su voz era baja y un tanto ronca, y su sonido hizo erizarse la piel de Juliana como si le hubiera rozado el brazo con los dedos.

Juliana apenas sabía dónde mirar. Se preguntaba si Nicholas tenía idea del efecto que surtía sobre ella. ¿Suscitaba ella en él las mismas sensaciones?

Nicholas le tendió la cajita plana.

—Te he traído una cosa.

—¿Qué es? —Juliana lo miró a la cara inquisitivamente mientras extendía la mano para tomar la caja.

—Ábrelo y lo verás —él señaló la caja con la cabeza.

Juliana levantó la tapa. Dentro había un collar de perlas perfectamente parejas. Juliana se quedó sin aliento.

—¡Nicholas! Son preciosas.

—Igual que tú, entonces. Vamos, póntelas —sacó el collar de la cajita de terciopelo y abrió el cierre.

—Pero un regalo así... No puedo aceptarlo.

—Claro que puedes. Eres mi prometida. Es perfectamente natural. Y son perlas. Eleanor me aseguró que era un regalo adecuado. Perlas, hasta que estés casada. Luego creo que lo mejor serían... eh... unos zafiros, ¿tú no? Al menos, para ese vestido.

—Nicholas... —Juliana levantó la vista hacia su cara. Nicholas tenía razón, por supuesto. Las perlas eran adecuadas para una mujer soltera, y el hecho de que le hiciera un regalo de bodas estaba bien visto; incluso se esperaba que el novio se lo hiciera a su prometida.

¿Era una necia por desear que no hubiera sido únicamente el deseo de hacer lo correcto y lo que se esperaba de él lo que había impulsado a Nicholas a ofrecerle aquel regalo?

Él levantó el collar y dio un paso hacia ella. Su cercanía cortó el aliento en la garganta de Juliana. Sentía su presencia como un cosquilleo y apenas notaba nada más. Nicholas la rodeó con los brazos para abrocharle el collar por detrás del cuello. Las perlas descansaban sobre la piel desnuda de Juliana, frescas y suaves. Ella sintió el roce de sus dedos en el cuello mientras abrochaba el collar y no pudo disimular el escalofrío que le corrió por la espalda al sentir su contacto.

El broche se cerró con un chasquido y Nicholas apartó las manos, pero posó los dedos sobre los hombros de Juliana. Sus ojos la miraban con intensidad. Juliana sintió que podía extraviarse en sus oscuras profundidades, sencillamente dejarse ir y...

Se tambaleó un poco hacia él. Nicholas se inclinó un poco y su cara se cernió sobre ella. A Juliana se le encogió el estómago, y cerró los ojos, llena de expectación.

Una puerta se abrió con un crujido al fondo del pasillo y Juliana abrió los ojos de golpe y dio un respingo. Nicholas retrocedió en ese mismo momento y se giró, al igual que Juliana, hacia el lugar de donde procedía aquel ruido. Sir Herbert salió de su habitación y enfiló el pasillo. Inclinó la cabeza, dedicándoles una sonrisa.

—Hola. Bajan a cenar, ¿no es cierto? —dijo jovialmente, y se detuvo a su lado—. Seraphina tardará aún un rato, me temo —le lanzó a Nicholas una sonrisa cómplice y añadió–: Pronto se dará usted cuenta, amigo mío.

Juliana compuso una sonrisa, a pesar de que en ese momento no sentía ninguna cordialidad hacia aquel hombre. No les quedaba más remedio que unirse a sir Herbert y acompañarlo al comedor.

Los demás se habían reunido en la pequeña antesala del comedor. Unas puertas correderas separaban aquella estancia de la habitación más grande. Las pesadas puertas de nogal podían abrirse para agrandar el comedor en las ocasiones solemnes, pero casi siempre la salita se utilizaba únicamente para la reunión anterior a la cena.

Lilith estaba ya allí, acompañada por Crandall y su esposa. Permanecía sentada, muy erguida, bebiendo a sorbitos una copa de jerez. Winifred se hallaba en una silla cercana, también con una copa de jerez en la mano, pero la agarraba tan fuerte que Juliana pensó que era un milagro que su frágil tallo no se hiciera añicos. Winifred miraba con nerviosismo a su esposo. Crandall estaba de pie junto al aparador de los licores, y por su aspecto se adivinaba que llevaba toda la tarde ocupando aquel lugar.

Cuando entraron los tres en la habitación, Crandall se giró hacia ellos con movimientos tambaleantes y los miró con hostilidad. Juliana apretó el brazo de Nicholas.

–Vaya, vaya –dijo Crandall con voz cargada de amargura–. Pero si es el hijo pródigo.

–Crandall –contestó Nicholas sin inflexión en la voz.

Crandall se quedó mirándolo un momento. Su

semblante llevaba el sello de su arrogancia de siempre. Al cabo de un instante se giró hacia Juliana.

—Y la pequeña Juliana —dijo, haciéndole una reverencia que arruinó en parte su tambaleo y el hecho de que tuviera que agarrarse con una mano al aparador—. Parece que has conseguido lo que andabas buscando todos estos años.

—Veo que no has cambiado, Crandall —contestó Juliana secamente.

Ello era cierto en lo tocante a su carácter, pero su apariencia física había declinado enormemente durante los nueve años transcurridos desde que no se veían. Su rostro había mostrado siempre su personalidad hasta tal punto que a Juliana nunca le había agradado su aspecto, y sin embargo sabía que, en cierta época, las amigas de Seraphina lo habían considerado bastante apuesto. Era más rubicundo que Nicholas. Su cabello era castaño y sus ojos de color avellana. Era alto, al igual que Nicholas y que su padre, y seguía teniendo el mismo rostro anguloso que antaño, con las cejas negras, pobladas y agrestes. Sin embargo, los años —y el exceso de alcohol, si aquella noche era típica— habían añadido peso a su figura y cubierto de carne fofa su cara huesuda. Iba embutido en una levita de vestir y unas calzas que le llegaban a la rodilla, y la papada y la cara le sobresalían, como las de un sapo, por encima de la corbata.

Al mirarlo, Juliana sintió que se le erizaba la piel. Recordó sin poder evitarlo la última vez que había estado en Lychwood Hall. Crandall la había encerrado en la biblioteca y la había arrinconado contra las estanterías. Juliana aún recordaba cómo se le había clavado la madera en la espalda al apretarse contra los estantes para apartarse de él. Crandall ya bebía entonces, y ella recordaba el olor a whisky de su aliento, caliente sobre su piel. El peso de su cuerpo aprisionándola, y sus manos sujetándole los brazos para que se estuviera quieta. Recordaba también con satisfacción cómo había levantado la rodilla en un gesto poco propio de una dama y cómo había retrocedido Crandall tambaleándose y agarrándose la parte dolorida mientras la maldecía, furibundo. Al día siguiente había insistido en que Lilith le escribiera una carta de recomendación y se había marchado a Londres.

–No puedo decir lo mismo de ti, querida –dijo Crandall deslizando los ojos sobre su cuerpo–. Estás aún más guapa.

Juliana sintió que Nicholas se tensaba a su lado, y clavó los dedos en su brazo al tiempo que le lanzaba a Lilith una mirada suplicante. Le sorprendió un poco ver que ésta observaba a su hijo con expresión gélida y se preguntó si Lilith habría empezado por fin a ver a Crandall tal y como era.

Viendo que Lilith no reaccionaba a la mirada de Juliana, la esposa de Crandall se levantó de un salto y, acercándose a él, le puso una mano sobre el brazo.

–Crandall, querido, ¿por qué no vienes a sentarte conmigo?

Él la miró con desdén.

–¿Y morirme de aburrimiento?

Winifred agachó la cabeza y se sonrojó. Juliana sintió una oleada de compasión por la muchacha.

Fue sir Herbert quien puso fin a aquel tenso momento. Se acercó a Crandall y a Winifred diciendo:

—No seas bruto, Crandall. Sírveme un whisky, ¿quieres? ¿Lord Barre? —se volvió inquisitivamente hacia Nicholas y Juliana—. ¿Un jerez, señorita Holcott?

—Sí, gracias —contestó Juliana, y añadió mirando a Winifred—: Venga a sentarse conmigo, señora Barre, para que nos conozcamos mejor.

La joven le lanzó una mirada agradecida.

—Llámeme Winnie, por favor. «Señora Barre» hace que parezca tan vieja... Quiero decir que... —se sonrojó otra vez y lanzó una mirada hacia Lilith, consciente de que sus palabras eran poco halagüeñas para la otra señora Barre.

—Tan adulta —dijo Juliana suavemente—. Entiendo perfectamente lo que quiere decir. Ahora debe contarme cómo se conocieron Crandall y usted. No es usted de por aquí, ¿verdad?

—Oh, no. Soy de Yorkshire. Verá, Crandall fue de visita a Brackenmore. Era amigo de uno de los hijos del conde. Yo en realidad ni siquiera me había presentado en sociedad, pero mi madre me dejó ir al baile de Brackenmore —sonrió y sus ojos brillaron un poco al recordar aquel instante de ilusión—. Crandall me pidió bailar y bueno...

Se encogió de hombros. Juliana podría haber contado el resto de la historia. Winifred, joven e ingenua, había quedado deslumbrada por el baile y las atenciones del que sin duda entonces le parecía un elegante caballero de Londres, y se había enamorado locamente de Crandall.

Ahora, unos años después, Juliana sospechaba que su visión de Crandall Barre había perdido lustre. Se compadecía de la muchacha, que recién desposada había llegado a aquella casa fría, con Crandall por marido y Lilith, aquella mujer fría y desdeñosa, por suegra. Mientras la joven le hablaba sin afectación —y con cierta melancolía— de la familia que había dejado en Yorkshire, Juliana compuso rápidamente la semblanza de una muchacha de familia respetable, aunque no rica, ni de posición elevada. Sin duda a sus padres les había deslumbrado tanto como a ella aquel enlace. Y sin duda Lilith la consideraba una inferior.

Le resultaba menos claro por qué Crandall había querido casarse con una muchacha tan dulce y cándida. Winifred era bonita, eso era indudable, y quizás hubiera sido algo más vivaz antes de que sus cuatro años de convivencia con Crandall y Lilith la despojaran de su alegría. Con todo, resultaba difícil imaginarse a Crandall locamente enamorado, aunque la muchacha fuera preciosa. Quizás hubiera reaccionado instintivamente a la oportunidad de casarse con alguien a quien podía hacer infeliz durante años y años sin recibir por ello ningún castigo. O, conociendo las tendencias de Crandall, probablemente el padre o el hermano de la chica lo habían descubierto intentando seducirla y, lívidos de ira, lo habían obligado a casarse con ella.

—¡Ay, Señor! —la voz de Seraphina en la puerta atrajo todas las miradas hacia ella. Entró deslumbrándolos con una sonrisa—. ¿Soy otra vez la última en llegar?

—Claro que sí —contestó Crandall.

—Pero la espera ha merecido la pena, como siempre —añadió sir Herbert con galantería y, acercándose, tomó la mano de su esposa y se la llevó a los labios.

—Sí, estás bastante bien —dijo Lilith—. Le diré a Rundell que estamos listos.

Se levantó y tiró del cordón de la campanilla. Crandall apuró su copa de un trago como si le diera miedo dejar un poco de licor en el vaso al irse a cenar. Lilith miró a su hijo con los labios crispados.

Crandall se acercó tranquilamente a su hermana.

—Bonitos pendientes, Seraphina —comentó, tocando uno de los rubíes colgantes—. ¿Son nuevos?

Su voz tenía un deje desafiante, y sus ojos danzaban mientras miraba a su hermana, como si estuviera gastando una broma que nadie más que él conocía.

Seraphina le lanzó una mirada fulminante.

—Claro que no, Crandall, no seas tonto. Pertenecen a la familia de sir Herbert desde hace muchos años.

En ese momento Rundell apareció en la puerta para anunciar que la cena estaba servida, y entraron todos en el comedor. Juliana confiaba en que la comida despejara a Crandall, pero pronto vio que sus esperanzas eran vanas. Crandall le hizo de inmediato una seña a uno de los criados para que le llenara la copa de vino, y siguió bebiendo profusamente a lo largo de la cena, de modo que la comida que tomó apenas pudo contrarrestar los efectos del alcohol.

Siguió mostrando asimismo la misma actitud odiosa, dirigiendo comentarios desagradables a todos cuantos ocupaban la mesa e insultando al criado, que no llenaba con suficiente prontitud su copa.

Incluso su madre se sintió obligada a decirle, llena de crispación, que tuviera cuidado con sus modales. Cuando lo hizo, Crandall la miró con desprecio.

—¿Mis modales? Ah, sí, eso es lo único que te importa, ¿verdad? Las apariencias. Hemos de fingir que somos amables y civilizados, por más porquería que haya bajo nuestros pies, ¿no es cierto? —le dedicó una sonrisa dura y fría.

—Crandall, por favor…

—Tenemos que quedarnos aquí sentados y comportarnos como si nos entusiasmara que Nicholas haya venido a esta casa a quitárnoslo todo —Crandall hizo un ademán vago que abarcó toda la sala.

Juliana miró alrededor de la mesa. Sentada junto a su marido, Winnie miraba su plato. Sir Herbert observaba a Crandall con repugnancia y Seraphina hacía cuanto podía por no mirar a su hermano. La boca de Lilith, apretada, formaba una línea fina. Ella también procuraba no mirar a su hijo. Nicholas, por su parte, parecía resignado.

—Crandall —comenzó a decir en tono de advertencia—, te sugiero que pares antes de que digas algo que puedas lamentar por la mañana.

—¿Lamentar? —repitió Crandall con la voz pastosa por el alcohol y la furia—. Lo único que lamento es que estés aquí, ocupando el lugar que debía ser mío.

—¿Tuyo? —respondió Nicholas, levantando una ceja.

—¡Sí, mío! —Crandall echó la cabeza hacia delante con violencia—. ¿Quién ha estado aquí, ocupándose de las tierras todos estos años? Tú, no. Ni tu padre, que se largó a Cornualles para pasarse la vida navegando. No, fue mi padre quien se quedó aquí y cuidó de la finca. Fue él quien la administró, y yo después que él. Fui yo quien cabalgó por estas tierras a su lado. Fui yo quien aprendió a llevar la finca. Soy yo quien debería haber heredado Lychwood Hall y no tú, un vulgar advenedizo.

El semblante de Nicholas no se alteró cuando dijo con calma:

—Está claro que tu padre se equivocó al educarte como si fueras el heredero de estas tierras cuando, obviamente, eso era imposible mientras yo estuviera vivo.

—Qué mala suerte que estés vivo —gruñó Crandall.

Nicholas sonrió con frialdad.

—No. No fue la suerte lo que me salvó, sino los buenos reflejos.

A Crandall se le desencajó el rostro y, al levantarse de un salto, tumbó la silla con estrépito.

—¡Maldito seas! ¡Deberías haber muerto!

Dio media vuelta y salió del salón dando un portazo.

9

Se quedaron todos paralizados, mirando fijamente a Nicholas. Por fin sir Herbert se aclaró la garganta y dijo:

—Vaya. Qué malas pulgas.

Juliana agachó la cabeza para ocultar una sonrisa. Miró a Nicholas y notó por su semblante que el comentario de sir Herbert había surtido el mismo efecto en él.

—Me temo que a Crandall no le sienta bien la bebida —contestó Nicholas, tan imperturbable como sir Herbert.

Uno de los lacayos se apresuró a levantar la silla de Crandall, y todos fijaron de nuevo su atención en la comida.

Después de aquello, la conversación se hizo tensa y esporádica. Dos manchas rojas y brillantes ardían en las mejillas de Winifred, y el rostro de Lilith parecía congelado en una expresión de cortés indiferencia. Sir Herbert comentaba con frecuencia lo excelente que era la comida.

—Debes contarnos todos los chismorreos de Londres, Juliana —le dijo Seraphina alegremente—. Hemos pasado casi toda la temporada aquí, y lo echo mucho de menos.

—Me temo que no sé de ninguna habladuría —contestó Juliana, que lamentaba no estar al corriente de los chismorreos, aunque sólo fuera para contarlos durante aquella incómoda cena—. En realidad, no he frecuentado los círculos de la alta sociedad durante los últimos años.

Al final, resultó que Seraphina sabía chismorreos de sobra por las dos.

—¿Te acuerdas de Anne Blaisebury? Fuimos a clase con ella en el colegio de la señorita Blanton —comenzó a decir, y procedió a contarles la vida y milagros de todas sus compañeras de internado.

Juliana se había olvidado de casi todas ellas, pero le alegraba que la cháchara de Seraphina cubriera el tenso silencio. Escuchaba sólo a medias, sin embargo, pues su mente estaba ocupada repasando las palabras que habían cruzado Nicholas y Crandall.

Cuando la cena acabó, nadie hizo intento de prolongar la sobremesa ni de dilatar la velada reuniéndose en el salón, lo cual no era de extrañar.

Nicholas se volvió hacia Juliana cuando los demás comenzaron a abandonar el comedor, diciendo:

—Permíteme que te acompañe a tu cuarto.

—Quiero hablar contigo —le dijo Juliana llanamente, sin tono alguno de protesta.

—Está bien. Bueno… —miró a su alrededor—. Dado que siento aversión por el despacho del tío Trenton…

—señaló hacia la sala en la que se habían reunido antes de la cena—, ¿por qué no entramos ahí?

Juliana asintió con la cabeza y entraron juntos en la salita, cerrando la puerta tras ellos. Juliana se dejó caer en una silla con un suspiro.

—Ha sido espantoso.

—Sí. Crandall es odioso —Nicholas se encogió de hombros—. Casi había olvidado lo despreciable que es —se acercó tranquilamente al aparador de los licores—. Creo que, después de esta escena, necesito una copa..., aunque he de admitir que ver a Crandall en ese estado basta para hacerle a uno aborrecer el alcohol.

—Es un bestia hasta cuando no está bebido.

—¿Te apetece un jerez? O quizá te convenga algo más fuerte.

Juliana negó con la cabeza. Nicholas se sirvió un whisky y se sentó en la silla más próxima a la de Juliana. Bebió un trago y suspiró.

—Diría que por lo menos la noche no puede ponerse aún peor, pero sospecho que la capacidad de Crandall para crear problemas es mayor de lo que esperaba —comentó secamente—. Espero que no permitas que te disguste.

—Estoy acostumbrada a Crandall —le dijo Juliana—. De él sólo espero grosería, y nunca me ha decepcionado. Pero he de decir que parece estar peor que nunca.

Nicholas asintió con la cabeza.

—Ninguno de los que estábamos sentados a la mesa le aprecia, ¿lo has notado? Su hermana lo miraba con furia. A su mujer, evidentemente, la avergüenza su conducta, y le tiene miedo. Hasta la tía Lilith parecía asqueada.

Juliana asintió con la cabeza.

—Es un hombre difícil de querer.

—No sé qué voy a hacer con él —dijo Nicholas—. Parecería despiadado si le echara del único hogar que ha conocido. Y su esposa sufriría, aunque a ella no pueda culpársela de sus actos. Pero me niego a permitir que siga emponzoñándolo todo.

—¿Qué ha querido decir, Nicholas? —preguntó Juliana.

—¿Sobre qué?

—Lo sabes muy bien —contestó ella—. ¿De qué hablabais? ¿Por qué deberías haber muerto tú? ¿Por qué fue mala suerte que no murieras? ¿Y por qué no fue mala suerte, sino tus reflejos?

Nicholas miró su bebida un momento, haciendo girar ociosamente el whisky en la copa. Luego suspiró y levantó la cabeza para mirarla a los ojos.

—No decidí huir así, por las buenas, cuando tenía dieciséis años. Lo hice porque el tío Trenton había intentado matarme.

Juliana se quedó mirándolo. Lo que había oído la había hecho sospechar algo semejante, pero pese a todo la respuesta de Nicholas la dejó de una pieza.

—¿Cómo? ¿Qué ocurrió? ¿Estás seguro de que intentó matarte?

—No había error posible. Fue en las escaleras. Me empujó y caí hacia delante. Por suerte, fui lo bastante rápido como para agarrarme a la barandilla y sólo me hice unos moratones y tuve unos cuantos calambres. Pero estábamos en el rellano, de pie, encima del mármol del vestíbulo. Podía haberme roto el cuello fácilmente. Después intentó fingir que me había tropezado. Pero yo sé que noté una mano en la espalda, empujándome. No hubo error posible. Entonces comprendí que, si me quedaba aquí, no viviría lo suficiente como para heredar —se encogió de hombros—. Así que huí.

—¡Oh, Nicholas! Qué horror —Juliana le tendió los brazos espontáneamente y puso una mano sobre la suya. La piel de Nicholas le pareció cálida, y de pronto cobró conciencia de su tacto bajo los dedos. Se le aceleró el corazón, apartó la mano y, juntándola con la otra, las dejó reposar sobre su regazo—. ¿Por qué no se lo dijiste a nadie? ¿Por qué no dijiste nada?

Nicholas se encogió de hombros.

—¿Quién me habría creído? Era a mí a quien todos consideraban malvado. Mi tío era el hombre más importante de los contornos, un ciudadano eminente. ¿Quién iba a creer a su sobrino, un muchacho salvaje y descarriado? Era mi palabra contra la suya. Estábamos solos, aparte de Crandall… y yo sabía que Crandall juraría que su padre no me había hecho nada. ¿Cómo iba a demostrar que me había empujado?

—¿Por qué no me lo dijiste a mí? —preguntó Juliana, algo sorprendida por el resquemor que le causaba el hecho de que Nicholas no se lo hubiera dicho—. ¿Es que no confiabas en mí?

—Claro que sí. Pero ¿de qué habría servido decírtelo? Sólo eras una cría, y tenías que seguir viviendo aquí. No podía echar esa carga sobre tus hombros. Mientras no lo supieras, estarías bien. El tío Trenton no tenía razón alguna para hacerte daño. De hecho, yo sospechaba que te tratarían mejor cuando yo me marchara, porque solías meterte en líos sólo porque intentabas ayudarme. Pero, si sabías lo que había ocurrido, era muy probable que fueras tan valiente como de costumbre y hablaras de ello. Y entonces él habría llegado a la conclusión de que tenía que cerrarte la boca. Yo no podía hacer eso.

Juliana se sintió embargada por la emoción. Pensó en lo joven que era Nicholas entonces —apenas un muchacho, en realidad— y en cómo había tenido que llevar solo aquella horrible carga. Tenía que haber sido espantoso saber que sus propios parientes habían intentado matarlo, y aún peor no poder contárselo a su única amiga por miedo a ponerla en peligro también a ella.

—Nicholas..., lo siento muchísimo —Juliana lo miró con lágrimas en los ojos. Se levantó y le tendió las manos.

—Juliana... —de pronto, ella se halló en sus brazos, envuelta en su calor, y sus labios se encontraron.

Juliana le rodeó el cuello con los brazos y se aferró a él. Todos sus sentidos parecían haber cobrado vida repentina y violentamente. Los labios de Nicholas ardían, insistentes, exigiendo una respuesta. Juliana tembló, no sabiendo qué quería y, sin embargo, segura de su deseo.

Las manos de Nicholas se deslizaron por su espalda, siguieron la curva de sus caderas y volvieron a subir por su costado, hasta detenerse sobre sus pechos. Sus pezones se crisparon al sentir su contacto, y sus pechos se hincharon de deseo. Juliana nunca había sentido nada parecido. Ni siquiera sabía que aquellas sensaciones existían. Deslizó inconscientemente las manos hacia arriba, metiéndolas entre su pelo. Los mechones de

Nicholas se separaron, rozando con suavidad de seda sus dedos. Ella se estremeció, perdida en su beso.

La boca de Nicholas abandonó la suya y bajó por su garganta. Juliana echó la cabeza hacia atrás para franquearle el paso a su carne suave y tierna. El aliento de Nicholas ardía sobre su piel, sus labios eran como terciopelo al moverse sobre la parte de su pecho que dejaba al descubierto el escote de su vestido. Sus labios alcanzaron la suave turgencia de su pecho, y Juliana dejó escapar un gemido de sorpresa al notar su roce al tiempo que un calor abrasador florecía en su vientre.

La mano de Nicholas se curvó suavemente sobre su pecho y su pulgar trazó con delicadeza la forma del pezón. Aquel brotecillo carnoso se erizó mientras un pálpito cobraba vida entre las piernas de Juliana. El aliento trabajoso le raspaba la garganta.

Él susurró su nombre mientras su boca se deslizaba sobre la carne exquisitamente suave de su pecho. Su lengua trazaba delicadas filigranas de deseo sobre la piel de Juliana, agitando dentro de ella un ansia feroz.

El escote del vestido impedía el avance de su boca, y Nicholas levantó la cabeza. Juliana dejó escapar un leve gemido de protesta. Pero entonces él deslizó la mano dentro del vestido, sorprendiéndola, y tomó su pecho, sacándolo del escote.

Entonces agachó de nuevo la cabeza y esta vez sus labios se posaron sobre el pezón mismo, provocando una oleada de calor que atravesó a Juliana. Nicholas incitó aquel botoncillo de carne con la lengua, acariciándolo primero y lacerándolo luego hasta que se endureció. Juliana sofocó un sollozo de ansiedad. Quería más. La boca de Nicholas se cerró sobre el pezón y tiró de él con pulsaciones fuertes y lentas. La pasión inundó a Juliana, que se movía, indefensa y ansiosa, sacudida por la fuerza de su propio deseo.

Tenía la piel en llamas, ansiaba su contacto y el tierno pálpito de entre sus piernas se hacía cada vez más intenso. Nicholas profirió un sonido profundo y gutural. Puso las manos sobre sus caderas y la apretó contra sí de modo que Juliana sintió la dureza de su deseo.

Juliana dejó escapar un gemido de sorpresa, tanto por el ansia que se había apoderado de su cuerpo como por el gesto en sí mismo. Nicholas levantó la cabeza. Aquel gemido parecía haber traspasado la densa neblina de su pasión. Miró la cara de Juliana un instante, asombrado, y por fin pareció darse cuenta de lo que estaba haciendo y de dónde se hallaban.

Masculló un juramento y, soltándola, retrocedió y se dio la vuelta. Juliana se quedó mirando su espalda con expresión vacía, aturdida todavía por el deseo que palpitaba dentro de ella.

—¿Nicholas? —su voz, suave e inquisitiva, atravesó a Nicholas como un cuchillo.

Juliana, la única persona a la que quería de verdad, le había tendido los brazos en un gesto compasivo, y él... él había reaccionado como un animal, pensó lleno de ira. Pese a todas sus promesas, se había dejado arrastrar por un deseo salvaje. Sabía que, de haber pasado unos minutos más, habría perdido la razón por completo y la habría tomado allí mismo, en el suelo.

—Lo siento —dijo malhumorado, sin mirarla—. No debería haber... No volverá a ocurrir. Te doy mi palabra.

Un escalofrío, pero no de deseo esta vez, sino de frío, sacudió a Juliana, que volvió al presente bruscamente. Nicholas no la deseaba. Lamentaba haberla besado. De pronto se sintió desnuda y avergonzada. Su cara ardió, roja, hasta el arranque del pelo, y se colocó apresuradamente el vestido, cubriéndose el pecho y alisándose la falda. Odiaba pensar en lo que Nicholas pensaría de ella a partir de ese momento.

—No, por favor, no te disculpes —contestó, crispada, apartándose de él—. Ha sido una... una locura pasajera. Nada más.

Sintió el escozor traicionero de las lágrimas en la garganta y tragó saliva con dificultad. Nicholas le había ofrecido una especie de matrimonio; no iba a llorar porque no fuera de otro modo.

—Está olvidado —prosiguió rápidamente—. Buenas noches, Nicholas.

Dio media vuelta y salió apresuradamente de la habitación.

Fue un alivio descubrir que su doncella no la estaba esperando cuando llegó a su habitación. Lo último que quería en ese momento era tener que fingir delante de alguien.

Se acercó agitada a la ventana y se quedó mirando los jardines envueltos en sombras. Pensó en los sueños de su adolescencia. La realidad era muy distinta a la dulce estampa que había pintado entonces y de la que no formaba parte el deseo que inflamaban las caricias y las miradas de Nicholas. En aquel cuadro no había besos que le llegaran al corazón, ni caricias que la dejaran jadeante y trémula, ni fuego que corriera bramando por su sangre.

Se llevó la mano al pecho como si pudiera de ese modo contener las tormentosas emociones que giraban en torbellino dentro de ella. Esa noche había experimentado un frenesí feroz y primordial... y sabía que prefería aquello al amor dulce y más bien incoloro que imaginaba de niña. Sería fácil sucumbir a sus sentimientos, caer en la cama de Nicholas como una libertina. Y aún más fácil sería enamorarse de él.

Pero sabía que sería una locura hacerlo. Nicholas no creía en el amor. Aunque estaba convencida de que Nicholas era mucho más emotivo y tierno de lo que él mismo se permitía creer, sabía también lo reservado que era, lo alejado que se hallaba de aquellas emociones. Temía que Nicholas jamás se permitiera el lujo de enamorarse. Era capaz de aceptar un afecto como el que sentía por ella. Admitía que una bondad general templara sus actos. Pero mantenía su corazón encerrado bajo siete llaves, a salvo del dolor y la soledad que había soportado de niño.

La clase de matrimonio que había elegido lo dejaba claro. Nicholas no se había enamorado, ni le había entregado el corazón a una mujer. No, había buscado una esposa con la que pudiera trabar amistad, una mujer en la que pudiera pensar como en una amiga, una mujer con la que no temiera perder el corazón. Se había ofrecido a casarse con ella por generosidad, naturalmente, pero Juliana estaba segura de que lo había hecho también para protegerse a sí mismo. Nicholas no buscaba el amor; no se permitiría amar.

Si Juliana se enamoraba de él, su amor sería unilateral y seguiría siéndolo siempre. Nicholas no sentiría nunca por ella más que un tibio afecto, y ella se vería abocada al sufrimiento del amor no correspondido.

Sí, Nicholas había sentido pasión, Juliana estaba segura de ello. El fuego que había ardido en él al besarla y acariciarla resultaba inconfundible. Pero Nicholas no había querido sentir aquella pasión. Se había apartado de ella y les había recordado a ambos que no estaba previsto que el deseo formara parte de su matrimonio.

Juliana sabía que le convenía no dejarse llevar de nuevo. Era mejor aceptar el matrimonio sin amor que Nicholas le había ofrecido que intentar convertirlo en otra cosa. Ella también debía apostar un centinela en su corazón. Debía evitar situaciones parecidas con Nicholas. El suyo podía ser un matrimonio amistoso, un lazo de afecto, incluso una forma de amor. Pero Juliana no podía permitir que se convirtiera en otra cosa. No podía desear a Nicholas, no podía permitir que aquel deseo se convirtiera en un amor apasionado y romántico.

Se apartó de la ventana. Se sentía dolorosamente vacía. No podía evitar preguntarse si habría cometido una torpeza al consentir en casarse con Nicholas Barre.

Las cosas siempre parecían mejor por la mañana, pensó Juliana, y el día siguiente no fue una excepción. Cuando la doncella descorrió las cortinas para dejar entrar el sol, Juliana se sintió extrañamente animada y sonrió mientras se bebía el té y se vestía, y luego canturreó para sí misma al bajar a desayunar.

Lilith y Nicholas estaban ya sentados a la mesa, comiendo en silencio, cuando Juliana entró. Al ver a Nicholas, no tuvo más remedio que pensar en lo que había sucedido entre ellos la noche anterior, y el ardor floreció de nuevo en su vientre, como entonces. Apartó la mirada, avergonzada por el recuerdo y molesta consigo misma por su aparente incapacidad para controlar sus deseos cuando estaba con él.

Nicholas levantó la mirada y la vio, y al instante en su rostro se dibujó una expresión de tal alivio que Juliana olvidó su vergüenza, divertida. Saltaba a la vista que se había sentido muy incómodo estando a solas con su tía.

—Buenos días, querida —Nicholas rodeó la mesa, le dio la mano y se la besó antes de acompañarla a su asiento. Un lacayo se apresuró a apartar la silla.

Juliana saludó a Lilith y ésta inclinó la cabeza. Aquélla era la clase de saludo lleno de frialdad que Juliana esperaba de la prima de su madre. No recordaba ninguna ocasión en que Lilith pareciera haberse alegrado de ver a alguien…, salvo, quizás, a sus caballos. Cuando salía a cabalgar, era toda sonrisas. Juliana se había preguntado a menudo cómo podía ser tan fría con las personas y tan tierna con los animales.

—¿Soy otra vez la última? —gorjeó alegremente una voz, y al volverse Juliana vio que Seraphina entraba en la habitación.

Hubo de nuevo una ronda de saludos. Al menos Lilith consiguió decirle hola a su hija, aunque no se relajó lo suficiente como para dedicarle una sonrisa.

—Sir Herbert y Crandall no están —dijo Nicholas.

—Oh, sir Herbert nunca desayuna —les informó Seraphina–. Es un dormilón, me temo. Incluso aquí, en el campo, donde no hay nada que lo mantenga despierto hasta las tantas. Le gusta quedarse leyendo hasta muy tarde.

Dijo estas últimas palabras en un tono de estupor que obligó a Juliana a sofocar una sonrisa. Juliana estaba segura de que Seraphina encontraba aquel comportamiento decididamente estrafalario. No recordaba haberla visto nunca abrir un libro por voluntad propia.

Juliana notó que Seraphina no decía nada de su hermano. Sospechaba que, teniendo en cuenta lo que había bebido Crandall la noche anterior, esa mañana tendría un tremendo dolor de cabeza, y dudaba que tuvieran que soportar su presencia durante el desayuno. Se preguntaba si bebía siempre tanto o si lo de la noche anterior había sido un acontecimiento excepcional provocado por la llegada de Nicholas.

Juliana y Seraphina se sirvieron de la hilera de platos que había sobre el aparador y, entre tanto, Seraphina no dejó de parlotear acerca de la cantidad de la comida.

–Si comiera siempre como aquí, en el campo –confesó–, sería del tamaño de una casa, me temo.

–Hay muchos platos.

–En la ciudad, nunca tomo más que una tostada y un té para desayunar –suspiró Seraphina–. Pero aquí hay poco que hacer, excepto comer.

–Podrías venir conmigo a cabalgar por la mañana –dijo su madre–. Hoy ya he salido. No hay nada como cabalgar para empezar bien el día.

Seraphina se encogió de hombros exageradamente.

—No me apetece lanzarme sobre vallas al rayar el alba.

—Difícilmente es al rayar el alba —puntualizó Lilith—, puesto que son más de las nueve.

—Si estuviera en casa, me quedaría en la cama un par de horas más —contestó su hija, sentándose, y comenzó a comer.

—Me extraña encontrarte aquí, estando la temporada en pleno apogeo —comentó Juliana.

Seraphina pinchó un trozo de jamón con el tenedor y dijo sin levantar la mirada:

—Sir Herbert deseaba pasar unos días de paz y tranquilidad en el campo.

Juliana llegó a la conclusión de que era mejor dejar pasar el tema, y buscó otro tema de conversación.

—¿Qué tenías planeado para esta mañana? —preguntó Nicholas amablemente, y Juliana le lanzó una sonrisa agradecida.

—Nada, en realidad —dijo Juliana—. Apenas sé por dónde empezar. Tengo que ir a ver al vicario, por supuesto, y hablar con él sobre la ceremonia. Y luego hay muchas cosas que hacer para la celebración de después de la boda —se volvió hacia Lilith—. Espero que me aconsejes acerca de las cosas que hay que hacer, tía Lilith.

—Claro —saltaba a la vista por su expresión que nada podía complacer menos a la tía Lilith.

Había, sin embargo, algo capaz de desagradarle aún más, pues un momento después su expresión se volvió todavía más agria al decir Nicholas:

—Sin duda la tía Lilith querrá enseñarte la casa, Juliana. Mostrarte sus intríngulis, dado que muy pronto tomarás las riendas del servicio.

—Naturalmente —murmuró Lilith, girándose hacia Juliana—. Pero sin duda Juliana tardará algún tiempo en aprender qué es lo que hay que hacer, si tenemos en cuenta que no ha sido educada para llevar una casa tan grande.

—Haré lo que pueda —contestó Juliana con crispación.

—Estoy convencido de que Juliana está preparada para la tarea —le dijo Nicholas a su tía con expresión fría.

—Seguro que estás mucho más preparada que yo —comentó Seraphina con una risilla que logró disipar en cierto modo la tensión que se palpaba en el aire—. Mi ama de llaves me deja estupefacta, y apenas me atrevo a cambiar nada de lo que hace. Y cuando se pone a hablar y hablar de los libros, y de lo que cuesta esto o el precio de aquello, juro que las paso canutas para no quedarme dormida.

Juliana sonrió a su prima. Seraphina seguía siendo una atolondrada, pero al menos intentaba mostrarse amable.

—Aun así, quizá puedas ayudarme con la boda, Seraphina. Será una boda discreta, pero espero que a la celebración posterior venga mucha gente. A fin de cuentas, queremos hacer algo para los colonos y los aldeanos, además de dar una cena para la familia y los amigos.

A Seraphina se le iluminaba el rostro ante la perspectiva de cualquier fiesta, de la clase que fuera.

—Oh, sí. Debería haber un baile, ¿no crees? Y la cena antes, claro. Y quizá también unas mesas para jugar a las cartas, para los que no quieran bailar.

A Juliana, la idea de que hubiera mesas de juego en la celebración de una boda le pareció un tanto chocante, pero a fin de cuentas ella no estaba al corriente de las modas de la alta sociedad en lo tocante a festejos nupciales.

—No seas boba —dijo Lilith bruscamente, lanzando a su hija una mirada de reproche—. No hay partidas de cartas en un banquete de bodas. Supongo que habrá que organizar algo para los colonos, claro. Y el baile es de rigor.

Tras aquellos comentarios hechos a regañadientes, el silencio volvió a caer sobre la mesa. Al cabo de un momento, Juliana intentó de nuevo trabar conversación.

—¿Qué vas a hacer esta mañana, Nicholas, mientras la tía Lilith me enseña la casa?

—Repasar las cuentas con Crandall y el capataz de la finca —contestó él.

Juliana sospechaba que Crandall no tendría ganas de revisar los libros esa mañana, pero no dijo nada. Se preguntaba qué encontraría Nicholas. Francamente, no le sorprendería en absoluto descubrir que Crandall había estado amañando las cuentas de la finca durante los años transcurridos desde la muerte de su padre, ni averiguar que en realidad lo había dejado todo en manos del capataz. Crandall nunca le había parecido particularmente industrioso. A los estudios, ciertamente, les había dedicado poco esfuerzo.

Como si adivinara lo que estaba pensando, Lilith dijo:

—Crandall ha hecho un trabajo excelente llevando la finca. Siempre le ha tenido mucho apego a estas tierras.

Tenía una expresión amarga, y Juliana sospechó que sus pensamientos iban por el mismo camino que los de Crandall la noche anterior: que las tierras deberían haber pasado a manos de su hijo, y no a las de Nicholas.

—Estoy seguro de que todo está en orden —dijo Nicholas con cautela. Juliana, sin embargo, estaba convencida de que abrigaba las mismas dudas que ella respecto a la competencia de Crandall.

El desayuno prosiguió en aquel ambiente tenso y desprovisto de alegría, y fue un alivio para Juliana que acabara y pudieran marcharse. Lilith se volvió hacia ella al levantarse.

—Voy a llevarte a ver al ama de llaves, si lo deseas —dijo con gélida cortesía.

Juliana sospechaba que Lilita confiaba en intimidarla con su tono y su actitud, recordándole que era una huérfana y una pariente pobre, mientras que ella era la señora de la casa. Posiblemente confiaba incluso en que se acobardara y le dejara seguir llevando las riendas de la casa. A Juliana, francamente, no le habría importado que siguiera en su papel; no le hacía ninguna ilusión administrar aquella casona. Sin embargo, iba a ser la esposa de Nicholas. Llevar la casa era su deber y su responsabilidad. Además, si dejaba su administración en manos de Lilith, la casa quedaría, como parte de la finca, fuera del control de Nicholas, y Juliana no pensaba consentir que eso ocurriera.

—Gracias —contestó con idéntica cortesía.

Lilith apretó los labios, pero no dijo nada, se limitó a salir de la sala y a echar a andar por el pasillo que llevaba a las cocinas. Juliana la siguió, decidida a no permitir que la irritara hasta el punto de hacerla caer en la grosería.

Cuando llegaron a la cocina, los sirvientes se giraron hacia ellas y las miraron con curiosidad mientras hacían sus reverencias. Juliana adivinó que Lilith no visitaba con frecuencia aquella parte de la casa.

Rundell salió de la despensa del mayordomo y se apresuró a acercarse a ellas.

—Señora Barre. Señorita Holcott. ¿Puedo servirles de ayuda?

Lilith se volvió hacia él.

—Le estaba enseñando esto a la señorita Holcott, Rundell. ¿Está la señora Pettibone por aquí?

—Desde luego —se volvió como si se dispusiera a ir en busca del ama de llaves, pero ésta acababa de entrar en la cocina, toda sonrisas, y las saludó al tiempo que les lanzaba a los otros sirvientes una mirada feroz, urgiéndoles a regresar a sus faenas.

—Tal vez quieran venir a mi sala de estar —sugirió, animada—. Dorrie, tráenos té.

A Juliana, que acababa de desayunar, le habría gustado rehusar su invitación, pero sabía que el ama de llaves se tomaría a mal que se negara a sentarse a tomar el té con ella, de modo que sonrió y se resignó a otra taza de té.

Una vez estuvieron las tres sentadas en la salita de estar del ama de llaves, esperando a que Dorrie les llevara el refrigerio, Lilith se volvió hacia la señora Pettibone y dijo:

—La señorita Holcott asumirá el control de la casa cuando se case con lord Barre, como sabe. Sin duda querrá cambiar el menú semanal y revisar los horarios.

El ama de llaves pareció alarmada ante tal declaración, pero se apresuró a ocultar su reacción y dijo:

—Por supuesto, señora. Permítanme que traiga el menú.

—Oh, no, señora Pettibone. No voy a cambiar el menú, ni sus horarios. Estoy segura de que lo tiene usted todo muy bien organizado. Creo que la señora Barre me ha entendido mal —le lanzó una mirada penetrante a Lilith—. Sólo quiero echarle un vistazo al menú. Y quizá dentro de un tiempo podamos añadir un plato o dos que le gusten especialmente a lord Barre.

—Oh, desde luego, señora —se apresuró a decir la señora Pettibone.

—No quisiera estorbar su trabajo. Sin embargo, le agradecería que dentro de poco me enseñara la casa para familiarizarme con las tareas del servicio. Si me dice usted cuándo le vendría bien...

—Claro. Cuando usted quiera, señora. Esta misma mañana, un poco más tarde, me vendría bien, si usted no tiene inconveniente. Deme tiempo para asegurarme de que todo marcha como debe, usted ya me entiende. Luego puedo preparar el menú y esas cosas, y llevarla a dar una vuelta por la casa.

—Me parece muy bien. Entonces ¿digamos sobre las... once?

—Estupendo, señora. Estupendo.

Soportaron por cortesía una taza de té y un rato más de tensa conversación con el ama de llaves y luego salieron de la cocina. Juliana se mantenía al paso de Lilith, y cuando ésta se disponía a subir las escaleras, se puso delante de ella y señaló el salón.

—Me gustaría hablar contigo, tía Lilith, si no te importa.

Por un instante pensó que su tía iba a negarse, pero luego, con cierta tensión en los labios, Lilith se giró y se encaminó al salón. Se sentó en una silla y se volvió parar mirar a Juliana, levantando las cejas inquisitivamente.

—Supongo que querrás que, a partir de ahora, Rundell y la señora Pettibone lo consulten todo contigo, ¿no es eso? —dijo.

—Tía Lilith, no tengo intención de despojarte de tu autoridad —contestó Juliana con calma—. Estoy segura de que, en este momento, estando tan cerca la boda, habrá ocupaciones suficientes para las dos. Sería agradable que pudiéramos trabajar juntas, en vez de enfrentarnos. Tú conoces la casa, el servicio, todo, mucho mejor que yo. Simplemente, te estoy pidiendo ayuda. Quisiera que me enseñaras los hilos, que me muestres cómo llevar la casa y me ayudes a prepararme para dirigirla. La experta eres tú, y te agradecería que me enseñaras.

—¿Para que puedas quitarme mi autoridad? —una media sonrisa danzaba en los labios de Lilith.

—Ninguna de las dos puede cambiar el hecho de que Nicholas es lord Barre. Por más que pienses que el destino te ha jugado una mala pasada en ese aspecto, así son las cosas. Y yo voy a casarme con él. Seré lady Barre. Sin embargo, no tengo intención de quitarte de en medio.

—Pero vas a hacerlo de todos modos —respondió Lilith con acritud–. ¿Crees que no sé cuánta satisfacción va a darte ocupar mi lugar? –sus ojos centellearon–. Estoy segura de que para tu madre sería sumamente gratificante saber que vas a reemplazarme.

Juliana la miró boquiabierta, sorprendida por el veneno que rezumaba su voz. Sabía que Lilith nunca les había tenido aprecio ni a ella ni a su madre, pero hasta ese momento no se había dado cuenta de hasta qué punto las despreciaba, ni alcanzaba a imaginar el porqué.

Lilith aprovechó el estupor de Juliana para levantarse.

–Si has acabado de humillarme, voy a subir a mi habitación.

Pasó junto a Juliana y salió con la espalda tiesa como un palo y la cabeza muy alta. Juliana la siguió hasta la puerta, asombrada. Allí encontró a Crandall, apoyado contra la pared del pasillo. Al verla, sonrió.

–No es tan fácil tomar las riendas, ¿eh? –preguntó.

–¿Tienes por costumbre andar por ahí escuchando las conversaciones ajenas? –le espetó Juliana, aún más exasperada al ver a Crandall.

–Uno se entera de cosas muy interesantes de ese modo –contestó sin dejar de sonreír.

–Tu idea de lo que es interesante y la mía son muy distintas, entonces –le dijo Juliana con frialdad, y añadió–: ¿No tenías que estar revisando los libros con Nicholas?

–Seguro que Nicholas puede apañárselas muy bien sin mí –frunció el ceño–. Estoy convencido de que le hará feliz apropiarse de los beneficios de mis años de trabajo. He sido un imbécil por estar esclavizado todos estos años sólo para que ese cerdo se apodere de todo.

Juliana se crispó.

—Te agradecería que refrenaras tu lengua.

—Oh, lo siento. ¿He ofendido tu sensibilidad? Mucho orgullo no tendrás, si vas a casarte con esa serpiente sólo para conseguir un título.

—Sabes tan bien como yo que, en este caso, la serpiente no es Nicholas.

—Yo he estado aquí, trabajando, mientras él trotaba por el mundo, ¿no es cierto? Conozco a todos los colonos, sé el nombre de sus hijos. Sé cómo ha sido la cosecha de cada año y los beneficios que hemos obtenido de ellas, y también los que sacaremos este año. Pero nada es mío. Él me lo quitará todo aquí así —chasqueó los dedos para recalcar sus palabras.

Juliana advertía en su semblante un dolor auténtico. Casi sentía lástima por él..., de no ser porque Crandall rezumaba un odio irracional hacia Nicholas.

—Todos estos años has sabido que Nicholas era el heredero —contestó—. Y sin embargo te has quedado. ¿Por qué?

—¿Qué otra cosa iba a hacer? —preguntó él, sacando la barbilla con beligerancia—. ¡Éstas son mis tierras! Es lo único que conozco. ¿Adónde iba a ir? ¿Qué podía hacer? —se apartó de la pared—. La verdad es que esperaba que no volviera. Ahí fuera, en el mundo, hay muchas oportunidades de morirse. Con un poco de suerte, Nicholas habría encontrado alguna.

La miró con una expresión tan fría que Juliana se estremeció y pensó en lo que Nicholas le había contado la noche anterior acerca del intento de asesinato de su tío. No tuvo más remedio que preguntarse si Crandall estaría dispuesto a seguir el ejemplo de su padre. Aunque Nicholas ya había heredado las tierras, si moría tanto la finca como el título pasarían al siguiente varón en la línea sucesoria, o sea, a Crandall. ¿Y si Crandall tenía intención de asegurarse aquello por lo que había trabajado durante tanto tiempo?

Juliana pasó el resto de la mañana recorriendo la casa con la señora Pettibone. El ama de llaves parecía empeñada en enseñarle cada rincón y cada recoveco de la mansión, desde los sótanos a todas y cada una de las habitaciones del servicio. Había llevado asimismo el menú que tenía previsto para la semana y lo repasó con gran esmero. Juliana no sabía si tan meticulosa atención por los detalles se debía a que Lilith había convencido a la señora Pettibone de que Juliana sería una señora sumamente estricta, o a que la propia Lilith había mantenido bien tensas las riendas de la administración de la casa. Fuera cual fuese el motivo, a la hora del almuerzo Juliana tenía la cabeza tan llena de datos que se sentía incapaz de asimilarlos todos.

—Me temo que tardaré algún tiempo en tenerlo todo claro, señora Pettibone —le dijo al ama de llaves con una sonrisa—. Pero, hasta que llegue ese día, estoy segura de que puedo confiar en que lo llevará usted todo como la seda. Es evidente que la casa está muy bien organizada.

La señora Pettibone sonrió, llena de orgullo.

—Gracias, señorita. Puede contar conmigo.

—No se preocupe por el menú. Estoy segura de que es el apropiado, y no quiero crearle ningún inconveniente. Sobre todo ahora, con todo el trabajo que dará la boda.

—No se preocupe por eso, señorita —le dijo el ama de llaves asintiendo decididamente con la cabeza—. A todos nos hace mucha ilusión. Si me permite decirlo..., bienvenida a casa, señorita. Nos alegra mucho tenerla de nuevo aquí.

Juliana sonrió. Los sirvientes de la cocina siempre habían sido amables con ella cuando vivía allí; a menudo le daban comida a escondidas para que se la subiera a Nicholas cuando lo encerraban en su cuarto sin cenar, o la mandaban a casa con un pastel para su madre.

—Gracias, señora Pettibone. A mí también me alegra haber vuelto.

Juliana resolvió que le vendría bien dar un paseo para despejarse, después de toda la información que había recibido esa mañana, de modo que, después del almuerzo, se encaminó hacia la aldea. Apenas había bajado la escalinata de la casa cuando oyó que la llamaban y se giró, haciéndose sombra en los ojos con la mano. Nicholas estaba cruzando el patio del establo, y Juliana dedujo que acababa de salir de la casa del capataz.

—¡Nicholas! —sintió aquella tensión, ya familiar, en el pecho, al verlo acercarse a ella con sus piernas largas y fibrosas engullendo la distancia que los separaba. Su pelo negro relucía al sol.

−¿Ya vas a escapar? −preguntó él con una sonrisa cuando estuvieron lo bastante cerca.

−Me dan tentaciones −respondió Juliana−. La señora Pettibone me ha estado enseñando la casa, y temo haberle parecido una alumna poco aplicada.

Nicholas se detuvo ante ella.

−Estoy seguro de que eso no es cierto −le dijo−. ¿Adónde ibas?

−He pensado hacerle una visita a la señora Cooper. Era nuestra ama de llaves cuando yo era pequeña, ¿te acuerdas? Se sentiría dolida si no fuera a verla nada más volver. Le tenía mucho cariño a mi madre.

Nicholas asintió con la cabeza.

−¿Quieres que vaya contigo?

Juliana sonrió.

−Me encantaría, pero ¿no tienes que trabajar?

Él hizo un gesto de indiferencia.

−He acabado por hoy. Blandings quiere llevarme a dar una vuelta para presentarme a los colonos, pero llevará todo el día, así que lo hemos dejado para mañana. Puede incluso que Crandall se digne a acompañarnos.

−¿Hoy no ha estado con vosotros?

Nicholas negó con la cabeza.

−No. No se ha presentado. El pobre Blandings estaba muy preocupado, como si pensara que iba a culparle por los malos modos de Crandall.

−Yo lo he visto esta mañana.

−¿A quién? ¿A Crandall?

Juliana asintió con la cabeza.

−Sí, estaba rondando por el pasillo mientras yo hablaba con la tía Lilith. Es un hombre muy amargado.

—Lo sé —Nicholas se encogió de hombros—. Tiene motivos para serlo. Ha administrado las tierras todo estos años… y, al menos por lo que he visto en los libros y por lo que me ha dicho Blandings, no ha hecho un mal trabajo.

—Debo admitir que eso me sorprende.

—A mí también —contestó Nicholas—. Creo que siente verdadero afecto por este lugar…, mucho más que yo, desde luego. Aun así, ninguno de los dos puede hacer nada respecto a la herencia. No puedo cambiar el hecho de que sea un mayorazgo, ni de que sea yo el heredero del título. No quiero desplazar a Crandall. No voy a despojarlo de su hogar —hizo una pausa y añadió con cierta exasperación—: Ojalá ese cretino no fuera tan desagradable.

—Crandall no se hace querer.

—Lo sé. Yo creía que podríamos dejar a un lado nuestras diferencias pasadas cuando volviera. A fin de cuentas, Crandall sólo era un crío entonces, y tenía como ejemplo a su padre. Pensaba que tal vez hubiera cambiado al hacerse mayor y que, si yo ignoraba nuestro pasado, él haría lo mismo —se encogió de hombros—. Pero apenas soporto estar en la misma habitación que él. Y, evidentemente, él siente lo mismo.

—Creo que no es sólo eso lo que siente.

Nicholas la miró con curiosidad.

—¿Qué quieres decir?

Juliana vaciló y luego dijo:

—Crandall me preocupa.

—¿Te preocupa? —Nicholas frunció el ceño, sorprendido—. ¿Por qué?

—Temo lo que pueda hacer —continuó Juliana apresuradamente.

Nicholas soltó una breve risotada.

—¿Crandall? ¿Qué podría hacerme? Si crees que ese borrachín puede vencerme, no quiero ni imaginar lo que piensas de mis habilidades como luchador.

—No es eso lo que me preocupa —contestó Juliana con aspereza—. No dudo que puedas vencerle en una pelea justa. Pero no veo razón para creer que Crandall pueda preocuparse por la justicia. No va a desafiarte a una pelea. Pero podría dispararte desde lejos con toda facilidad. Podría ingeniárselas para que te sucediera un accidente mientras estás cabalgando. O...

—¿Crees que quiere matarme? —preguntó Nicholas, sorprendido.

—¿Tan improbable te parece? —repuso Juliana—. Su padre lo intentó, al fin y al cabo. Y Crandall hizo mucho hincapié en cuánto le hubiera gustado que Trenton se librara de ti. Si tú murieras, él heredaría las tierras, ¿no es cierto? ¿Acaso no se convertiría en lord Barre?

—Bueno, sí..., es el siguiente en la línea sucesoria. Pero es lo único que heredaría. Mi fortuna personal pasaría a ti, como mi esposa.

—No creo que a Crandall le importe tu fortuna. Lo que quiere son las tierras y el título.

—Crandall no tiene valor para eso. Siempre ha sido débil..., de los que hacen daño a los más débiles o a los que están a su merced. En el fondo, es un cobarde.

—¿Cuánto valor se necesita para empujar a un hombre por las escaleras, como hizo su padre? —replicó Juliana—. Tú no has visto la expresión que tenía hoy, Nicholas. Crandall está lleno de amargura y de odio hacia ti.

Preocupada, lo agarró del brazo con las dos manos y lo miró con intensidad. Él puso una mano sobre las suyas.

—Está bien. Tendré cuidado —al ver que ella seguía mirándolo con incertidumbre, sonrió y añadió—: Te lo prometo. No te preocupes. No permitiré que Crandall me haga daño. Ahora... hablemos de algo más agradable. De lo guapa que estás con ese vestido, por ejemplo.

Juliana se echó a reír, más animada, y dejó que las preocupaciones se deslizaran hacia el fondo de su conciencia.

—Alabar mi vestido, señor, es simplemente alabar su buen gusto. Éste es uno de los que elegiste tú.

—No era el vestido lo que estaba alabando —respondió Nicholas con un brillo en la mirada—, sino lo bien que te sienta. El vestido es poca cosa por sí mismo. Sólo permite que tu belleza se revele.

—Adulador —Juliana le dio el brazo y siguieron andando por el camino.

Era tan agradable, pensó, estar así con Nicholas. Estaba decidida a no permitir que las sensaciones que la embargaban cuando estaba con él la llevaran a arruinar la maravillosa amistad que podía haber entre ellos. Eran amigos, en primer lugar y ante todo, y ella se encargaría de que siguieran siéndolo.

La señora Cooper vivía en una casita a las afueras de la aldea. Era una casa muy pequeña y cubierta de hiedra, con una jardín delantero lleno de flores. El ama de llaves salió a la puerta al llamar Nicholas, y se quedó mirando a Juliana un momento antes de que su rostro se iluminara con una sonrisa.

—¡Señorita Juliana! Y el señor Nicholas… lord Barre, debería decir. Había oído decir que volvían a Lychwood, y esperaba verlos por aquí.

—Cómo no iba a venir a verla —le dijo Juliana y, dando un paso hacia delante, abrazó a aquella mujer baja y rolliza.

La señora Cooper retrocedió y se atusó el pelo como si pudiera escapar algún mechón de la gran cofia blanca en la que lo llevaba recogido.

—Pasen, por favor, y siéntense. Dejen que les prepare un poco de té. Estarán sedientos. ¿Han venido andando desde Lychwood?

Se atareó en la pequeña cocina, y Nicholas y Juliana la oyeron bombear agua, poner la tetera a hervir y trastear con los platos. Unos minutos después, regresó a la habitación llevando una bandeja que contenía no sólo una tetera y unas tazas de porcelana blanca con sus platillos, sino también un plato lleno de pasteles.

—Qué alegría volver a verla, señorita Julie —le dijo a Juliana, dándole unas palmaditas en la mano—. Hacía mucho tiempo.

—Sí, lo sé. La he echado de menos —contestó Juliana. Había escrito con frecuencia a la señora Cooper a lo largo de los años para decirle dónde estaba y qué hacía, pero se sentía un poco culpable por no haber ido a visitarla—. Pero una vez me fui de aquí…

—No hace falta que me des explicaciones, querida —le aseguró la mujer afectuosamente mientras servía el té–. Sé cómo son las cosas. Tenía claro que no volverías a visitar Lychwood Hall cuando te marcharas –sonrió al darle la taza–. Pero ahora estás aquí, has regresado a Lychwood Hall como la señora de la casa. Tu madre habría estado muy orgullosa.

Juliana le devolvió la sonrisa, sin saber qué contestar. Pero la señora Cooper no parecía necesitar respuesta alguna. Siguió hablando de la madre de Juliana. Saltaba a la vista que la señora Holcott ocupaba un lugar de honor en su corazón.

–Era una santa, tu madre, una santa. Siempre triste, la pobre, pero ¿salió alguna vez una palabra de queja de sus labios? –la señora Cooper movió la cabeza de un lado a otro en respuesta a su propia pregunta–. No, jamás. Tuvo mala suerte en la vida, pero la aceptó y siguió adelante.

–Echaba terriblemente de menos a mi padre –dijo Juliana. Recordaba a su madre, triste y abatida, pasando los días como un fantasma. Las ropas negras y tiesas de la viudez la hacían parecer aún más pequeña y blanca de lo que era.

–Su corazón se fue a la tumba con él –dijo la señora Cooper–. Lloré a rabiar cuando murió, pero sabía que era por mí, no por ella. Sé que ella estaba contenta porque iba a volver a reunirse con el señor Holcott. Al fin estaba en paz. Y no sufrió mucho. Se la llevó rápido, su corazón.

Juliana asintió con la cabeza.

–Sí. El médico me dijo que no había sido lento, ni doloroso.

–No como él –prosiguió la señora Cooper, señalando vagamente con la cabeza hacia la pared.

Juliana no estaba segura de a quién se refería, pero el ama de llaves añadió con una voz que rezumaba desdén:

—Trenton Barre, quiero decir.

No hacía falta preguntarle a la señora Cooper qué sentía hacia el tío de Nicholas, pensó Juliana. La expresión de su cara iba más allá del desagrado.

—No sé cómo murió —dijo Juliana—. Entonces ya no vivía aquí.

—Fue hidropesía —dijo el ama de llaves—. Una muerte dolorosa. Estaba hinchado como un sapo. Decían que era del hígado. No me extraña, con lo que bebía. Estuvo meses así —se encogió de hombros—. Un bocadito de lo que iba a recibir para toda la eternidad.

Juliana parpadeó, algo asombrada por la animosidad que se adivinaba en la voz de la señora Cooper. Sospechaba que el ama de llaves tenía razón en sus predicciones respecto a la clase de vida eterna que había afrontado el tío de Nicholas, pero no era corriente que la gente hablara mal de los muertos, ni siquiera aunque lo que decían fuera cierto.

Por suerte, de nuevo no hizo falta que contestaran, pues la señora Cooper volvió al tema de su querida señora Holcott y de los años que había pasado trabajando en la casa. Resultaba fácil conversar con ella. Juliana no tenía que hacer nada, salvo asentir o negar con la cabeza, o insertar algún comentario apropiado cuando aquella mujer tan habladora hacía una pausa para tomar aliento o le lanzaba una mirada inquisitiva.

Algún tiempo después, tras acabar el té y después de que Juliana sacara a relucir todos los recuerdos agradables que tenía del tiempo que había pasado en la casita de la finca de los Barre, Nicholas y ella se despidieron de la señora Cooper y emprendieron de nuevo el regreso a Lychwood Hall.

Caminaban tranquilamente, disfrutando del aire fresco del verano y de la quietud de la tarde, tras el rato que habían pasado en los estrechos confines de la casita de la señora Cooper. Juliana tardó un momento en darse cuenta de que Nicholas la había tomado de la mano mientras andaban. Al darse cuenta, un calor traicionero surgió de aquella mano y se extendió por su cuerpo. Miró de soslayo a Nicholas y se preguntó si él había tenido tan poca conciencia de su gesto como ella.

Su mano era cálida, la palma ligeramente áspera, y a Juliana se le erizaba la piel al sentir su contacto. A pesar de que un momento antes se había sentido a gusto en su presencia, de pronto se hallaba alerta, pendiente de cuanto se refería a él: de lo cerca que estaba su brazo, del tacto de la tela de su chaqueta, de las densas pestañas que enmarcaban sus ojos, de la línea nítida de su mandíbula, algo ensombrecida ahora. Se preguntaba qué se sentiría al tocarle la mejilla, si su piel sería suave o si la barba incipiente la haría algo rasposa.

Nicholas bajó la mirada hacia ella y Juliana sintió que le ardían las mejillas. Buscó apresuradamente algún tema de conversación, aparte del que entretenía sus pensamientos. Habían salido de una arboleda y se hallaban junto a un promontorio. Al otro lado de un prado veían Lychwood Hall, irguiéndose sobre otro otero. El sol estaba bajo y bañaba en luz dorada la piedra gris de la casa.

—Mira —Juliana señaló la casa—. Es preciosa, ¿verdad?

—Mm —contestó Nicholas ambiguamente—. Si uno no la conoce.

Ambos suspiraron involuntariamente. Nicholas miró a Juliana y esbozó una sonrisa.

—¿Estás lista para otra cena?

—No, si es como la de anoche. Puede que Crandall no esté.

—Me temo que es una esperanza vana —Nicholas volvió a mirar la casa—. Es una pena que uno no pueda elegir a su familia.

—¿Qué vas a hacer? —preguntó Juliana con suavidad.

—¿Respecto a Crandall? —Nicholas sacudió la cabeza—. Ojalá lo supiera. Parece que intenta forzarme a hacer algo. Como si fuera a ganar algo empujándome a echarlo de la casa. No logro imaginar qué cree que va a sacar en claro.

—Puede que lo que quiera sea confirmar lo que siempre ha creído de ti —contestó Juliana—. Para justificar cómo te trataba y lo que su padre te hizo, o intentó hacerte. Tal vez de ese modo le des el empujoncito que necesita para reunir valor para eliminarte.

—No vas a dejarlo estar, ¿eh? —Nicholas sacudió la cabeza.

—No puedo. Crandall es un hombre peligroso.

—Es demasiado mezquino para tomarlo en serio —contestó Nicholas, pero al ver la mirada de Juliana añadió—: Pero tendré cuidado. Seré prudente.

—No quiero que te ocurra nada.

—Lo sé —Nicholas la miró a los ojos un rato y Juliana vio que algo cambiaba y se oscurecía en su mirada.

Se puso tensa. Iba a besarla.

Pero entonces Nicholas se relajó y retrocedió un poco.

—¿Y bien? —preguntó con una sonrisa sardónica—. ¿Volvemos para enfrentarnos a los dragones?

Juliana asintió con la cabeza, y echaron a andar de nuevo.

Los días siguientes pasaron rápidamente. Apenas hubo tiempo para hacer los preparativos de la boda, y los sirvientes complicaron las cosas al consultar constantemente con Juliana los detalles más nimios de la administración de la casa, cosa que Juliana sospechaba fruto de las maquinaciones de Lilith. En otras ocasiones, Lilith desataba el caos al dar a los sirvientes órdenes contradictorias.

Juliana, sin embargo, estaba decidida a que todo fuera como la seda, de modo que refrenaba su irritación con la tía de Nicholas y afrontaba las complicaciones lo mejor que podía. Seraphina se mostraba al menos bastante amistosa y no hacía nada por estorbarle, pero era de poca ayuda, pues seguía siendo decididamente perezosa y gastaba casi todas sus energías discurriendo maneras de evitar hacer nada.

Winifred, la esposa de Crandall, era al menos servicial. Se ofreció, con su actitud más bien tímida, a ayudar a Juliana en cuanto pudiera. Juliana la puso a escribir las señas de las invitaciones, y le satisfizo comprobar que la muchacha tenía una bonita letra de imprenta. Juliana, que siempre había sentido que a su letra le faltaba belleza, se alegró de delegar en ella aquella tarea.

Sentada a su lado, iba secando, doblando y sellando las invitaciones a medida que Winifred las acababa, y luego las tachaba de la lista. En cierto momento miró de soslayo y vio que, mientras escribía, a Winifred se le había desplazado la manga casi hasta el codo. Tenía el antebrazo salpicado de pequeños cardenales que resaltaban sobre la blancura de su piel. Juliana abrió la boca para preguntarle qué le había ocurrido y en ese instante se dio cuenta de que los cardenales formaban un círculo, con una hilera de moratones del tamaño de yemas de dedos, y comprendió de inmediato que alguien había agarrado a la muchacha del brazo y le había apretado con fuerza.

Debió de proferir un gemido de sorpresa, pues Winifred levantó la vista y vio adónde se dirigían sus ojos. Se sonrojó y volvió a colocarse la manga rápidamente para taparse las magulladuras. Después fijó de nuevo la vista en su tarea.

Juliana desvió la mirada, sintiendo que la ira se agitaba dentro de ella. Estaba segura de que el responsable de aquellos cardenales era el marido de la muchacha. Crandall se había mostrado impaciente e irritable con Winifred las veces que Juliana los había visto juntos, y no le habría sorprendido en absoluto descubrir que había zarandeado a la muchacha o incluso que le pegaba. Sintió de pronto un deseo vehemente de ayudar a aquella joven, de protegerla de algún modo.

Pero ¿qué podía hacer? Estaba claro que aquello era un asunto entre marido y mujer, y Juliana sabía bien que, en asuntos conyugales, el marido tenía todas las de ganar. A Winifred la avergonzaba, obviamente, que hubiera visto las marcas, y Juliana detestaba la idea de agravar su humillación preguntándole por ellas. Pero tampoco podía quedarse de brazos cruzados.

—Winnie —dijo suavemente—, ¿te encuentras bien? ¿Puedo hacer algo por ti?

Winifred la miró con las mejillas todavía coloradas.

—¿Qué? Sí, estoy bien.

—Pero esos cardenales...

—Ah, eso... —Winifred dejó escapar una risa forzada—. No es nada. Me temo que soy terriblemente torpe. Siempre me tropiezo con algo o me caigo...

—Pero parecen...

—¡Ah, sí! —sonó de nuevo aquella risa nerviosa—. Estuve a punto de caerme y Crandall me agarró del brazo. Me salen cardenales tan fácilmente... Es horroroso, ¿verdad?

—Sí, lo es —dijo Juliana, convencida de que la muchacha mentía. No sabía, sin embargo, qué hacer, dado que Winifred aseguraba que Crandall la había ayudado en lugar de lastimarla—. ¿Sabes?, si estás... um... si necesitas ayuda, puedes hablar conmigo. Nicholas haría...

—¡Oh, no! —Winifred parecía alarmada—. Por favor, no le digas nada a lord Barre. Sólo soy... muy tonta, a veces. Pero... no hay razón para molestar a lord Barre.

Juliana veía una razón de peso para decírselo a Nicholas. Sin embargo, la mirada angustiada y suplicante de Winifred la disuadió de hacer algo respecto a sus sospechas. Estaba claro que Winifred se limitaría a repetir su historia, obviamente falsa, ante Nicholas, y negaría que Crandall la hubiera lastimado a sabiendas, y aunque Juliana estaba segura de que Nicholas se creería aquel embuste tan poco como ella, era imposible demostrar que Winifred no se había hecho aquellos cardenales como decía.

Nicholas, sin embargo, se sentiría obligado a hablar con Crandall al respecto y, dada la mala sangre que existía ya entre ellos, Juliana no sentía deseo alguno de echar más leña al fuego. Además, si Nicholas le reprochaba a Crandall la rudeza con que trataba a su esposa, Juliana estaba segura de que Crandall descargaría su ira en la muchacha a la que intentaba proteger. Y si Crandall y Nicholas se enzarzaban en una disputa y Nicholas acababa echando a su primo de la casa, Winifred se quedaría sin hogar y, lo que era peor aún, estaría sola con aquel hombre, que sin duda la culparía de todos sus problemas.

De modo que Juliana exhaló un suspiro y se descubrió, en contra de sus inclinaciones, asintiendo con la cabeza y diciendo:

—Está bien. No se lo diré a Nicholas... de momento.

A partir de entonces, sin embargo, vigiló de cerca a la muchacha, buscando cualquier evidencia de que Crandall la maltrataba.

Crandall siguió comportándose de manera tan odiosa como siempre. Era grosero con todos, incluida su madre, y más de una vez Juliana notó que Lilith crispaba la boca, llena de repugnancia o enojo, ante el comportamiento de su hijo, cosa que no había visto nunca cuando vivía con los Barre, años atrás.

Había también una tensión evidente entre Crandall y su hermana. Crandall le hacía a menudo a Seraphina comentarios taimados, con los ojos iluminados por la malicia. Juliana no entendía qué quería decir, pero saltaba a la vista que Seraphina sí, pues sus ojos centelleaban y miraba a su hermano con desagrado o se daba la vuelta sin decir nada.

Tampoco eran mejores las relaciones de Crandall con el marido de Seraphina. Sir Herbert parecía evitar a Crandall cuanto le era posible, y cuando se veía obligado a estar en su compañía, como durante las comidas, Juliana se daba cuenta de que apenas le dirigía la palabra. Cosa rara, sir Herbert era la única persona con la que Crandall parecía comportarse civilizadamente.

Juliana comprendió mejor la conducta de ambos cuando un día los oyó hablar por casualidad. Había abandonado por unos minutos los preparativos de la boda y, ansiosa por estar sola un rato, se había sentado en el asiento de una ventana de la larga galería. Allí, pertrechada con un libro y una manzana, se había acomodado con las piernas dobladas bajo ella, oculta a la vista.

Al cabo de unos minutos, oyó voces y, temiendo que alguien la estuviera buscando, se acurrucó en el asiento y corrió un poco la cortina para ocultarse del todo.

Pero, al acercarse las voces, comprendió que pertenecían a dos hombres que conversaban en voz baja, pero con vehemencia.

—Te lo devolveré, lo juro.

Ésas fueron las primeras palabras que distinguió, seguidas por una voz más profunda cuyas palabras no logró descifrar.

—Pero tú no lo entiendes —prosiguió la primera voz, y Juliana se dio cuenta de que era la de Crandall—. Herbert, necesito ese dinero. Estoy desesperado.

—No, eres tú quien no lo entiende —contestó sir Herbert, inflexible—. Me importa un bledo lo desesperado que estés. Estoy harto de prestarte dinero.

—Te lo devolveré. Cóbrame los intereses que quieras.

—No soy un maldito usurero —protestó sir Herbert—. No quiero tus intereses.

Los dos hombres parecían haberse detenido a unos pocos pasos del escondite de Juliana. Ésta se acurrucó cuanto pudo en el rincón, detrás de la cortina, y deseó poder desaparecer. No podía salir del asiento de la ventana en ese momento; sir Herbert y Crandall se darían cuenta de que había escuchado al menos parte de su conversación, y sería muy embarazoso. Pero aún peor sería que la vieran allí escondida. Cerró los ojos y suplicó en silencio que se alejaran.

—Debo mucho dinero. No puedo pagar ni un tercio.

—No estarías en esta situación si no tiraras el dinero jugando —respondió sir Herbert—. Te he prestado dinero una y otra vez, y siempre dices lo mismo. Que me lo devolverás. Que dejarás de jugar. Que vas a cambiar. Pero nunca lo haces.

—Esta vez sí —la desesperación convertía la voz de Crandall en un gemido—. Ya lo verás. Pero tienes que darme una oportunidad. No son sólo los prestamistas. He empeñado mi palabra con varios caballeros. Si no les pago, mi buen nombre quedará arruinado.

—Tu buen nombre ya está arruinado, en lo que a mí respecta —le espetó su cuñado.

—¡Pero somos familia! ¿Cómo puedes permitir que el hermano de tu mujer sea arrojado de los círculos de la alta sociedad? Y así será, tú lo sabes, cuando se corra la voz de que no cumplo mis compromisos. ¡Di mi palabra de honor!

—Tú no conoces el significado de la palabra «honor» —repuso sir Herbert—. Cielo santo, Crandall, ¿cómo tienes valor para pedirme algo? ¿Para enarbolar tu parentesco con mi esposa como razón para que te ayude? La culpa de que se halle en el apuro en que se encuentra es tuya. ¿Por qué crees que estamos aquí, en el campo, en plena temporada? Porque Seraphina ha acumulado tantas deudas por toda la ciudad que he tenido que recurrir a mi capital para saldarlas. Se ha gastado toda su asignación, y también el dinero de la casa. Debía dinero a prestamistas y a compañeros de juego. Nunca, en toda mi vida, he sentido tanta vergüenza como cuando lord Carlton me llevó aparte un día para decirme que Seraphina le debía doscientas libras.

—Pero las pagaste, ¿no? —preguntó Crandall, malhumorado—. ¿Por qué no te quedaste en la ciudad? Seraphina no tiene por qué esconderse.

—¡Claro que sí! No puedo dejar que ande sola por Londres mientras no sepa controlarse. No pienso dejar que arruine su vida como tú has arruinado la tuya. Como si no bastara contigo, tenías que conducir a Seraphina a destruir también la suya.

—¡Eso no es cierto!

—¿Cómo puedes negarlo? Fuiste tú quien le presentó a esa panda con la que vas. Fuiste tú quien la llevó a casa de esa tal Tomlinson a jugar a las cartas. Y luego la animaste a volver, diciéndole que su suerte cambiaría y alentando su ridícula idea de que el único modo de pagar sus deudas era seguir jugando con la esperanza de ganar y recuperar su dinero. Si no supiera que eres tan tonto que manejas del mismo modo tus asuntos monetarios, pensaría que recibías dinero de esa arpía.

Hubo un largo momento de silencio. Juliana aguardó, preguntándose qué estaba pasando en el pasillo.

Al parecer, sir Herbert había visto algo en el semblante de Crandall, pues de pronto estalló:

—¡Cielo santo! De eso se trata, ¿verdad? Recibías dinero por atraer a incautos, ¿no es cierto? Llevabas los corderos al matadero.

—No pretendía hacerles ningún daño —contestó Crandall débilmente—. Querían jugar a las cartas. Yo sólo los introduje en algunos de los clubes más acogedores. Seraphina me pidió que la llevara a una casa de juegos.

—¡Eres su hermano! ¡Deberías haberla protegido, no haberla entregado para que la desplumaran! —bramó el marido de Seraphina con indignación justificada—. Maldito Judas. Debería darte una paliza.

—Quisiera verte intentarlo —replicó Crandall con aspereza.

Se oyó un golpe sordo, como si algo golpeara la pared junto al asiento de Juliana, y un instante después sonaron pasos que se alejaban.

—¡Quítate de mi vista, Barre! —gritó sir Herbert, sólo a unos centímetros de ella. Juliana supuso que Crandall había empujado a su cuñado contra la pared y luego se había marchado.

Un momento después, sir Herbert suspiró y también se alejó.

Juliana dejó escapar un suspiro y se relajó, apoyada en la pared del rincón de la ventana.

De modo que Crandall había introducido a su hermana en el juego. Ahora estaba claro por qué sir Herbert le despreciaba. Y sin duda era también ésa la razón por la que Seraphina mostraba tanto desagrado hacia su hermano. Los comentarios ladinos que Crandall le hacía, y que le granjeaban miradas torvas por parte de Seraphina, eran con toda probabilidad insinuaciones acerca de su afición por el juego. Juliana se sentía estupefacta ante el alcance de la villanía de Crandall: incitar a su propia hermana a jugar hasta endeudarse... y luego mofarse de ella.

Crandall no fue a cenar esa noche, lo cual fue un alivio no sólo para Juliana, sino también para todos los demás. La conversación fue casi normal. Lilith, naturalmente, se mostraba tan reprimida y gélida como siempre, pero al menos Winifred, Seraphina y sir Herbert hablaron con Juliana y Nicholas sin que pareciera que andaban todos de puntillas.

Crandall no dio señales de vida ni esa noche ni al día siguiente, durante el desayuno –lo cual era habitual–, y Juliana tampoco lo vio a lo largo de la mañana, de modo que la relativa tranquilidad de la casa se prolongó hasta el almuerzo.

La familia, a excepción de Crandall, se había sentado a la mesa a la hora de costumbre, y los sirvientes habían empezado a servir los platos de la comida. En ese momento, Crandall entró en la habitación. Juliana levantó la vista al oírlo llegar, y se quedó boquiabierta. Al otro lado de la mesa, Winifred profirió una exclamación de sorpresa.

Crandall tenía la cara magullada, los labios hinchados y la piel de alrededor de la boca arañada y enrojecida. Su ojo derecho, ennegrecido, estaba tan hinchado que apenas podía abrirlo.

Juliana miró a Nicholas sin querer.

Lilith se levantó, llevándose una mano a la garganta.
—¡Crandall! ¿Qué te ha pasado? ¿Estás bien?
Crandall hizo caso omiso de su madre, retiró la silla y se dejó caer en ella. Winifred hizo ademán de posar la mano sobre su brazo, pero él se la apartó gruñendo:
—¡Déjame en paz!
Lilith se giró hacia Nicholas y exclamó:
—¿Qué significa esto?
Nicholas la miró sin inmutarse.
—Creo que no es a mí a quien debe preguntar. Inténtelo con su hijo.
—Crandall... —dijo Lilith en tono autoritario.
Él se encogió de hombros.
—No es nada, madre. Déjalo estar.
—¿Que no es nada? Tienes la cara amoratada ¿y esperas que acepte que no es nada? ¿Ha sido Nicholas?
Crandall hizo una mueca.
—Un tipo de la aldea me atacó. Eso es todo. Ahora, ¿podemos comer de una vez?
—No, no podemos —le espetó Lilith—. ¿Me dices que

te han atacado y esperas que sigamos comiendo como si nada hubiera pasado? ¿Quién ha sido? ¿Lo han arrestado?

—Tía Lilith, creo que, cuanto menos escándalo armemos sobre este asunto, tanto mejor —le dijo Nicholas con calma, y le lanzó a Crandall una mirada cargada de intención.

—¿Escándalo? —Lilith miró con frialdad a Nicholas—. A mi hijo lo ha atacado un rufián, ¿y crees que no debemos «armar un escándalo»? Quiero saber si el hombre que le ha hecho esto a Crandall está en prisión.

—No —contestó Nicholas escuetamente—. Y ésta no es precisamente una conversación adecuada para la hora del almuerzo. Sugiero que la pospongamos hasta después del almuerzo.

Lilith lo miró con ira, casi temblando de furia.

—Puede que hayas venido aquí dispuesto a hacerte cargo de todo, lord Barre, pero a mí no vas a decirme qué debo decir o no decir respecto al ataque que ha sufrido mi hijo. Quiero saber qué ha ocurrido. ¡Quiero saber por qué ese hombre no ha sido arrestado!

Nicholas exhaló un suspiro, dejó su tenedor y se volvió hacia el mayordomo.

—Rundell...

—Sí, milord —el mayordomo se giró hacia los lacayos, hizo un ademán y los criados salieron de la habitación. Rundell cerró la puerta suavemente al salir.

—Está bien. Hablaremos de ello —Nicholas se giró primero hacia Winifred, diciendo—: Lamento que tengas que oír esto.

Winifred se volvió para mirar a su marido, pálida e intranquila.

—Crandall...

Él la ignoró, cruzó los brazos y se recostó en la silla, malhumorado.

—Adelante, Nick. Seguro que estás deseando contárselo a todo el mundo.

—Créeme, me produce escaso placer hablar de tus indiscreciones, y menos aún lidiar con sus consecuencias —Nicholas se giró hacia Lilith—. Me encontré con el sujeto en cuestión esta mañana, tía Lilith. Vino a verme para advertirme que me convenía mantener a Crandall bajo control. Por lo visto, tu hijo estaba atosigando a su esposa hasta el punto de ponerse violento. El hombre los sorprendió y, con toda razón, le reprochó a Crandall su comportamiento. Ésa es la razón de que la cara de Crandall presente ese aspecto esta tarde.

—¡Qué idiotez! —exclamó Lilith—. Está claro que esa arpía mintió a su marido. Sin duda la muy descarada provocó a Crandall y luego, cuando su marido se enteró, fingió que era culpa de Crandall para que el marido no se enfadara con ella.

Estaba claro, pensó Juliana, que a pesar de que Lilith ya no mimaba a Crandall como antaño, seguía completamente engañada respecto a sus relaciones con las mujeres.

—El hombre los sorprendió, tía Lilith —contestó Nicholas llanamente—. Su mujer estaba forcejeando con Crandall, intentando apartarlo. Creo que hay pocas posibilidades de que la mujer intentara seducir a Crandall o de que ese tal Farrow malinterpretara lo que estaba sucediendo.

—Está mintiendo —protestó Crandall, y se giró hacia su madre—. Ambos mienten.

—Desde luego que sí —respondió su madre—. ¿Quién es ese tal Farrow? Estoy segura de que sólo quiere dinero.

Al otro lado de la mesa, Seraphina hizo girar los ojos. Saltaba a la vista que las palabras de su hermano no habían logrado convencerla. Winifred miraba fijamente la mesa, con las mejillas coloradas por la vergüenza. Juliana sintió lástima por la muchacha. Debía de ser muy humillante estar allí sentada, oyendo relatar cómo su marido perseguía a otra. Con razón Nicholas había intentado evitar que la cuestión se tratara en la mesa.

—No creo que el dinero tenga nada que ver con su visita de esta mañana —contestó Nicholas con la voz crispada por la irritación—. Ese hombre estaba furioso, y con toda razón. Farrow es el herrero de la aldea y, francamente, dada su estatura, yo diría que Crandall tiene suerte de haber salido sólo con un ojo a la funerala y unos cuantos moratones.

—¡Me atacó por la espalda! —exclamó Crandall—. Yo ni siquiera sabía dónde estaba.

—Sin duda estabas muy atareado —dijo Nicholas con sorna.

—Estoy pensando en volver allí y...

—No seas ridículo —le espetó Nicholas—. No vas a desafiarlo a pelear, y los dos lo sabemos. Eres un cobarde y siempre lo has sido, Crandall. Te limitas a intimidar a mujeres y a quienes son más débiles que tú. Nunca te atreverías con un hombre como Farrow. Me asombra que fueras tan tonto como para creer que podías salirte con la tuya con su mujer sin que te diera una paliza. Si creías que tu nombre iba a asustarlo, cometiste un triste error. A Farrow no le interesa el dinero, y aunque estuviera dispuesto a dejarse comprar, no tienes dinero para pagarle. Y te aseguro que yo jamás malgastaría un chelín para sacarte de semejante aprieto.

—Nunca he esperado que te pusieras de mi parte —bufó Crandall.

—Una decisión muy sensata —replicó Nicholas—. Creo que conseguí calmar a Farrow. Le aseguré que no volvería a ocurrir —Nicholas se inclinó hacia delante, apoyando las manos en la mesa. Sus ojos eran duros y fríos como el mármol cuando miró a Crandall a la cara—. De ahora en adelante, dejarás de comportarte así. ¿Me he expresado con claridad? Si vuelvo a oír que has molestado a la señora Farrow o a cualquier otra mujer de los alrededores, tendrás que vértelas conmigo.

Crandall lo miró con resentimiento y se hundió en la silla; fijó la mirada en la mesa y apretó la mandíbula con expresión rebelde.

—Enfádate cuanto quieras, Crandall, pero si quieres seguir viviendo aquí, tendrás que ceñirte a mis normas —dijo Nicholas sin contemplaciones.

—¡Cómo te atreves! —exclamó Lilith echando chispas por los ojos—. ¿Crees que puedes darle órdenes a mi hijo?

—Si quiere seguir viviendo a mis expensas, sí. Espero que viva de cierta manera —respondió Nicholas con calma.

—Sabes que nada de eso es cierto —dijo Lilith, cuyas mejillas teñía el rubor—. Estás ayudando a ese hombre a inventar injurias sobre Crandall. Estás difundiendo infamias acerca de mi hijo. Odias a Crandall. Siempre has tenido celos de él. Es mucho mejor que tú, tan listo y brillante... Nunca has podido soportarlo. Siempre le has atacado, desde que eras un niño. Llevas el diablo dentro. No soportas ver triunfar a alguien como Crandall. Eras malvado entonces y...

—¡Basta ya! —gritó Juliana, levantándose de un salto. Temblaba de rabia al encararse con la mujer—. ¡Cállate! ¡Cállate!

Lilith parpadeó, silenciada por el estallido de Juliana.

—La que es malvada eres tú —prosiguió Juliana, a la que habían dejado de importante la cortesía y la diplomacia—. Fuiste una madre pésima y una tía aún peor. Eres fría y egoísta, y la forma en que tu marido y tú tratabais a Nicholas era un crimen. Nicholas vino aquí siendo un huérfano, un niño cuyos padres habían muerto trágicamente. Pero no hicisteis ningún esfuerzo por quererlo, por preocuparos por él. Le tratabais con desprecio y crueldad. Crandall nunca ha valido ni la mitad que Nicholas, pero tú estabas tan ciega que no lo veías. Echaste a perder a Crandall consintiéndoselo todo, perdonando todas sus fechorías. Y también intentaste arruinar a Nicholas. Pero con él no lo conseguiste. Escapó a vuestras garras. Resistió todos vuestros intentos de destrozarle la vida.

Lilith se levantó para mirar a Juliana. Sus ojos pálidos brillaban, llenos de furia.

—¿Cómo te atreves a hablarme así? ¡Maldita advenediza pedante! ¡Eres igual que tu madre!

—Mi madre no tiene nada que ver con esto. Estoy hablando de ti y de cómo maltrataste a un niño que estaba a tu cuidado. Escúchame bien. Tu reinado aquí se ha terminado. Sigues aquí porque ese niño lo consiente. Nicholas te mantiene. Es él quien te da un techo. Así que, si yo fuera tú, tendría más cuidado con lo que digo. Puede que a Nicholas le dé reparo arrojar a su propia tía a la calle, pero te aseguro que a mí no. Os mandaré a ti y al resto de tu familia a hacer las maletas si vuelves a tratar a Nicholas con tan poco respeto.

Lilith se quedó mirándola, con la cara blanca y los labios apretados en una fina línea.

—Además —prosiguió Juliana implacablemente—, te sugiero que pienses en esto: dentro de unos días seré lady Barre y, como tal, tendré autoridad no sólo para echaros de aquí, sino también para arruinar vuestra reputación. Puedo asegurarme de que todo el mundo aquí y en Londres sepa exactamente la clase de mujer que eres. Les diré a todos cómo trataste a Nicholas cuando era pequeño, cuando era un huérfano que vivía a tu cargo. ¿Qué crees que pensarán todos de ti?

Lilith tensó la mandíbula y sus ojos brillaron con odio. Por un momento, Juliana pensó que estaba a punto de arremeter contra ella, pero Lilith se limitó a decir con voz crispada:

—No pretendía faltarle al respeto a lord Barre, naturalmente —sin mirar a Nicholas añadió—: Te ruego me perdones, Nicholas, si algo de lo que he dicho te ha ofendido.

—Por supuesto, tía Lilith.

—Ahora, si me disculpáis, creo que he perdido el apetito —les dijo Lilith, y salió de la habitación.

Juliana se quedó mirándola un momento y después se dejó caer en la silla. De pronto notaba las rodillas tan débiles que no la sostenían. Se sentían levemente mareada por el reflujo de la ira, y temblaba tanto que tuvo que juntar las manos con fuerza para controlarlas. Notaba las miradas de todos fijas en ella.

Sin duda su falta de control los había dejado atónitos. Supuso que debería sentirse avergonzada por ello, pero no era así. Por el contrario, levantó la barbilla con aire desafiante y miró primero a Crandall y luego a Seraphina.

—Vosotros sabéis que es cierto.

Crandall, como cabía esperar, soltó un bufido, aunque dirigió la mirada más a la mesa que a Juliana. Seraphina se sonrojó, lo cual la honraba, y asintió ligeramente con la cabeza, apretándose la boca con los dedos. Juliana notó que Winifred parecía anonadada.

Juliana miró a Nicholas con incertidumbre. Él la estaba observando con una mirada cálida en la que danzaba el regocijo.

—Sir Herbert —dijo con calma—, ¿tendría usted la bondad de llamar a Rundell? Creo que estamos listos para acabar de comer.

El mayordomo y los lacayos regresaron enseguida, llevando el siguiente plato, con los semblantes cuidadosamente despojados de la curiosidad que —Juliana estaba segura— todos sentían. Comieron rápidamente, sin aventurarse siquiera a trabar una conversación cortés. Y, a la primera ocasión, los demás salieron a toda prisa, dejando a Nicholas y Juliana solos en la mesa.

Juliana miró de nuevo a Nicholas y aguardó un momento a que los lacayos se fueran antes de decir:

—Lamento haber hecho esa escena. Normalmente soy muy tranquila —sonrió un poco—. Aunque soy consciente de que ahora te costará creerlo.

Nicholas sonrió y alargó el brazo sobre la esquina de la mesa para tomarla de la mano.

—No sabía que tuvieras tan mal genio. Tendré que andarme con pies de plomo contigo.

Juliana dejó escapar una risilla temblorosa.

—No creo que tú tengas que preocuparte por eso.

Nicholas se llevó su mano a los labios.

—Gracias por defenderme.

El roce de sus labios reconfortó a Juliana. Nicholas giró su silla, tiró de ella y Juliana se levantó y dejó que la sentara sobre sus rodillas. Dejó escapar una risa jadeante cuando Nicholas le rodeó la espalda con el brazo. Resultaba asombroso lo natural que parecía todo, lo fácilmente que encajaba allí, acurrucada contra su pecho.

Nicholas inclinó la cabeza y besó suavemente su cuello; después siguió hacia arriba, frotando la nariz contra su pelo y acariciándole las orejas con el roce de una pluma. Juliana se sintió recorrida por un temblor que prendió una llama en lo más profundo de sus entrañas. La otra mano de Nicholas se posó un momento sobre su vientre antes de deslizarse hacia arriba para tocar su pecho. El deseo palpitaba en el interior de Juliana, raudo y ardiente. Era consciente de que ansiaba sentir las caricias de Nicholas en todo el cuerpo. Quería recostarse como una libertina entre sus brazos e invitarlo a explorar su cuerpo, a acariciarla e incitarla hasta que ardiera, como había ardido aquella otra noche.

Se removió un poco sobre su regazo, y un leve gruñido escapó de los labios de Nicholas. Él le mordisqueó la oreja, murmurando:

—¿Es que quieres que pierda los estribos, niña?

Envalentonada, Juliana volvió a moverse, girándose hacia él al tiempo que deslizaba la mano sobre su pecho. Nicholas contuvo el aliento y, cuando Juliana miró su cara, vio que sus ojos centelleaban. Nicholas movió la mano sobre sus pechos, rodeó los pezones a través de la fina muselina del vestido hasta que se erizaron, apretándose, ansiosos, contra la tela.

Siguió mirándola a los ojos mientras acariciaba su pezón. Un estremecimiento recorrió a Juliana, como si un hilo conectara el botoncillo de su pezón a un pozo de fuego situado en lo más hondo de sus entrañas y lo abriera para inundar su cuerpo. Se mordió el labio inferior y cerró los ojos, presa de un placer exquisito provocado por el roce de los dedos de Nicholas sobre su pecho.

La mano de Nicholas abandonó su pecho y descendió hasta la uve de entre sus piernas, como si buscara la fuente de aquel calor. Apretó los dedos contra su sexo, e incluso a través de la tela del vestido y las enaguas, aquella caricia hizo estallar el placer dentro de ella. Juliana clavó los dedos en la camisa de Nicholas y apoyó la cabeza sobre su pecho, deleitándose en las sensaciones que él le ofrecía.

Sentía el latido de su corazón en el oído, oía el bronco jadeo de su respiración. Se sentía como si pudiera zozobrar en él, consumirse y dejarse consumir por Nicholas.

Se oyeron pasos junto a la puerta y, un instante después, un gemido estrangulado. Juliana abrió los ojos a tiempo de ver la espalda de un lacayo que salía rápidamente de la habitación.

Nicholas masculló una maldición y apartó las manos de ella, y Juliana, colorada como un tomate, se puso en pie de un salto. Se llevó las manos a las mejillas enrojecidas y miró un momento a Nicholas, llena de vergüenza.

Luego dio media vuelta y huyó de la habitación.

Nicholas se inclinó hacia delante, puso los codos en la mesa y apoyó la cabeza en las manos. Se maldecía para sus adentros. Se estaba comportando como un adolescente presa de sus pasiones. Le había hecho una promesa a Juliana, y parecía romperla a cada paso. Juliana tenía todo el derecho a estar furiosa con él.

Sabía que no estaba haciendo lo correcto, que no estaba representando el papel de un caballero. Aunque nunca había pretendido ser un auténtico caballero en el verdadero sentido de la palabra, siempre había creído que la única persona con la que no podría mostrarse deshonesto era Juliana. Y sin embargo allí estaba, dejando que su deseo por ella lo llevara a romper la promesa que le había hecho. Le había jurado que el suyo sería un matrimonio platónico, y sobre esa premisa Juliana había aceptado casarse con él. Su conducta de los días anteriores tenía que hacer que se preguntara si Nicholas era capaz de atenerse el pacto que habían hecho. Nicholas temía que llegara incluso a sospechar que la había engañado, que le había ofrecido matrimonio sin intención alguna de cumplir aquel compromiso.

En general, Nicholas no era un hombre temeroso. Se había abierto camino en el mundo por sus propios medios y había tenido más éxito que la mayoría. Los timoratos no disfrutaban de semejante triunfo. De pronto, no obstante, se sentía traspasado por el miedo. No quería afrontar la posibilidad de perder la confianza de Juliana.

Ella era la única persona en el mundo a la que le tenía apego. Había sido su compañera, su amiga, cuando se sentía solo en el mundo. Confiaba en ella, y no creía que hubiera otra persona sobre la faz de la tierra de la que pudiera decir algo parecido. Y, por esa misma razón, no podía permitir que nada rompiera el lazo que los unía…, por más que deseara a Juliana.

Nunca se le había ocurrido pensar que pudiera sentirse así. La Juliana de sus recuerdos era una chiquilla, y como tal la había querido. Para él, había sido como una hermana. Y aunque era consciente de lo bella que se había vuelto al hacerse mayor, de lo deseable que era como mujer, no había adivinado que el deseo pudiera tentarlo con tanta fuerza, hasta el punto de ponerlo en peligro de perder el control.

Le había ofrecido matrimonio a Juliana sin ningún motivo ulterior, se decía. Simplemente quería ayudarla. Odiaba ver a Juliana al servicio de personas que eran claramente inferiores a ella. Juliana debía tener lo mejor, y él había querido dárselo.

Pero, por alguna razón, durante aquellas últimas semanas en su compañía, había dejado de ser la querida amiga del pasado y se había convertido simplemente en una mujer… en una mujer muy deseable. Y el matrimonio que él le había ofrecido ya no le convenía en absoluto. Quería seducirla, llevarla a la cama. Se descubría ansiando que llegara su noche de bodas con el anhelo que se esperaba de un novio.

Pero aquel deseo –Nicholas lo sabía– era injusto para Juliana. Ella, a fin de cuentas, había aceptado ser su esposa a condición de que el suyo fuera un matrimonio sólo de nombre. Con toda probabilidad le había concedido su mano únicamente por un profundo sentido de lealtad hacia el muchacho que había sido su amigo de la niñez. Juliana no lo quería; incluso le había repugnado casarse con él precisamente porque no lo amaba. Y para una mujer como ella, Nicholas sabía que el amor y el deseo iban inextricablemente entrelazados. Juliana no era como él, una persona incapaz de emociones profundas.

Nicholas sabía que Juliana creía que podía sentir emociones con la misma intensidad que ella. Pero él tenía muy presente que lo cierto era que Juliana sólo veía en él su propio reflejo. Era simplemente la bondad de su espíritu lo que la hacía ver con buenos ojos cada uno de los actos de Nicholas, perdonar sus pecados y disculpar todos sus errores. Nicholas era para ella como Juliana quería que fuera, y, cuando estaba con ella, a él no le quedaba más remedio que cumplir su papel. Pero sabía que era sólo una representación. Conocía la ira que lo habitaba, sabía que era un hombre frío que había recibido la noticia de la muerte de su tío sin una sola punzada de compasión o de lástima. Seguía aferrándose al odio que había bullido en él con cada golpe de la vara con que su tío solía lacerarle las pantorrillas. Y tenía presentes las leyes que había quebrantado y las que había simplemente eludido, las normas de la honestidad e incluso del honor que había ignorado en su búsqueda de fortuna.

No era un buen hombre. Sólo Juliana creía lo contrario.

Pero no iba a permitir que la visión que Juliana tenía de él quedara empañada. Aunque le traía sin cuidado lo que la mayoría de la gente pensara de él, lo que pensara Juliana le resultaba esencial.

No creía que Juliana fuera a rechazarlo si acudía a ella en su noche de bodas. Sabía que se entregaría a sus deseos, a su pasión. A fin de cuentas, lo creía su deber como esposa. Aunque sólo fuera por eso, sin duda sentiría que le debía lo que él le pidiera a cambio de ofrecerle el tren de vida que llevaría siendo lady Barre. Por otra parte, Nicholas no era tan modesto como para creer que no podía hacerle sentir deseo. La había sentido dúctil entre sus manos, había sentido cómo contenía el aliento y notado cómo se aceleraba el pulso de su garganta. Sus besos y caricias la excitaban.

Pero, pese al deseo que sentía, Juliana no lo quería, y ello la desgarraría. Nicholas no quería que se sintiera obligada, que capitulara a sus deseos. No quería que se sintiera dividida, una esclava de la lujuria sin amor.

Por encima de todo, no podía soportar que Juliana se diera cuenta de que no era el hombre que ella le creía. Sería la puñalada más dolorosa, que ella lo mirara desilusionada, saber que lo veía tal y como era: un hombre capaz de romper la sagrada promesa que le había hecho simplemente para satisfacer su deseo animal.

Nicholas no permitiría que eso ocurriera. Costara lo que costase, se atendría al voto de castidad de su matrimonio. No sería difícil, se dijo. Tras pasar algún tiempo allí con ella, podría procurarse los servicios de alguna cortesana de Londres.

Tenía que admitir, naturalmente, que aquella idea

tenía escaso atractivo. Francamente, cualquier otra mujer parecía palidecer ante Juliana. Incluso sus amantes más atractivas del pasado le parecían de pronto insípidas y poco deseables comparadas con ella. No sentía deseo alguno de acudir a otra mujer para saciar su deseo, y esa certeza hacía la perspectiva de su vida conyugal aún más amarga.

Se juró a sí mismo que no se acostaría con Juliana cuando estuvieran casados. El único problema era que no tenía ni idea de cómo iba a obligarse a cumplir aquel voto.

El día de la boda amaneció despejado y luminoso. Como los dos días anteriores habían sido oscuros y lluviosos, el sol le pareció a Juliana un buen presagio. Estaba tan nerviosa que apenas pudo desayunar; sólo tomó una taza de té y un trocito de tostada.

Deseaba que Eleanor estuviera allí para apoyarla. Winifred fue a ayudar a su doncella con el vestido y el peinado, pero aunque la muchacha tenía buen corazón, no era lo mismo que tener a alguien que había sido su mejor amiga desde el colegio. Eleanor se habría hecho cargo de la situación enérgicamente, habría solucionado cualquier contratiempo y habría mandado a todo el mundo a ocuparse de sus quehaceres. Habría reconfortado a Juliana y le habría procurado calma.

Tal y como estaban las cosas, Juliana se pasó la mañana oscilando entre momentos de terror por creer que estaba cometiendo una equivocación y momentos de ilusión durante los cuales ansiaba que llegara por fin la ceremonia. Estaba segura de que iba a hacer lo que quería, pero lo estaba mucho menos de que fuera lo que le convenía.

A su incertidumbre se sumaba el hecho de que, durante los días anteriores, había estado dándole vueltas a la idea de si, cuando llegara la noche de bodas, Nicholas querría acostarse con ella. Él le había dicho que su matrimonio sería platónico, desde luego, pero el modo en que la había besado la hacía preguntarse si no habría cambiado de opinión. ¿Qué haría ella si acudía a su cuarto esa noche? Sabía el efecto que Nicholas surtía sobre ella; él tenía motivos de sobra para pensar que lo deseaba.

El problema era, naturalmente, que Juliana lo deseaba pero temía que, si la llevaba a la cama, aquello acabara rompiéndole el corazón. Ella se consideraría una auténtica esposa, pero sospechaba que Nicholas no sentiría lo mismo. Él se había declarado inmune al amor, y aunque Juliana no lo creía incapaz de amar, sabía que su afirmación demostraba que no se había enamorado aún..., lo cual significaba, por tanto, que no la quería a ella. Enamorarse de un hombre que no la quería, amarlo cada vez más mientras él, quizá, se cansaba de ella, sería un desastre. Acabaría estando sola y sintiéndose desgraciada.

Sería mucho mejor, pensó, seguir siendo amigos y no aventurarse en aguas más profundas. Estaba segura de que, si Nicholas quería acostarse con ella y ella se negaba, él no insistiría en hacer valer sus derechos conyugales. Pero estaba mucho menos segura de ser capaz de resistir el deseo que sentía por él. ¿Tendría fuerzas para rechazar a Nicholas?

Aquellas dudas la atormentaban, y la cháchara

ociosa de Winifred apenas conseguía distraerla. Fue un alivio que llegara por fin la hora de la ceremonia, y poder hacer a un lado aquellos pensamientos y seguir sencillamente hacia delante.

Se casaron esa tarde, en la iglesia del pueblo, un viejo edificio gris con una torre cuadrada de estilo normando. Los invitados eran pocos, casi todos ellos pertenecientes a la nobleza local, más algunos miembros de familias de alto copete. Nicholas y ella no conocían a la mayoría, puesto que habían pasado mucho tiempo alejados de los círculos de la alta sociedad, y ninguno de los Barre había mostrado interés por invitar a sus amigos. A Juliana la había sorprendido, de hecho, que el día anterior hubiera llegado de Londres un amigo de Crandall, un joven llamado Peter Hakebourne. Crandall se había mostrado también atónito cuando el señor Hakebourne entró en la habitación, y los dos salieron de inmediato para conversar. Juliana se preguntaba si el invitado de Crandall sería uno de los caballeros a los que debía dinero.

Con todo, la escasez de invitados no molestó a Juliana. La ceremonia, muy sencilla, logró conmoverla, y cuando se giró para mirar a Nicholas y pronunciaron sus votos nupciales con las manos unidas, el corazón se le hinchó dentro del pecho. Sonrió a Nicholas, con los ojos empañados, y comprendió que, pasara lo que pasase, había tomado la decisión correcta. Su vida estaba entrelazada a la de Nicholas, y el porvenir de ambos estaba unido para siempre.

Después de la ceremonia, regresaron a la casa para recibir a los invitados. El banquete de bodas y el baile para los novios, la familia y los amigos iba a celebrarse dentro, pero primero tenían que recibir las felicitaciones de los colonos y aldeanos, que habían sido invitados sin excepción a una fiesta en el exterior, bajo los árboles. Juliana saludaba a todos con una sonrisa; a algunos los recordaba de los años que había pasado allí y otros le eran desconocidos. La señora Cooper también había ido, llevada por el coche que Juliana le había enviado. Tomó a Juliana de las manos, sonriendo, y le aseguró que su vida estaba bendecida. Los colonos y sus esposas eran tantos que su número resultaba apabullante.

Incluso el herrero de la aldea estaba allí, un hombre gigantesco, más alto incluso que Nicholas, y provisto de las anchas espaldas y los brazos fornidos propios de su oficio. Apenas habló; inclinó la cabeza hacia ellos respetuosamente pero sin servilismo, y les presentó como su esposa a la linda joven que iba a su lado.

Cuando se encaminaron hacia la mesa de los refrigerios, Juliana se inclinó hacia Nicholas y susurró.

—¿No es ése el que le puso a Crandall el ojo morado? Me sorprende que haya venido.

Nicholas asintió con la cabeza.

—Sí. Pero creo que es un hombre justo. Me cae bien. Sabe que Crandall y su conducta no tienen nada que ver conmigo y mis actos.

Juliana miró a la pareja mientras se alejaba, la mujer agarrada al brazo de su marido, que inclinaba delicadamente la cabeza hacia ella para escucharla.

—Ella es muy bonita.

—Sí. No es de extrañar que Crandall se sintiera atraído por ella —Nicholas hizo una mueca.

—¿Conoces al amigo de Crandall? —preguntó Juliana con curiosidad.

—¿Ese tipo de Londres? —respondió Nicholas—. ¿Cómo se llama? Tiene nombre de pescado, ¿no?

Juliana se echó a reír.

—Hakebourne. Peter Hakebourne.

—Ah, sí. No, no lo conozco. Pero me sorprende que alguien a quien no conocemos ni hemos invitado se presente en nuestra boda —comentó Nicholas.

—No creo que Crandall supiera que iba a venir —dijo Juliana.

Nicholas frunció el ceño.

—Conociendo a Crandall, no creo que su amigo haya venido con buenas intenciones. Indagaré un poco, a ver si descubro qué hay detrás de esta visita —miró a Juliana con una leve sonrisa en los labios—. ¿Te parece mal que me cueste creer que alguien pueda visitar a Crandall por simple amistad?

—Yo diría más bien que es una muestra de inteligencia —repuso Juliana.

Había comida y bebida en abundancia, tanto dentro como fuera de la casa, y más tarde hubo baile. Nicholas condujo a Juliana al centro del salón de baile para su primer vals como marido y mujer, y al tomarla en sus brazos ella no pudo evitar recordar la noche, apenas un mes antes, en que lo vio por primera vez después de quince años.

Recordaba cómo se había sentido entre sus brazos y al levantar la mirada hacia su cara. No había pasado mucho tiempo y, sin embargo, le parecía que hacía casi una eternidad. En aquel momento no se habría atrevido a soñar que, sólo un mes después, sería la esposa de Nicholas.

Y esa noche... esa noche ¿sería su esposa de verdad, y no sólo de nombre? Aquélla era una cuestión para la que aún no tenía respuesta.

Después de su primer baile, tuvieron que bailar, como era de rigor, con otros invitados. Aquello, pensó Juliana suspirando para sus adentros, no era ni mucho menos tan grato. Se vio transportada por la pista de baile primero por sir Herbert y después por Peter Hakebourne. Sir Herbert bailaba como si luchara por recordar las lecciones de baile que había dado años atrás; Juliana casi podía oírle contar los pasos mientras giraban por el salón. Cuando acabó la canción, la sonrisa que él le lanzó denotaba, más que disfrute, alivio porque hubiera acabado el baile. Hakebourne, en cambio, era un bailarín aceptable pero un mal conversador. Cuando cesó la música, a pesar de que le había hecho discretamente algunas preguntas, Juliana apenas sabía más de él que al empezar el baile. Ignoraba si aquel hombre tenía por costumbre eludir las preguntas o si era simplemente tímido.

Hakebourne hizo una reverencia y se despidió de ella al acabar el baile, y Juliana lo vio abrirse paso por el salón hasta el lugar donde Crandall contemplaba malhumorado la fiesta con una copa en la mano.

Hacía falta poca imaginación para adivinar que a Crandall no le entusiasmaba ver a su amigo. Frunció el ceño cuando Hakebourne se acercó a él y lanzó una rápida ojeada en torno a la habitación, como si quisiera escapar. Hakebourne, no obstante, se plantó ante él y comenzó a hablar con la volubilidad que le había faltado durante su baile con Juliana.

En ese momento el señor Bolton, un caballero del pueblo, soltero y de mediana edad, pidió a Juliana que bailara con él la siguiente cuadrilla, y a ella le costó tanto recordar todos los pasos que no pudo dirigir ni una sola mirada a Crandall y su amigo. Sin embargo, cuando el señor Bolton, que resultó ser un bailarín distinguido y hábil, la condujo de nuevo a una silla después de que la música acabara, Juliana vio que Crandall y Peter Hakebourne seguían hablando.

Estaban, en realidad, discutiendo, y habían alzado la voz. Los invitados, sorprendidos, se volvían hacia ellos. A un gesto de Lilith, el cuarteto de cuerda comenzó a tocar la siguiente tonada, que enmascaró el ruido de la discusión.

Lilith cruzó el salón, se detuvo delante de Crandall y le dirigió unas pocas palabras. Hakebourne pareció avergonzado y guardó silencio mientras inclinaba la cabeza, dándole la razón a Lilith. Con una última mirada dirigida a Crandall, se alejó por entre el gentío. Crandall lanzó una mirada enojada a su madre y apuró su copa con aire desafiante.

Juliana lo observó, desalentada, cuando dio media vuelta y se dirigió derecho hacia ella. Crandall se tropezó con uno de los danzantes, se tambaleó y siguió avanzando sin disculparse. A Juliana le dieron ganas de dar media vuelta y huir, pero sabía que se notaría demasiado que intentaba evitar a Crandall. Sólo el cielo sabía lo que Crandall era capaz de hacer en semejante estado de embriaguez. Gritarle a través del salón, quizás.

Como lo último que quería era que hubiera una escena el día de su boda, se quedó allí y lo miró acercarse con una expresión falsamente complacida.

—Ju-juliana —farfulló él y, al hacerle una reverencia

extravagante, estuvo a punto de desplomarse sobre ella.

—Crandall, por favor... —musitó Juliana—. Estás borracho. Sube a tu habitación a echarte.

Él la miró lascivamente.

—¿Eso es una invitación, querida?

Juliana apretó los dientes.

—No te pongas más en evidencia de lo que ya lo has hecho. Por favor, piensa en tu familia, en tu esposa..., piensa en ti mismo, por el amor de Dios. ¿Quieres humillarte delante de toda esta gente?

—Quiero bailar con la novia —le dijo él, atropellándose de tal modo al hablar que, de no haber adivinado ya sus intenciones, Juliana no habría sabido qué estaba diciendo—. ¿No puedo bailar con la novia el día de su boda?

Al decir la última frase había alzado la voz, y Juliana notó que la gente giraba la cabeza para mirarlos. Se apresuró a decir:

—Está bien, Crandall, bailaré contigo. Pero sólo si me prometes que te irás justo después.

—Claro. El día está completo entonces, ¿eh? Bailar con la novia. Una novia tan hermosa...

Crandall la agarró de la muñeca y tiró de ella hacia la pista de baile. Juliana sofocó su irritación y se giró para mirarlo. Bailar con Crandall sería un calvario en cualquier situación, pero más aún si estaba borracho. Él la tomó de la mano y le puso la otra en la cintura. Juliana notaba el olor a alcohol de su aliento, a pesar de que se mantenía lo más alejada posible de él.

Comenzó la música, y Juliana hizo lo que pudo por seguir a Crandall. Notaba el peso de su mano en el costado, y tenía la impresión de que él le clavaba los dedos con más fuerza de la necesaria.

—Una novia tan hermosa... —repitió.

—Gracias —contestó ella secamente.

Crandall la miraba con deseo.

—Siempre te he deseado, ¿sabes?

—Crandall..., ésa no es una conversación apropiada —aquel hombre era incorregible.

—Es la verdad —prosiguió él como si ella le hubiera llevado la contraria—. Cada vez que venía a casa del colegio, allí estabas..., provocándome.

—No digas tonterías —replicó Juliana, indignada. Sabía que era absurdo discutir con un borracho, pero no podía dejar pasar aquella afirmación—. Yo nunca...

—Oh, puede que pienses que no —contestó Crandall, guiñándole un ojo—. Pero yo lo notaba. Lo sé.

—Tú no sabes nada —sus ojos centellearon—. Pero al menos podías procurar no mostrar tu ignorancia tan abiertamente.

Él se echó a reír y tiró de ella, de modo que Juliana se tambaleó hacia delante y apenas logró rehacerse antes de chocar contra su pecho.

—¡Crandall! Para antes de que montes otra escena —siseó.

En ese momento, una mano descendió sobre el hombro de Crandall y la voz fría de Nicholas dijo:

—Lo siento, Crandall. Estoy seguro de que no te importará que el novio te robe a su esposa.

—¡Nicholas! —Juliana se volvió hacia él, aliviada.

Nicholas la miró, se fijó en el color de sus mejillas y en el fuego que ardía en sus ojos grises, y después se giró hacia Crandall.

—¿No crees que ya has bebido bastante? Es hora de que te vayas a la cama.

—Me importa un bledo lo que digas —Crandall lo miró con ira—. Estamos bailando. Lárgate. Estás estorbando.

—Haré algo más que estorbarte si no sueltas a mi esposa inmediatamente —contestó Nicholas con un tono pausado que desmentían la tensión de su mandíbula y el brillo gélido de sus ojos oscuros.

Crandall soltó un bufido desdeñoso.

—Tu esposa... ¿Estás deseando que llegue la noche de bodas? ¿De veras crees que vas a ser el primero? Yo estuve allí mucho antes de que...

Fuera lo que fuese lo que pensaba decir, se perdió cuando el puño de Nicholas chocó de lleno contra su mandíbula, tirándolo de espaldas al suelo.

Una mujer chilló. Crandall se levantó a duras penas y se abalanzó hacia Nicholas. Éste se apartó limpiamente y Crandall pasó trastabillando a su lado. Nicholas se dio la vuelta, lo agarró del brazo y le hizo girarse. Crandall lanzó a ciegas un golpe, erró de nuevo, y Nicholas le propinó un puñetazo en el estómago y un rápido golpe en la mandíbula. Crandall se desplomó con un ruido sordo.

—¡Nicholas! —Juliana lo agarró del brazo—. ¡No, por favor!

Nicholas tenía la cara acalorada y los puños cerrados. Aguardó, balanceándose sobre sus talones, con los puños preparados, mientras miraba con ira a Crandall, que yacía en el suelo.

Crandall masculló una maldición y rodó de lado, luchando por levantarse.

—Nicholas —dijo Juliana, llena de ansiedad—, no, por favor, no estropees el día de nuestra boda.

Nicholas bajó la mirada hacia ella, y Juliana notó cómo se relajaban sus músculos tensos.

—Lo siento, querida —miró a Crandall—. Sube a la cama y duerme la borrachera.

Crandall frunció los labios, pero su mirada desafiante se vio arruinada hasta cierto punto por la mancha roja e hinchada de su pómulo y el hilillo de sangre que le brotaba del labio.

—Debería matarte.

—Yo no lo intentaría, si fuera tú —contestó Nicholas con calma.

—No seas idiota, Crandall —dijo Peter Hakebourne, que se había deslizado entre los curiosos y había agarrado a su amigo del codo—. Vamos.

Tiró a Crandall del brazo y, después de un momento de vacilación, Crandall se fue con él, tambaleándose un poco mientras Hakebourne lo sacaba del salón. Los invitados se apartaban para dejarles pasar y luego se giraban los unos hacia los otros comentando entre murmullos la escena que acababan de presenciar. Juliana pensó, gruñendo para sus adentros, que su boda sería la comidilla durante semanas enteras.

Nicholas se giró hacia ella y dijo en tono crispado:

—Lo siento. Me temo que he arruinado la fiesta.

—No importa —le aseguró ella.

Miró a Nicholas. De pronto le parecía remoto, como un extraño, y se preguntó con una punzada de miedo si Nicholas creía en realidad lo que había dicho Crandall.

—Nicholas... —le lanzó una mirada angustiada—, no puedes creer a Crandall...

—¿Qué? Claro que no —a él se le crispó el rostro aún más, si ello era posible—. Ese individuo es un mentiroso y siempre lo ha sido. Pero yo... lamento que hayas tenido que presenciar esto.

Hacía años, pensó, que no se metía en una pelea. Sabía Dios que, en su juventud, las peleas, surgidas del profundo torrente de ira que había en su interior y provocadas por la más leve insinuación o el más ligero desafío, eran el pan de cada día para él. En realidad, no había sabido sobrevivir de otro modo. El desafío y la agresión habían sido su santo y seña.

Había tardado años en dominar aquella faceta de su carácter. Creía haber conquistado sus más bajos instintos, y le sorprendía y turbaba el comprobar que aún pudieran brotar tan ferozmente. Le repugnaba que Juliana lo viera así, que conociera al animal que aún moraba en su interior, aquella bestia que rugía, siempre lista para cobrar vida de nuevo. Le costaba trabajo incluso mirarla, por temor a ver el miedo reflejado en su cara.

Fue un alivio que Seraphina se acercara a ellos y pusiera una mano en su brazo y la otra en el de Juliana. Su prima sonreía como si los últimos minutos no hubieran tenido lugar.

—Es la hora, ¿no creéis? Sé que estáis los dos impacientes y queréis que nos vayamos todos al diablo.

Se oyeron algunas risas tras ella. Juliana la miró, agradecida. Seraphina intentaba distraer a los invitados despidiendo a los novios.

—Yo no estaría aquí abajo, perdiendo el tiempo, si fuera usted, joven —bromeó un invitado entrado en años, un general retirado que vivía allí cerca.

—Oh, no, usted estaría dirigiendo la ofensiva, general —replicó la esposa de un caballero, una mujer alta y de mandíbula férrea, compañera de Lilith en sus paseos a caballo. Costaba imaginar que aquella mujer descarada fuera amiga de la remilgada Lilith, pero Juliana sabía desde hacía tiempo que la afición por la caza y los caballos forjaba extraños vínculos.

Juliana se sonrojó, y Seraphina dijo alegremente:

—Fíjese, señora Cargill, ha hecho sonrojarse a lady Barre. Vamos, es hora de que salgáis de aquí.

Juliana se alegró de escapar del salón de baile y de los invitados, aunque el corazón le latía un poco más rápido cuando pensaba en lo que la aguardaba. Nicholas y ella dejaron que Seraphina los condujera fuera del salón, despidiéndose de todos y recibiendo los alegres parabienes de sus invitados.

Subieron las escaleras, dejando a los demás al pie de los escalones. Juliana se había agarrado al brazo de Nicholas, cuyos músculos le parecían duros como el hierro bajo la tela del chaqué. Por dentro estaba hecha un manojo de nervioso: nerviosa, inquieta, insegura respecto a lo que iba a ocurrir. Había llegado el momento de la verdad.

Nicholas abrió la puerta de la habitación de Juliana y ella entró. Nicholas la siguió. Ella no se atrevía a mirarlo a los ojos por miedo a que su expresión reflejara lo que sentía. Deseaba a Nicholas. Quería que la tomara entre sus brazos y llenara su cara de besos. Quería ser su esposa en el pleno sentido de la palabra. Pero ignoraba qué deseaba él, y, a causa de ello, tenía miedo.

Miró la cama y desvió rápidamente los ojos. Le parecía que, allí donde mirara, había algo que le recordaba las posibilidades que se extendían ante ella.

A su espalda, Nicholas se aclaró la garganta. Juliana se giró para mirarlo y al fin levantó los ojos hacia su cara.

Vio allí poco que la animara o que calmara sus temores. Nicholas le parecía de pronto un extraño. Tenía el rostro crispado; sus ojos oscuros, que podían llenarse de ternura, de regocijo o malicia, se veían negros y opacos, y no mostraban emoción alguna.

Nicholas miró a su alrededor, juntando las manos a la espalda. Parecía, pensó Juliana, un maestro severo que estuviera decidiendo el castigo de un alumno. Ella buscó frenéticamente algo que decir para aliviar la tensión, para recuperar la apacible amistad que los unía. Pensó primero en Crandall y en la escena que había tenido lugar abajo, pero aquel asunto no serviría para reconfortarlos.

—Ha sido una ceremonia preciosa —dijo al fin.

—Sí. Y el banquete de bodas ha sido... um... encantador.

Nicholas la miraba, sintiéndose envarado y estúpido. Juliana estaba preciosa, y él la deseaba con tanta intensidad que su deseo le resultaba casi doloroso. Había intentando una y otra vez idear algún modo de estrecharla en sus brazos y hacerle el amor sin romper la promesa que le había hecho, pero, naturalmente, no había ninguno. Seducirla sería más delicado que exigir sus derechos conyugales para llevarla a la cama, pero, aun así, suponía hacer precisamente lo que había prometido evitar.

Y esa noche había cometido un error al demostrarle lo bruto que era. Aunque Juliana sentía escaso afecto por Crandall, sin duda no le agradaba ver arruinada la celebración de su boda por una pelea a puñetazos..., una pelea en la que, para colmo de males, se había visto implicado su propio esposo. Su conducta debía de haberla repugnado. Nicholas no podía demostrar de nuevo su naturaleza animal llevándosela a la cama y rompiendo de ese modo su promesa. No creía que pudiera soportar ver en los ojos de Juliana hasta qué punto la había defraudado.

–Bueno... um... –señaló hacia la puerta que comunicaba sus habitaciones–. Me voy a mi cuarto. Que duermas bien.

Juliana asintió con la cabeza, aturdida. Encontraba cierto alivio en el hecho de no tener que decidir si dormía o no con Nicholas, pero era consciente de que se sentía desilusionada. ¿Habría malinterpretado los indicios de deseo que creía haber visto en él? ¿Ni siquiera quería Nicholas acostarse con ella? ¿Era una necia por haberse preocupado por lo que haría cuando él la besara?

–Sí. Claro. Buenas noches –contestó con la garganta tensa.

Lo vio cruzar la habitación y abrir la puerta. Nicholas se despidió de ella inclinando la cabeza y entró en su dormitorio, cerrando la puerta al salir. Juliana se sentó en su sillón con un golpe sordo.

Eso era todo, se dijo con los ojos llenos de lágrimas. Así sería su vida conyugal: Nicholas se mostraría distante y ajeno, y su relación sería únicamente de amistad, sin esperanza alguna de disfrutar del amor y la intimidad de un verdadero matrimonio. Nicholas se había ofrecido a darle hijos si ella quería, pero Juliana sabía que no podía pedirle aquello. No creía que pudiera soportar que se acercara a ella de manera tan fría y carente de amor. Él buscaría pronto el placer en otra parte, y ella envejecería y se marchitaría en soledad, sin tener hijos, sin conocer la pasión del tálamo nupcial.

De pronto le parecía que, pese al bienestar y la comodidad que había ganado, había hecho un mal negocio.

Se levantó, desganada, y tiró del cordón de la campanilla para llamar a su doncella. El elegante vestido de raso que había llevado para su boda se abrochaba a la espalda con un sinfín de diminutos botones, imposibles de desabrochar sin ayuda. Si fuera como otras novias, sin duda su marido habría hecho las veces de doncella, desabrochándole él mismo los botones.

Celia entró en la habitación unos minutos después, sonriendo, y procedió a sacar el camisón de su señora, una delicada prenda de encaje y raso adecuada para una noche de bodas. La muchacha parloteaba alegremente mientras ayudaba a Juliana a desvestirse, y de vez en cuando lanzaba miradas cargadas de intención a la puerta que comunicaba con la habitación de Nicholas.

—Ay, señorita... digo, señor... ¿no está nerviosa? Un hombre tan guapo como su excelencia... Y tan alto y fuerte...

Juliana le dedicó una sonrisa superficial. La cháchara de la muchacha le estaba atacando los nervios. Estaba pendiente de los ruidos que, de vez en cuando, surgían de la habitación de Nicholas. Se preguntaba qué estaba haciendo allí, si él también se estaba desvistiendo. Pensaba en sus dedos largos y sutiles desabrochándose los botones, en cómo se quitaría la camisa de los hombros, en cómo levantaría quizá la mano para echarse hacia atrás el pelo, que siempre le caía sobre la frente. Sentía en los dedos un cosquilleo nervioso, fruto del deseo de alargar los brazos y tocar aquel mechón rebelde de su cabello negro; sabía cómo se deslizaría, suave como la seda, entre sus dedos, y cómo la miraría Nicholas, divertido, por el rabillo del ojo.

Cerró los dedos con fuerza. Se recordó que debía dejar de pensar así; tenía que aceptar su vida tal y como era. ¿Pero era aquello lo que le deparaba el destino? Aquella idea parecía demasiado dolorosa.

Se sentó para que Celia le quitara las horquillas y le cepillara el pelo. Dejó de prestar atención al parloteo de la muchacha y se quedó mirando su reflejo en el espejo. ¿Acaso no era lo bastante bonita?, se preguntaba. ¿Era su cabello castaño demasiado liso, demasiado denso, demasiado corriente? ¿O era quizás que su rostro no tenía nada de excepcional, que sus cejas eran rectas en exceso, que su nariz y su boca eran bonitas, pero no bellas? Si hubiera poseído unos pómulos altos y afilados y unos ojos grandes, una boca ancha y generosa y un mentón firme, como Eleanor, ¿se habría sentido Nicholas más atraído por ella? ¿Se habría quedado entonces en su habitación?

Se dijo que debía dejar de pensar en esos términos. Nicholas le había prometido que su matrimonio sería platónico porque sólo pretendía ayudarla. Había estado pensando en ella y deseaba hacerle fácil la vida conyugal. Era un error por su parte convertir su generosidad, su bondad, en un indicio de que no la deseaba.

Y, sin embargo, en su espíritu perduraba una duda débil, pero insidiosa. Aunque Nicholas le hubiera ofrecido aquel acuerdo por consideración hacia su amiga de la infancia, si realmente la deseaba no le sería fácil mantenerse apartado de ella.

La doncella retrocedió y la recorrió con la mirada, sonriendo.

—Está usted muy guapa, señora. Milord será un hombre feliz esta noche.

Se rió de su propia audacia e hizo una pequeña reverencia antes de salir apresuradamente. Juliana se giró y paseó la mirada por la habitación vacía, preguntándose qué iba a hacer ahora. Ciertamente, no le apetecía dormir.

Se ató el cinturón de la bata un poco más fuerte y se acercó al sillón y la mesita donde descansaba el libro que estaba leyendo. Se sentó y tomó el libro, pero lo dejó sin abrir en su regazo mientras, con la cabeza apoyada en el respaldo del sillón, miraba fijamente la pared de enfrente.

Oyó pasos en la habitación de Nicholas y por un momento su corazón se llenó de esperanza, pensando que se acercaba a la puerta de comunicación. Pero entonces los pasos se alejaron y, un instante después, oyó el chasquido de la puerta del pasillo al cerrarse. Nicholas había salido de su cuarto.

Juliana oyó sus pasos, amortiguados por la alfombra, al pasar junto a su puerta. Se le saltaron las lágrimas y parpadeó para contenerlas.

Sentándose muy derecha, se obligó a fijar la atención en el libro. Intentó leer, pero no lograba concentrarse. De vez en cuando oía gente pasar por el corredor, y se descubrió aguzando el oído con la esperanza de oír abrir y cerrarse la puerta de Nicholas.

Algún tiempo después, oyó por fin el sonido que estaba esperando. Prestó atención e intentó identificar los ruidos que oía mientras Nicholas se movía por su cuarto. Se dijo que se estaba comportando como una necia sin remedio.

Exhalando un suspiro, se incorporó y se dio la vuelta para meterse en la cama; se desató la bata y se la quitó de los hombros. La arrojó a los pies de la cama y comenzó a meterse bajo las mantas.

De pronto la puerta que comunicaba las habitaciones se abrió con un crujido que la hizo dar un respingo. Al girarse, vio a Nicholas de pie en el vano. Se le aceleró el corazón, y la garganta se le secó hasta tal punto que no pudo decir nada. Se limitó a mirarlo fijamente.

Nicholas tenía estampado en el rostro un deseo inconfundible. Su boca tenía una expresión sensual y sus párpados parecían cargados. Cruzó la habitación mientras Juliana lo miraba, jadeante, y, cuando llegó hasta ella, la agarró de los brazos y la atrajo hacia sí. Juliana notó que olía a coñac, y pensó que debía de haber estado abajo, encerrado quizás en su despacho, bebiendo. Sus ojos relucían cuando la miró, y sus dedos se clavaron en sus brazos. Juliana se sentía levemente asustada, pero más aún se sentía excitada.

—No puedo dejar de pensar en ti —masculló Nicholas con voz pastosa—. Te imagino aquí, tan cerca de mí, durmiendo en tu cama. No puedo dormir. Sólo pienso en ti.

—Nicholas... —jadeó ella, derritiéndose al oír sus palabras.

—No quiero un matrimonio sin pasión. Te quiero en mi cama.

La apretó contra sí y se apoderó de su boca. Hundió la mano entre su pelo, enredando la muñeca entre su sedosa melena, y clavó los dedos en su cuero cabelludo, sujetándole la cabeza mientras se enseñoreaba de su boca.

Juliana le rodeó el cuello con los brazos, se puso de puntillas y se apretó contra él. El deseo la embargaba, impulsándola ciegamente hacia delante, y su boca respondía uno por uno a los besos de Nicholas. Sus pechos, hinchados y turgentes, ansiaban sus caricias, y se apretó con más fuerza contra el torso de Nicholas. Sólo la fina tela de su camisón y de la camisa de Nicholas separaba la piel de ambos, y, cuando se movía, sus pezones se crispaban al menor roce. Recordó los dedos de Nicholas acariciándolos, y el deseo que sentía se intensificó.

Echó mano de los botones de la camisa de Nicholas, pero le temblaban tanto los dedos que apenas podía desabrocharlos. Nicholas la soltó para agarrar su camisón y sacárselo por la cabeza. Juliana quedó desnuda ante él y, para su asombro, descubrió que no sentía la vergüenza que esperaba, sino, por el contrario, una nueva oleada de deseo. Gozaba sintiendo la mirada de Nicholas fija en ella, se deleitaba en el fuego que ardía en sus ojos al contemplar su carne desnuda.

Nicholas se quitó la camisa de un tirón y lanzó una maldición cuando los puños, todavía sujetos por los gemelos, se le trabaron en las muñecas. Dejó colgando la camisa. Estaba tan ansioso por tocar a Juliana que no se detuvo a quitársela por entero. Posó las manos en su cintura y la inclinó un poco hacia delante, bajando la cabeza hacia las esferas, suaves y blancas, de sus pechos. Besó sus pezones trémulos, abriéndose paso con la boca por su carne pálida. Sus labios eran como terciopelo sobre la piel de Juliana; desataban en ella estremecimientos que la atravesaban por entero, y cuando su boca tocó uno de sus pezones, ella dejó escapar un leve sollozo de pasión.

Nada la había preparado para aquello, para aquel ardor, para aquella chispeante turbación, para el ansia que había hecho presa en ella y que exigía satisfacción pese a que su cuerpo ansiaba dolorosamente que aquellas sensaciones se prolongaran eternamente. La lengua de Nicholas rodeó el brotecillo del pezón, poniéndolo tieso y duro, exquisitamente sensible, y cuando su boca se deslizó hasta el otro pezón, el simple roce del aire sobre el botoncillo de carne húmeda excitó aún más a Juliana.

Entre sus piernas manaba una humedad que la sorprendió. Sentía allí un pálpito caliente y pesado, que parecía vibrar con el pulso de la vida. Las manos de Nicholas se deslizaron hacia abajo desde su cintura y siguieron la curva de sus nalgas. Sus dedos se clavaban en ella, alzándola hacia él. Se metió suavemente uno de sus pezones en la boca y lo chupó y lo acarició con la lengua.

Juliana gimió, extraviada en su propio deseo. Deslizó las manos entre el pelo de Nicholas y clavó los dedos en su cuero cabelludo. Susurró su nombre, sintiendo que se deslizaba en el oscuro túnel de la pasión.

Entonces, en algún lugar de la casa, una mujer gritó.

13

Nicholas y Juliana quedaron paralizados. Él levantó la cabeza y la miró, aturdido. El grito se repitió una y otra vez.

Nicholas soltó bruscamente a Juliana y corrió a la puerta mientras volvía a ponerse la camisa sobre los hombros y empezaba a abrochársela. Juliana buscó su camisón, abandonado en el suelo, y se lo pasó apresuradamente por la cabeza, demasiado distraída para darse cuenta de que estaba del revés. Nicholas salió al pasillo y Juliana agarró su bata y corrió tras él.

A lo largo del pasillo, otras personas salían de sus habitaciones y miraban a su alrededor, haciendo preguntas. Nicholas bajó corriendo las escaleras, seguido por Juliana, y todos los demás fueron tras ellos. Abajo, en el corredor principal, encontraron un grupito de criados hacia el que corrían otros sirvientes surgidos de la parte de atrás de la casa.

El mayordomo sujetaba por los brazos a una de las doncellas, que balbuceaba, histérica, mientras otras dos criadas los miraban con los ojos como platos.

—¿Qué ocurre? ¿Qué ha pasado? —preguntó Nicholas.

Rundell se volvió hacia él, aliviado.

—¡Milord! Mary Louise ha encontrado... Ha ocurrido una gran desgracia.

—¿Qué?

A modo de respuesta, el mayordomo lo condujo por el corredor hasta uno de los salones más pequeños, situado hacia el fondo de la casa. Juliana iba tras Nicholas, seguida por el resto de los sirvientes.

Las paredes de la salita estaban recubiertas de paneles de madera de nogal muy oscura. Sobre una de las mesas, una lámpara de queroseno procuraba un halo de luz. Frente a la chimenea había un sofá cuyo respaldo daba a las ventanas, que se abrían al jardín lateral.

Detrás del sofá yacía Crandall, tendido boca abajo con el pelo manchado de sangre.

Juliana inhaló bruscamente y Nicholas soltó una maldición. Retrocedió, extendiendo los brazos para detener a los demás, pero era ya demasiado tarde. Lilith estaba tras ellos, mirando fijamente la figura inmóvil del suelo, con la cara muy pálida y los ojos oscurecidos.

—Crandall... —susurró. Miró a Nicholas—. ¿Qué ha pasado? ¿Está...?

—Juliana... —dijo Nicholas, y Juliana se acercó a Lilith y, tomándola del brazo, la sacó de la habitación.

El que Lilith se marchara con ella sin presentar resistencia era indudablemente un indicio de la impresión que había sufrido. Seraphina estaba detrás de su esposo, en la puerta, y Winifred revoloteaba tras ellos. Juliana acompañó a Lilith junto a ellas y dijo:

—Seraphina, ¿por qué no lleváis tú y Winifred a tu madre al... eh... cuarto de estar?

—¿Qué ha ocurrido? —preguntó Seraphina, que parecía asustada.

—¿Qué sucede? ¿Qué hay ahí? —preguntó Winifred, confusa—. ¿Ha dicho algo de Crandall?

—Crandall está herido.

—¿Qué? —Winifred se abalanzó hacia delante, pero Juliana la sujetó.

—No, no entres ahí. Es mejor que no lo veas.

—¿Ver qué? —Winifred parecía cada vez más alterada—. ¿Qué le ha pasado?

—No lo sé —contestó Juliana—. Nicholas lo averiguará. Ahora mismo, no sabemos nada —Juliana miró a su alrededor y, al ver el grupo de sirvientes, le hizo una seña a su doncella. Al menos Celia, que había trabajado para Eleanor, podía mostrarse competente y no ceder a la histeria.

—Celia, ¿puedes encargarte de las señoras? Haz el favor de traerles una copa de coñac.

Celia asintió con la cabeza, mostrándose merecedora de la estima que Juliana le tenía al no hacer preguntas y limitarse a hacer lo que se le pedía. Cuando las mujeres se hubieron ido, Juliana volvió a entrar en la habitación, pasando junto a Peter Hakebourne y sir Herbert.

Nicholas, que estaba arrodillado junto a Crandall, se levantó cuando ella entró en la habitación.

—Está muerto.

—¿Qué ha ocurrido? —preguntó sir Herbert.

—Parece que le han golpeado en la parte de atrás de la cabeza. El atizador de la chimenea está en el suelo, a su lado, manchado de sangre.

—Dios mío —sir Herbert parecía impresionado.

El señor Hakebourne parpadeó y miró con nerviosismo el cuerpo tendido en el suelo.

—¿Qué van a hacer?

—Avisar a las autoridades, supongo. El juez Carstairs estaba aquí hace un rato —Nicholas se volvió hacia el mayordomo, que rondaba por allí, esperando—. Rundell, envía a uno de los mozos a buscarlo.

—Sí, milord.

—Pero primero dime lo que sepas.

—Muy poco, me temo —contestó el mayordomo. Aunque hablaba con calma, Juliana notó que estaba mucho más pálido que de costumbre—. Habíamos acabado de recoger y estábamos a punto de irnos a la cama. Una de las doncellas vio luz aquí y entró a apagarla. Fue entonces cuando vio al señor Crandall...

—¿Es la que ha gritado?

—Sí, señor.

—¿Ha visto entrar o salir a alguien de esta habitación?

Rundell movió la cabeza de un lado a otro.

—No. Esta sala no se ha usado esta noche. Todos los invitados estaban en el salón de baile, y también estaba la gente del jardín, naturalmente. Podría haber entrado cualquiera, pero yo no he visto a nadie.

—¿Ni siquiera a Crandall?

—No. Sí. Quiero decir que a él tampoco.

—¿Cuándo lo vio por última vez? —preguntó Nicholas.

—No estoy seguro, milord. Estábamos muy atareados, dentro y fuera.

Nicholas se volvió hacia los otros dos hombres.

—¿Sir Herbert? ¿Señor Hakebourne?

El marido de Seraphina se removió, inquieto.

—Bueno, supongo que fue cuando, um, cuando hubo ese altercado, um, entre vosotros. Crandall se marchó justo después.

—Yo lo saqué del salón de baile —dijo Hakebourne—. Subimos a su habitación. Crandall iba a lavarse la cara. Le sugerí que se tumbara, pero... —se encogió de hombros—. No estoy seguro de qué hizo. Regresé a la fiesta. No volví a verlo.

—Quiero hablar con todos los sirvientes —le dijo Nicholas al mayordomo—. Reúnalos en la cocina cuando haya enviado a buscar al juez.

—Muy bien, señor —Rundell hizo una reverencia y salió de la habitación.

Los hombres se miraron. Juliana casi podía ver las ideas que circulaban tras los ojos de sir Herbert y el señor Hakebourne. Crandall y Nicholas se despreciaban. Se habían peleado, verbal y físicamente, esa misma noche. ¿Quién, aparte del propio lord Barre, podía haber golpeado a Crandall con el atizador?

Juliana sintió que la angustia se retorcía dentro de ella. No era Nicholas. No podía haber sido él. Había subido con ella. Estaban juntos cuando oyeron los gritos. Pero ¿quién sabía cuánto tiempo llevaba Crandall allí antes de que la doncella entrara en la habitación? Podría haber sucedido mucho antes..., incluso durante el rato que Nicholas había pasado fuera de su habitación. Por segura que estuviera de que Nicholas no lo había matado, no podía demostrarlo.

Los hombres se giraron para mirar de nuevo a Crandall. Juliana siguió sus miradas y un escalofrío le corrió por la espalda. Crandall le desagradaba profundamente. Francamente, no recordaba ni un solo momento de su vida en que hubiera pensado en él con afecto, pero era espantoso verlo allí tendido, inerme y ensangrentado. Era un fin horrendo para su vida.

Nicholas se acercó a la mesita, recogió la lámpara y la sostuvo sobre Crandall. Los tres hombres se agacharon para observar el cadáver. La sangre que cubría la parte de atrás de su pelo relucía, oscura y húmeda.

A Juliana se le revolvió el estómago, y apartó rápidamente la mirada. Al hacerlo, le pareció ver un destello. Dio un paso adelante, hacia la pared, y paseó la mirada por el suelo, delante de las estanterías bajas que había en aquella parte de la habitación. Al principio no vio nada, pero luego Nicholas volvió a levantar la lámpara y su luz se reflejó en algo pequeño y brillante.

Juliana se agachó al ver un trocito de cristal. Lo tomó entre los dedos. Era rojo, y Juliana comprendió al instante que no se trataba de cristal, como había creído al principio, sino de una joya. Un rubí.

Juliana abrió la boca para avisar a los otros de lo que había encontrado, pero volvió a cerrarla y miró a los hombres. Ninguno de ellos la estaba mirando. Sin decir palabra, se guardó la gema. Sabía que podía habérsele caído a alguien en cualquier momento. Pero también se le podía haber caído al asesino. Podía muy bien ser una pista acerca de quién había matado a

Crandall, y, si así era, no quería que nadie supiera lo que había encontrado. Mientras el asesino —o asesina— no supiera que había perdido la gema, no intentaría librarse de la joya de la que ésta procedía.

Cabía dentro de lo posible que el asesino fuera Hakebourne, o sir Herbert. Juliana sabía cuánto despreciaba sir Herbert a Crandall, y había visto discutir al señor Hakebourne con él esa misma noche. Pero, aunque ninguno de los dos fuera el culpable, era muy probable que hablaran a otras personas de la piedra preciosa que había encontrado, y de ese modo la noticia se habría difundido muy pronto por toda la casa.

Nicholas se giró y puso la lámpara sobre la mesa, y los hombres se apartaron del cuerpo. Juliana notó que Hakebourne miraba a Nicholas un momento con el ceño fruncido, sin decir nada.

Salieron de la habitación, cerrando la puerta, y Nicholas apostó a uno de los lacayos en el pasillo con órdenes de no dejar pasar a nadie hasta que llegaran las autoridades. Luego fue a hablar con los sirvientes a la cocina, y Juliana marchó en busca de las otras mujeres. Las encontró en el cuarto de estar. Celia había encendido el fuego, y en la estancia hacía demasiado calor. Lilith, sin embargo, estaba sentada junto a la chimenea, envuelta en un chal.

Presentaba un aspecto terrible. Su rostro tenía un tono ceniciento, y sus ojos eran grandes pozos de desesperación. Juliana sintió congoja por ella. De todos los moradores de la casa, pensó, Lilith era la única que lloraría sinceramente la muerte de Crandall. Aunque saltaba a la vista que los modales de su hijo la enojaban, en el fondo nunca había llegado a verlo tal y como era, y para ella seguía siendo el joven sobresaliente que deseaba que fuera. Lilith era responsable de muchos de sus defectos, pensó Juliana, pues le había consentido en exceso y le había inculcado la idea de su propia importancia, sin creer nunca las verdades que oía sobre él al tiempo que aceptaba las versiones interesadas de Crandall sobre lo que ocurría. Pero nadie podía negar que había querido a su hijo, y Juliana sabía que su muerte tenía que haberla destrozado.

Seraphina, que se abanicaba sentada en un sofá junto a Winifred, algo más lejos del fuego, levantó la vista al entrar Juliana y le ofreció una sonrisa débil. Luego miró a su madre, que contemplaba fijamente el fuego como si no hubiera nadie más en la habitación. Juliana siguió su mirada. Ignoraba qué hacer. Jamás se le había ocurrido pensar que pudiera reconfortar a Lilith.

Se acercó y tomó asiento en una silla, frente a la mayor de las dos, haciendo cuanto podía por ignorar el calor del fuego.

—Tía Lilith...

Lilith la miró distraídamente, como si no estuviera segura de quién era.

—Lo siento muchísimo —le dijo Juliana con sencillez.

Lilith siguió mirándola sin decir nada.

—Tal vez deberías subir a tu habitación y echarte un rato.

—No puedo dormir —contestó Lilith.

—Puedo decirle a la cocinera que te caliente un poco de leche —dijo Juliana.

—No quiero dormir —repuso Lilith en tono tajante.

A Juliana no se le ocurría qué otra cosa ofrecerle, pero no tenía valor para dejarla sola, de modo que se sentó, al igual que Seraphina y Winifred, y esperó sin decir nada.

Al cabo de un rato, sir Herbert y el señor Hakebourne entraron en la habitación. Era como si ninguno de ellos se atreviera a irse a la cama, y sin embargo no hubiera nada que decir. Algún tiempo después se oyó cierto revuelo en el pasillo, y Juliana supuso que el juez había llegado. Su suposición se vio confirmada cuando el juez Carstairs entró en la sala y se inclinó con gravedad ante Lilith y después antes los demás.

—Qué gran desgracia —comentó sin dirigirse a nadie en particular.

—Juez Carstairs —Lilith se levantó y se acercó a él—, ¿qué ha descubierto?

El juez pareció un tanto azorado al mirar a la madre de la víctima.

—Bueno, um, señora Barre... verá, debería ir usted a echarse un rato. Éste no es asunto apropiado para los oídos de una dama.

—Es mi hijo —contestó Lilith con dignidad—. Tengo derecho a saberlo.

—Sí, bueno, desde luego. Parece que ha sido un homicidio —dijo el juez—. Naturalmente, no podemos asegurarlo hasta que llegue el juez de instrucción, pero no creo que el motivo de la muerte varíe.

—Sí, pero ¿quién lo ha hecho? —preguntó Seraphina, agarrándose las faldas—. ¿Tiene idea de quién puede haber...?

El juez comenzó a sacudir la cabeza, pero Lilith intervino antes de que pudiera decir nada.

—Es evidente, ¿no? ¿Quién odiaba a mi hijo hasta ese punto? ¿Quién se pegó con él esta misma noche en el salón de baile?

El juez parecía incómodo. Había asistido a la boda como invitado y, al igual que los demás, había presenciado la pelea entre Nicholas y Crandall.

—Bueno, verá, eso no significa que lord Barre tenga nada que ver con…

—Él no ha podido ser —dijo Juliana—. Estaba conmigo esta noche, después de la pelea.

—Ya lo ve —el juez Carstairs parecía aliviado—. Lord Barre tiene coartada. ¿Todo el tiempo, dice usted?

—Era nuestra noche de bodas —contestó Juliana.

—Mm, sí, claro —aquel tema de conversación parecía violentar más al juez que a la propia Juliana. Carstairs se volvió hacia Lilith—. El juez de instrucción llevará a cabo una investigación minuciosa, señora Barre. El asesinato de su hijo no quedará impune.

Lilith se quedó mirando al juez un momento; después posó la mirada en Juliana, pensativamente.

—Creo que me voy a la cama. Señoras, sugiero que dejemos a los caballeros hacer su trabajo.

Juliana no tenía deseo alguno de irse, pero cuando Lilith le tendió la mano para apoyarse en su brazo, no pudo hacer otra cosa. Las mujeres subieron al piso de arriba sin apenas decir nada. Juliana imaginaba que, al igual que ella, estaban tan abrumadas por lo sucedido que ni siquiera podían pensar con claridad.

Una vez en su cuarto, Juliana se metió la mano en el bolsillo de la bata y sacó la gema. Se acercó a la lámpara del tocador, se inclinó y examinó el rubí a su luz. No sacó ninguna conclusión, y por fin colocó la piedra con todo cuidado en la parte de arriba de su joyero. Se quitó la bata, la dejó a un lado y miró la cama. No pudo evitar pensar en lo que estaban haciendo Nicholas y ella cuando les había interrumpido aquel grito. Se miró y de pronto cayó en la cuenta de que se había puesto el camisón al revés. Comprendió que la parte delantera se le había visto por el escote de la bata, y se sonrojó. Todo el mundo habría notado que se había vestido apresuradamente, lo cual les haría pensar en lo que habría estado haciendo.

Por lo menos, pensó mientras se metía en la cama y se tapaba con la sábana hasta la cara sofocada, su apariencia añadiría verosimilitud a lo que le había dicho al magistrado sobre dónde estaba Nicholas.

Se giró a un lado e intentó aclarar sus ideas. Descubrió, sin embargo, que estaba demasiado atribulada. No podía concentrarse en nada más allá de un momento.

Al fin oyó pasos subiendo por las escaleras. Debían pertenecer a los demás hombres, pensó, porque nadie entró en la habitación de al lado. Siguió esperando, creyendo que no podría dormirse.

Lo siguiente que supo fue que era de día.

El sol entraba por una rendija entre las cortinas, y su luz la despertó. Se incorporó, aturdida. No había dormido suficiente, pero sabía que no podría volver a conciliar el sueño. Flexionó las rodillas y apoyó la cabeza en ellas, dejando escapar un suave gruñido.

Le habría gustado creer que lo sucedido la noche anterior había sido un mal sueño, pero sabía que no lo era. Crandall estaba muerto. Y alguien lo había matado. Obviamente, Lilith creía, o quería creer, que había sido Nicholas.

Juliana sabía que el hecho de que la víspera Crandall y él se hubieran peleado delante de todo el mundo resultaba preocupante. Y aunque ella le había dado a Nicholas una coartada, la palabra de una esposa no era una prueba muy fiable. Así pues, era esencial que Nicholas y ella averiguaran quién había cometido el asesinato.

Se levantó y se lavó la cara en la jofaina; luego sacó un vestido de mañana que podía ponerse sola. No quería sacar a la pobre Celia de la cama tan temprano. Tras ponerse los zapatos, se guardó impulsivamente el rubí en el bolsillo y bajó las escaleras.

Nicholas era el único que estaba desayunando. La miró y sonrió con cierto cansancio al levantarse y rodear la mesa para apartarle la silla.

—¿Tú tampoco has podido dormir?

—Me he despertado temprano —le dijo Juliana—. He tenido... sueños inquietos.

—No me extraña.

Cuando Nicholas se sentó, una de las criadas, una muchacha llamada Annie, se adelantó a servirle el té a Juliana. Juliana notó que a la pobre chiquilla le temblaba tanto la mano que la tetera repiqueteaba contra la taza. Miró con preocupación a la muchacha. Estaba muy pálida y tenía los ojos enormes.

—Annie, ¿te encuentras bien? —preguntó Juliana.

La criada tragó saliva y miró al lacayo que le estaba sirviendo unos huevos a Nicholas.

–Sí, señorita..., señora, quiero decir.

La muchacha parecía tan alterada que Juliana no quiso insistir. Y, en realidad, no hacía falta. No era de extrañar que tuviera miedo en una casa en la que se había cometido un crimen la noche anterior.

La doncella llenó la taza de Nicholas hasta que rebosó y devolvió la tetera a su lugar en el aparador. Tomó una bandeja llena de fiambres y echó a andar hacia la mesa, de espaldas a la puerta. En ese momento el mayordomo entró en la habitación con el sigilo de siempre y se acercó al aparador, detrás de Annie. La muchacha comenzó a girarse, estuvo a punto de chocar con Rundell, soltó un grito y dejó caer la bandeja con estruendo.

–¡Qué muchacha tan torpe! –exclamó Rundell–. Vuelve a la cocina. Enseguida.

–Yo... lo siento, señor –dijo la chica y, rompiendo a llorar, salió de la habitación.

El lacayo se apresuró a limpiar el estropicio, y Rundell se volvió hacia Nicholas y Juliana.

–Les pido disculpas, señores. Me temo que la chica está asustada.

–Es lógico –respondió Nicholas rápidamente–. No se preocupe.

–Traeré otra bandeja enseguida.

El estropicio quedó recogido de inmediato, y Rundell salió y regresó al cabo de un momento llevando otra bandeja de fiambres. Despidió al lacayo y sirvió él mismo el resto del desayuno.

Nicholas despidió enseguida al mayordomo, alegando que los sirvientes estarían muy nerviosos esa mañana y necesitarían la presencia tranquilizadora de Rundell. El mayordomo asintió con la cabeza, salió de la habitación haciendo una reverencia y cerró la puerta.

Nicholas suspiró y dejó a un lado el tenedor y el cuchillo.

—Hoy no tengo mucho apetito.

—¿Estuvisteis levantados hasta muy tarde para ocuparos del...? —Juliana se detuvo, incapaz de pensar en un modo delicado de expresar lo que pensaba.

—¿El cadáver? —preguntó Nicholas sin ambages—. Sí. Estuve levantado hasta que se marcharon. Y cerré yo mismo la puerta para impedir que entrara alguien —hizo una mueca—. Soy, por supuesto, el sospechoso más probable.

—Nicholas..., no.

La miró pensativamente.

—Anoche no le dijiste al juez toda la verdad. Dijiste que estuve contigo todo el tiempo desde que dejamos el salón de baile. Y, sin embargo, estuvimos al menos una hora separados.

—Lo sé —contestó Juliana con firmeza—. Te oí salir de tu cuarto.

—¿Por qué no se lo dijiste?

—Sé que tú no mataste a Crandall. Y no iba permitir que Lilith sembrara dudas al respecto.

—Tienes demasiada confianza en mí. He hecho muchas cosas malas a lo largo de mi vida. Y odiaba a Crandall. ¿Cómo puedes estar tan segura de que no fui yo quien lo golpeó en la cabeza?

—Te conozco —le dijo Juliana con sencillez—. Soy

consciente de que no has llevado una vida ejemplar. Puede que hayas hecho cosas... no del todo legales. Pero sé que no eres malvado. Si hubieras matado a Crandall, tendrías una buena razón, y habría sido en el calor del momento, en una pelea frente a frente, como anoche, en el salón de baile. Jamás le habrías atacado de esa manera tan traicionera, golpeándolo por la espalda con un atizador.

Juliana alargó el brazo impulsivamente y tomó la mano de Nicholas entre las suyas, mirándolo a la cara.

—¿Acaso no tengo razón?

Nicholas se quedó mirándola un momento, y Juliana advirtió un sutil cambio en su expresión, como si su semblante se relajara y suavizara. Nicholas le apretó la mano, se la llevó a los labios y la besó suavemente.

—Me siento muy afortunado porque me concedieras el honor de ser mi esposa —le dijo.

Juliana sonrió.

—No más que yo.

—Tienes razón, desde luego —Nicholas le soltó la mano y se recostó en la silla—. Yo no maté a Crandall. Tampoco soy el principal sospechoso del juez. Carstairs se inclina a creer que fue Farrow.

—¿El herrero?

Nicholas asintió con la cabeza.

—Está claro que tenía rencillas con Crandall. La semana pasada le dio una buena paliza. Y tuvo ocasión de matarlo. Estaba aquí anoche.

—Pero eso fue hace días. ¿Por qué iba a matarlo una semana después? ¿Por qué no lo hizo cuando descubrió a Crandall asaltando a su mujer?

—No lo sé. No estoy convencido de que sea él. Pero es posible que Crandall, que podía ser más necio de lo que cualquiera creería posible, volviera a abordar a la señora Farrow anoche. Salió al jardín. Anoche, cuando hablé con los sirvientes, dos de los lacayos dijeron que lo habían visto fuera, con los colonos.

—Pero fue asesinado dentro de la casa.

—A cualquiera le habría resultado fácil seguirlo hasta aquí. Esa habitación no está muy lejos de la puerta lateral. No creo que podamos descartar a Farrow —hizo una pausa y luego añadió—: Dicho esto, no me inclino a pensar que Farrow sea el asesino. Creo que es un hombre sincero y honrado. No me parece capaz de golpear a un hombre por la espalda, como tú decías hace un momento. Pero me temo que el juez de instrucción fije su atención en él. Sería mucho más fácil para ellos detener a un aldeano que a un caballero influyente.

—O a una dama influyente.

—Tienes razón —Nicholas inclinó la cabeza hacia ella—. Estoy seguro de que hay cierto número de mujeres a las que les habría gustado quitar de en medio a Crandall.

—No podemos permitir que culpen a Farrow si él no lo hizo. Y temo que Lilith haga cuanto pueda por convencerlos de que el culpable eres tú, no puedo remediarlo. Deberíamos ocuparnos de este asunto nosotros mismos.

—No tengo intención de dejarlo en manos del juez de primera instancia y el juez instructor —le dijo Nicholas con firmeza—. Pienso investigar por mi cuenta. Sin embargo, yo...

—El problema... —lo interrumpió Juliana. Sospechaba que Nicholas se disponía a decirle que se mantuviera al margen de la investigación, y no pensaba permitir que la excluyera–... es que hay muy pocas personas a las que podamos descartar. Crandall tenía enemigos en todas partes.

–Eso es cierto –convino Nicholas.

–Su amigo, el señor Hakebourne, por ejemplo. Lo vi discutir con Crandall anoche mismo, durante el baile. No creo que haya venido sólo a ver a un amigo. Crandall pareció sorprenderse mucho al verlo... y no creo que le hiciera mucha ilusión. Sospecho que Crandall le debía dinero. El otro día oí hablar por casualidad a Crandall y sir Herbert. Crandall intentaba pedirle dinero prestado, y sir Herbert le dijo que ya debía dinero a cierto número de caballeros.

–Naturalmente, si Crandall le debía dinero, no tendría mucho sentido que Hakebourne lo asesinara. De ese modo, jamás recuperaría el dinero.

–Eso es cierto, pero anoche estaba furioso con él. Puede que la ira le nublara el sentido común –puntualizó Juliana–. Y luego está sir Herbert.

–¿Su cuñado? –Nicholas ladeó una ceja–. Crandall parecía gustarle muy poco, pero ¿hasta el punto de asesinarlo?

Juliana se encogió de hombros.

–No sé. Ese día, cuando les oí discutir, sir Herbert parecía muy enfadado con él. Por lo visto, Crandall ya le había pedido prestado mucho dinero y no se lo había devuelto.

–No parece motivo suficiente para matar a alguien. Sencillamente, uno deja de prestarle dinero a esa persona.

—Pero sir Herbert estaba enfadado con Crandall por otros motivos. Parecía culparle de haber introducido a Seraphina en el juego. Por lo visto, Seraphina había perdido gran cantidad de dinero jugando a las cartas. Por esto están aquí, y no en Londres, pasando la temporada.

—Ah. Podemos incluirlo entre los sospechosos, entonces —Nicholas asintió con la cabeza—. Me extrañaba que estuvieran aquí. Seraphina no parece de las que prefieren el campo pudiendo ir a un baile cada noche.

—No. Me atrevería a decir que le desagrada estar aquí, y que muy bien podría culpar a Crandall de su situación.

—Se tenían poco afecto —añadió Nicholas—. Crandall estaba siempre haciendo comentarios que parecían enfurecerla.

—Sí. A mí me parecía extraño. Lo que decía siempre parecía bastante inocuo, pero Seraphina le lanzaba unas miradas llenas de rabia.

—Desde luego —dijo Nicholas—, la persona con más razones para querer librarse de Crandall sería su mujer.

—¿Winifred? —preguntó Juliana, sorprendida—. Pero es tan menuda y, en fin, tan tímida...

—Sir Herbert y Seraphina no tenían que aguantar a Crandall. Si les molestaba, podían marcharse. Pero Winifred estaba atada a él. Estoy seguro de que se dio cuenta hace tiempo de que había cometido un grave error al casarse con él.

Juliana frunció los labios, pensativa.

—Sí, es la que más motivos tenía para librarse de él.

Debía de ser espantoso tener que vivir con Crandall —hizo una pausa y pensó en las marcas que había visto en el brazo de Winifred el día que la joven la ayudó a escribir las invitaciones—. Creo que le hacía daño..., físicamente, quiero decir. Un día tenía cardenales en el brazo, como si alguien la hubiera agarrado con fuerza. Y sin duda tenía que afrontar constantemente las noticias de la tradición de Crandall a sus votos nupciales. Crandall no dejaba en paz a otras mujeres, estoy segura de ello. Y el otro día, en el almuerzo...

—Sí. Está claro que Crandall pretendía al menos serle infiel con la esposa del herrero. Winifred no podía pasar eso por alto —dijo Nicholas—. Y en cuanto a lo de que es menuda y tímida... En fin, a Crandall lo golpearon por la espalda con un atizador, lo cual habría igualado la disparidad física entre ellos.

—No podemos descartar la posibilidad de que fuera una mujer —repuso Juliana—. Mira lo que encontré en la salita anoche, a unos pasos del cuerpo de Crandall.

Se metió la mano en el bolsillo, sacó el rubí y se lo mostró a Nicholas en la palma de la mano.

Nicholas levantó las cejas.

—¿Qué es eso? —tomó la gema y la acercó a la luz que entraba por la ventana—. ¿Un rubí?

—Sí. Lo vi cuando sostenías la lámpara encima del cuerpo de Crandall. Estaba brillando, al lado del armario, junto a los pies de Crandall. ¿Y si fuera del asesino?

Nicholas contempló pensativamente el rubí.

—Podría ser, desde luego. Esa sala se usa poco, y lo lógico es que, si se le hubiera caído a alguien, algún criado lo hubiera visto al limpiar y lo hubiera recogido.

—Posiblemente. Por desgracia, no es muy grande. Podría haber pasado desapercibido. Yo sólo lo vi porque moviste la lámpara.

Nicholas la miró.

—¿Se lo has dicho a alguien?

—No. No dije nada cuando lo encontré. Temía que, si decía algo, el asesino tuviera...

—Ocasión de librarse de la joya a la que pertenece el rubí —concluyó Nicholas por ella—. Tienes razón. Bien. No es una prueba concluyente, desde luego, pero puede que nos dé una idea más precisa de quién lo hizo —hizo una pausa y dijo—: Aunque pertenezca al asesino, eso no quiere decir que sea necesariamente una mujer. Este rubí podría proceder de un alfiler de corbata, o de unos gemelos.

Juliana asintió con la cabeza.

—Ojalá recordara cómo iba vestido cada cual anoche.

—En lo que a mí respecta, es un esfuerzo inútil. Sólo recuerdo lo que llevabas puesto tú —Nicholas se detuvo y, para asombro de Juliana, el rubor ensombreció sus mejillas bajo el bronceado. Él se levantó rápidamente y se alejó, acercándose al aparador para volver a llenarse la taza. Se quedó allí un momento, mirando hacia abajo, y luego volvió a girarse.

—Debo disculparme —dijo con voz crispada, sin mirarla—. Por mi conducta de anoche. Yo... en fin, había estado bebiendo, no tengo otra excusa.

Juliana tardó un momento en comprender de qué estaba hablando. Cuando se dio cuenta de que Nicholas se refería a cómo la había estrechado entre sus brazos y la había besado apasionadamente, se le cayó el alma a los pies. Lo que para ella había sido inmensamente placentero, a él le avergonzaba.

—Entiendo —dijo débilmente. Nicholas lamentaba haberla besado; deseaba haberse quedado en su cuarto y no haber cedido a la pasión. ¿De veras no había sentido nada por ella? ¿Habría sido sólo el alcohol lo que lo había impulsado a actuar de ese modo? Pensarlo le daba ganas de llorar.

—No debí violentarte de esa manera —prosiguió él.
—No fue...
—¡No! —él sacudió la cabeza enérgicamente—. No me disculpes. Fijamos los límites de nuestro matrimonio, y yo los sobrepasé. Actué inapropiadamente. Espero que puedas perdonarme. Te prometo que no volverá a pasar.

Juliana miró su plato, avergonzada. Se preguntaba si, de lo que Nicholas había dicho, se seguía que su conducta también le parecía inapropiada, puesto que ella había reaccionado con una pasión semejante a la suya. Tal vez fuera así. Quizás ella no estuviera comportándose como Nicholas esperaba de su esposa.

—Acepto tus disculpas, por supuesto —le dijo, refrenando férreamente sus emociones.

—Eres muy generosa.

Nicholas se quedó un momento junto al aparador. Juliana no se atrevía a girar la cabeza hacia él por miedo a lo que pudiera ver en su rostro. Al fin él se acercó a la puerta y la abrió.

Al principio, Juliana pensó que pensaba marcharse, pero luego Nicholas volvió a la mesa y tomó asiento. Juliana revolvió un poco la comida en su plato. No se sentía capaz de comer nada. Dejó el tenedor y levantó la mirada, manteniendo un semblante lo más inexpresivo posible.

Nicholas la miraba con cierta inquietud. Juliana se preguntó si temía que le hiciera otra escena. Le dedicó una sonrisa crispada, dispuesta a excusarse.

En ese momento se oyeron pasos en el pasillo y Peter Hakebourne entró en la habitación. Nicholas miró a Juliana, y ella comprendió lo que estaba pensando. El primero de sus sospechosos había llegado, y Nicholas pensaba extraer de él cuanta información le fuera posible.

Ella abandonó por completo su idea de dejar el salón. Tal vez no fuera la esposa de Nicholas en el verdadero sentido de la palabra, pero al menos en aquel asunto se hallaban unidos. Juliana pensaba ayudarlo a descubrir al asesino de Crandall.

—Ah, señor Hakebourne —dijo Nicholas con simpatía y, poniéndose en pie, tomó la tetera para servirle una taza—. Esta mañana nos servimos nosotros mismos. Espero que no le importe.

—Claro, claro —contestó Hakebourne amablemente.

—¿Ha dormido bien, señor Hakebourne? —preguntó Juliana.

—Tan bien como cabía esperar, supongo —contestó Hakebourne al sentarse. Tomó un sorbo de té y dejó la taza; luego dijo—: Um, ¿han… oído algo sobre quién sospechan que pudo hacerlo?

—Pues no, la verdad —contestó Nicholas—. Lady Barre y yo estábamos hablando de eso precisamente. ¿Tiene usted alguna idea sobre quién podría ser el asesino?

Hakebourne se encogió de hombros.

—No creo que sea difícil encontrar a alguien que quisiera ver a Crandall muerto —miró a Nicholas a través de la mesa con expresión desafiante y añadió—: Sin duda lo difícil será reducir la lista de sospechosos a un solo nombre.

El silencio quedó suspendido en el aire un momento después de que Hakebourne lanzara aquella provocativa afirmación.

Luego Nicholas preguntó con fingida inocencia:

—Entonces, ¿tenía Crandall muchos enemigos?

El señor Hakebourne se encogió de hombros.

—Ya lo conocían. ¿Usted qué cree?

—Crandall podía ser muy exasperante —repuso Nicholas—. ¿Pero tanto como para matarlo?

—Quizá para algunos no hagan falta motivos de más peso —replicó Hakebourne.

—¿Qué me dice de usted, señor Hakebourne? —preguntó Juliana quedamente.

Hakebourne se volvió hacia ella con los ojos muy abiertos.

—¿Se refiere a si fui yo quien lo mató? —antes de que ella pudiera contestar, Hakebourne agregó—: La respuesta es no. Pero, en cuanto a estar enfadado con él, lo estaba, ciertamente. Crandall me engañó.

—¿Lo engañó? ¿Cómo? —preguntó Nicholas.

—Me vendió un caballo inservible. Sí, ya sé: a riesgo del comprador, como suele decirse, sobre todo tratándose de caballos. ¡Pero qué demonios! Ese hombre decía ser mi amigo, y a las primeras de cambio me vendió un jamelgo lisiado, y él lo sabía. Maldita sea su estampa. Y usted perdone, señora mía.

—Entonces, ¿le vendió un caballo lisiado? —preguntó Nicholas.

—Al caballo no le pasaba nada cuando lo vi aquí. Vine a visitar a Crandall y me gustó, me ofrecí a comprárselo, pero él no quiso ni oír hablar del asunto. Luego, unos meses después, me dijo en Londres que había decidido vender el caballo. Verán, por entonces andaba escaso de dinero. Yo, naturalmente, le dije que sí. Parecía un caballo excelente. Pero la primera vez que lo monté, me di cuenta de que le había ocurrido algo. Crandall, por supuesto, lo negó todo. Dijo que al caballo no le había pasado nada. Lo cual era a todas luces falso.

—¿Por eso discutieron anoche? —preguntó Nicholas.

—¿Discutir? —Hakebourne pareció sorprendido.

—Me fijé en que Crandall y usted tuvieron unas palabras durante el baile —explicó Juliana—. La conversación no parecía muy amistosa.

—Bueno, no lo era. Él intentaba decirme que era culpa mía. ¡Culpa mía! —los miró, indignado—. Como si no supiera de lo que hablo. Por eso vine. Verán, yo no sabía nada de la boda —sonrió, algo azorado—. No era mi intención entrometerme. Pensé que, si hablaba con Crandall, se daría cuenta del error que había cometido. Porque, naturalmente, no se engaña a un amigo.

Juliana pensó que probablemente no había derecho a engañar a nadie, pero se guardó de decirlo en voz alta.

—Presumo que Crandall se negó a devolverle el dinero que usted le pagó —dijo Nicholas.

—¡Se negó en redondo! Y más de una vez.

—Debía de estar usted muy enfadado —dijo Juliana.

—En efecto, lo estaba. Yo tampoco nado en la abundancia. Me habría venido bien ese dinero. Pero Crandall se limitaba a decir que ya ni siquiera tenía el dinero, que lo había usado para saldar no sé qué deuda —Hakebourne profirió un bufido de incredulidad—. Es más probable que lo usara para volver a apostar. Ese hombre no tenía freno. Estaba obsesionado.

Aquél era un problema muy común entre los caballeros de la posición de Crandall, pensó Juliana. Muchos habían perdido su fortuna a manos de los tahúres.

—¿A qué apostaba? —preguntó Nicholas.

—A cualquier cosa —contestó Hakebourne con sinceridad—. A las carreras de caballos, a las cartas, a las peleas de boxeo..., a lo que encontrara. Una vez apostó en una carrera de ratones con Everard Hornbaugh. Naturalmente, acabó perdiéndolo todo. Y estaba endeudado con mucha gente. No sólo con prestamistas, sino también con caballeros.

—¿Es usted la única persona a la que engañó?

—Yo diría que no. Creo que les había hecho lo mismo a algunas personas antes de intentarlo con un viejo amigo. Además, pedía dinero prestado como un loco.

—¿A quién?

—A cualquiera que cometiera la estupidez de prestárselo. Al marido de su hermana, por de pronto. Siempre recurría en primer lugar a sir Herbert, porque era de la familia, ya saben, un pariente. Sir Herbert le había prestado cientos y cientos de guineas a lo largo de los años, y Crandall nunca le devolvía un centavo. Pero creo que sir Herbert había dejado ya de prestarle dinero. Verán, estaba furioso por lo de lady Seraphina.

—¿Porque Crandall la había introducido en el juego? —preguntó Juliana.

Hakebourne asintió.

—¿Cómo lo saben? Crandall llevaba haciéndolo una temporada, para saldar sus deudas en los tugurios de juego. Llevaba a primos para que los apostadores los desplumaran, y ellos le perdonaban parte de sus deudas o le fiaban.

—¿Primos? —preguntó Juliana.

—Jugadores sin experiencia —respondió Nicholas.

—Entonces ¿también estaba traicionando a sus amigos?

Hakebourne se encogió de hombros.

—Bueno, tenían que ser casi todos nuevos en la ciudad si estaban dispuestos a creer que Crandall los llevaría a un lugar honrado. Pero supongo que lady Seraphina no pensó que su propio hermano fuera capaz de hacerle eso. O puede que tenga poco mundo. Sir Herbert es un tanto estirado. Lady Seraphina ganó al principio..., así es como lo hacen, ¿saben? Pero luego empezó a perder. Tengo entendido que perdió una fortuna. Por eso están en el campo. Al menos eso es lo que dicen las malas lenguas.

Juliana y Nicholas se miraron. Las palabras de Hakebourne corroboraban la conversación que Juliana había oído entre Crandall y sir Herbert. Hakebourne se quedó callado un momento mientras se comía el jamón del desayuno, masticando pensativamente. Por fin dijo:

—Creo que también le pidió dinero a Seraphina. No sé de dónde lo sacó ella, con todo lo que había perdido.

—¿Qué quiere decir?

—La última vez que vi a Crandall, cuando le compré el caballo, me insinuó que Seraphina le estaba dando dinero. A mí me extrañó, después de lo que le había hecho, pero Crandall dijo que su hermana sabía que le convenía pagarle si no quería que sir Herbert se enterara de sus secretos.

—¿Qué secretos eran esos? —preguntó Nicholas.

—No lo sé. Crandall no me lo dijo. Él era así: siempre haciendo averiguaciones sobre los demás y obteniendo información que pudiera avergonzarlos para luego usarla contra ellos. Normalmente, para conseguir dinero.

—¡Qué individuo tan despreciable! —exclamó Juliana.

Hakebourne la miró con curiosidad.

—¿También se lo hizo a usted?

—No. Pero sin duda no habría vacilado en hacerlo si hubiera sabido algo que pudiera usar contra mí. Nunca me agradó, pero ignoraba que se hubiera rebajado a la extorsión.

—No hay mucho a lo que Crandall no se haya rebajado —dijo el señor Hakebourne—. Pero creo que últimamente había empeorado. Necesitaba dinero desesperadamente.

Nicholas se inclinó hacia delante, interesado.

—¿Y eso por qué? —preguntó.

—Bueno, a decir verdad, creo que por usted.

—¿Por mí? —Nicholas parecía sorprendido—. ¿Porque creía que le iba a echar de esta casa?

—No estoy seguro. Puede ser. Pero creo que se debía más bien a que le estaban exigiendo el pago de sus deudas. Verá, hasta que apareció usted, mucha gente creía que Crandall heredaría la fortuna familiar cuando muriera el viejo lord Barre. No todo el mundo, desde luego. Algunas personas sabían que la línea sucesoria pasaba por su padre, milord. Los más encopetados —hizo una pausa y añadió—: Pero yo no.

—Francamente —murmuró Juliana—, me sorprende usted.

—Oh, bueno, verá, yo soy muy de ciudad. Nunca me han interesado mucho los libros, ni los árboles familiares y cosas por el estilo.

—¿Crandall iba diciendo por ahí que esperaba heredar? —preguntó Nicholas.

—No llegaba a tanto —dijo Hakebourne—. Era más bien la forma en que hablaba de Lychwood Hall. Siempre andaba diciendo que tenía que volver para ocuparse de los asuntos de la finca. Actuaba como si fuera a ser suya algún día. Claro que, cuando murió el viejo lord y todo el mundo descubrió que no era Crandall quien había heredado las tierras, sino un hombre al que nadie conocía... En fin, hubo muchos que empezaron a preocuparse por su dinero. No sabían si iban a recuperarlo alguna vez. Empezaron a acosar a Crandall, exigiéndole el pago de sus deudas, etcétera.

―Ah. Entiendo.

Hakebourne se comió el último bocado que le quedaba en el plato y lo hizo pasar con un trago o dos de té.

―Bueno... ―se dio una palmada en el estómago, satisfecho―. Su mesa es excelente, milord.

―Gracias, señor Hakebourne. Confío en que siga disfrutando de nuestra hospitalidad algún tiempo más.

―¿De veras? ―Hakebourne pareció sorprendido, pero encantado―. Pensaba que... en fin, como no me conocen y era amigo de Crandall... que tendría que marcharme pronto.

―Tonterías ―contestó Nicholas, obsequiándole una sonrisa―. Me sentiría honrado si se quedara con nosotros en Lychwood Hall.

―Vaya ―Hakebourne sonrió―. Es usted muy amable, milord. Confieso que no me importaría. A fin de cuentas, está el entierro de Crandall. Debo presentar mis respetos, ¿comprenden? Y, bueno, ahora mismo mi situación en Londres es algo incómoda. Me resulta difícil mantener a raya a los acreedores..., sobre todo teniendo en cuenta que Crandall no va a devolverme ese dinero.

Nicholas le aseguró de nuevo que, de momento, podía resguardarse de sus acreedores en Lychwood Hall, y el señor Hakebourne se marchó lleno de contento.

―Parece sobrellevar admirablemente la muerte de Crandall ―comentó Nicholas con sorna.

―Sí. Me ha parecido interesante que se indignara por los tejemanejes de Crandall sólo en tanto le afectaran a él.

—Creo que ambos estamos de acuerdo en que el señor Hakebourne no es un hombre de sólidas convicciones morales —agregó Nicholas—. Pero me pregunto si sería capaz de matar a Crandall, sobre todo teniendo en cuenta que no podría beneficiarse de su muerte.

—Ciertamente, parece una de esas personas que sólo buscan su propio provecho —repuso Juliana.

—Por supuesto, puede que no nos haya dicho la verdad respecto a por qué persiguió a Crandall hasta aquí... o, al menos, no toda la verdad.

—Tienes razón. Y la presteza con que nos ha hablado de los motivos de los demás resulta un tanto sospechosa. No parece un asesino, pero no creo que podamos tacharlo aún de nuestra lista —Juliana suspiró y se puso en pie—. Por más que me disguste, tengo que ocuparme de los preparativos del entierro de Crandall. Y sin duda habrá un sinfín de cosas que hacer. Debo ir a ver a Lilith y a Winifred, y ver qué puedo hacer por aliviar su dolor. Y, naturalmente, debemos averiguar quién mató a Crandall.

—Juliana... —dijo Nicholas, que se había levantado mientras ella hablaba. Había en su voz una nota de advertencia—. No pierdas de vista el hecho de que alguien de esta casa ha matado a Crandall y puede que no se tome a bien que hagas averiguaciones. Por favor, no vayas por ahí haciendo preguntas sin mí.

—De todas formas, tengo que hablar con todo el mundo —contestó Juliana juiciosamente. Pero, al ver que Nicholas fruncía el ceño, añadió—: Pero te prometo que tendré mucho cuidado. No diré nada que pueda alarmar al asesino.

Por la expresión de Nicholas dedujo que su marido

dudaba que pudiera cumplir aquella promesa, así que salió rápidamente por la puerta antes de que Nicholas pusiera nuevas objeciones.

Pasó casi todo el día intentando que las cosas funcionaran como debían en la casa. Los sirvientes —como todos los demás— estaban algo nerviosos. Se rompieron platos y se volcaron cosas. Juliana notó que las criadas parecían trabajar de pronto en parejas, y costaba mucho esfuerzo adivinar que les daba miedo estar solas en la enorme casona.

No ayudó a aliviar la situación el que el alguacil del pueblo se pasara la mayor parte del día interrogando a todos los miembros de la casa. El hombre se mostró muy atento al interrogar a Juliana, y aceptó sin vacilar su afirmación de que Nicholas no se había separado de ella después de abandonar la fiesta. Pero aquella deferencia preocupaba a Juliana, pues temía que el alguacil no interrogara seriamente a ninguno de los miembros de la familia Barre o a sus invitados, y se concentrara en el herrero, sin hacer esfuerzo alguno por averiguar la verdad.

Dada la clase de persona que había sido Crandall, le parecía probable que el asesino le odiara y que nadie más corriera peligro. Aun así, comprendía el aire general de intranquilidad que reinaba en la casa. Lo que antaño parecía seguro y apacible, resguardado de las perversidades del mundo exterior, había sido invadido por la maldad. Era fácil sentirse repentinamente asustado.

La responsabilidad de organizar el funeral recayó particularmente en Juliana, al igual que el trato con las visitas que iban a presentar sus condolencias, pues tanto la madre como la esposa de Crandall permanecían encerradas en sus habitaciones.

Juliana fue primero a ver a Winifred, a la que encontró sentada, todavía en bata, mirando inexpresivamente por la ventana. La joven se volvió hacia Juliana cuando ésta entró en la habitación e intentó sonreír.

—He venido a ver si necesitas algo —le dijo Juliana y, cruzando la habitación, tomó asiento en la banqueta del tocador, junto a la silla de Winifred.

Ésta negó con la cabeza.

—Me han traído algo de comer, pero no he podido probar bocado —miró a Juliana; estaba pálida y esa mañana parecía mayor de lo que era—. Soy una mala persona.

Juliana se preguntó si la muchacha estaba a punto de confesar que había matado a Crandall, pero se limitó a decir:

—Estoy segura de que eso no es cierto.

—Sí que lo es —Winifred asintió con la cabeza—. No puedo llorar por él. Quiero hacerlo. Lo he intentado. Pero no puedo —se inclinó hacia delante y miró a Juliana con gravedad—. Mi marido ha muerto, y yo... me siento aliviada.

Se llevó la mano a la boca y se la tapó como si quisiera guardarse sus sentimientos. Juliana no supo qué decir. Entendía perfectamente que cualquier mujer que se hubiera casado con Crandall se sintiera como Winifred.

—Su madre está postrada por el dolor —prosiguió la joven en voz baja—. Cuando viene la doncella, sé que espera encontrarme llorando a mí también. Tú vienes a intentar consolarme. Y yo... —suspiró y miró de nuevo por la ventana–. Cuando conocí a Crandall, me pareció el hombre más apuesto que había visto nunca..., con ese pelo negro y esos ojos tan hermosos. Y tan sofisticado. Tan ingenioso. Había hecho y visto tantas cosas...

Los ojos de Winifred brillaron un poco al recordar aquello, y agregó con voz casi alegre:

–No podía creer que me hubiera elegido a mí entre todas las chicas que había allí. Yo apenas había salido del colegio. Y no había estado en ninguna parte, no había hecho nada. Pero me prestó tanta atención que mi madre me advirtió que tuviera cuidado con sus intenciones. Esa noche, habría bailado tres veces conmigo el vals si mi madre no me lo hubiera prohibido tajantemente.

–Suena muy romántico –dijo Juliana con la esperanza de que no se le notara en la voz el desagrado que sentía por Crandall.

–Lo fue –la boca de Winifred se curvó dulcemente al recordar–. Cuando me pidió que me casara con él, fui la chica más feliz de Inglaterra –su sonrisa se desvaneció–. Pero luego se arrepintió de haberse casado conmigo.

–No, Winifred... –Juliana no estaba segura de que lo que decía fuera cierto, pero sentía la necesidad de proteger a Winifred del dolor.

La joven sacudió la cabeza y la miró agradecida.

–Eres muy amable. Pero es la verdad. Lo sé. El otro día..., cuando lord Barre contó lo de la mujer del herrero...

Juliana tomó una de sus manos.

–Lamento mucho que tuvieras que oír eso –dijo.

—No era la primera vez que ocurría. Yo había oído cosas, cuchicheos entre los sirvientes, y a Seraphina reprender a Crandall... Lo sabía. Y sabía que era porque no debió casarse conmigo. La señora Barre me lo dijo.

Juliana apretó los dientes.

—No debes tener en cuenta lo que diga Lilith. Es muy... En fin, puede ser muy mezquina y cruel. No tiene nada que ver contigo. Sencillamente, así es ella. Y nadie la parecía bastante para su hijo. Cuando éramos pequeños, adoraba a Crandall.

—Es cierto —dijo Winifred—. Creo que incluso ahora lo adora, aunque a veces Crandall se portaba mal con ella. Siempre le pedía dinero. Sé que muchas veces Lilith no quería dárselo, y Crandall se ponía muy ruin con ella. Decía que sólo le preocupaban las apariencias, y que no le convenía que su hijo acabara yendo a prisión por sus deudas y manchara el nombre de la familia. Y la miraba con ese aire desafiante, y a mí me sorprendía que Lilith no le diera una bofetada. Pero ella nunca lo hacía. Al final, acababa dándole el dinero, o alguna joya para vender.

—Ya ves, pues, que no puedes tomar en serio lo que diga la tía Lilith.

—Pero Crandall también lo pensaba. Lo sé. No era lo bastante lista para él. No conocía a nadie, ni sabía hacer nada. Nunca me llevó a Londres con él, y cuando se lo pedí... —las lágrimas que no había logrado derramar inundaron de pronto sus ojos—. Me dijo que le avergonzaría. Que sus amigos me despreciarían, que pensarían de mí que era una simplona y una provinciana.

Juliana sintió una oleada de compasión por la muchacha. Winifred estaba mucho mejor sin Crandall, Juliana estaba segura de ello. Pero eso no significaba necesariamente que la esperara un futuro feliz. Por lo que Juliana había oído durante las semanas anteriores, Crandall estaba sin un penique; no le habría dejado nada a su esposa. Naturalmente, Nicholas le permitiría seguir viviendo allí, y no dejaría que Winifred sintiera el escozor de ser una pariente pobre. Pero, aun así, la joven sabría que lo era.

Juliana se levantó y, acercándose a la muchacha, se arrodilló junto a su silla y contempló su cara. Puso una mano sobre la de Winifred y dijo:

—Conocía a Crandall desde niño, y sé que era capaz de ser tan cruel e inflexible como su madre. Todo el mundo cree que no se debe hablar mal de los muertos, pero lo cierto es que Crandall sentía muy poco respeto por la verdad. No debes creer a pie juntillas lo que te decía. Probablemente no quería llevar a su esposa a Londres —la miró con intención—. Los defectos de Crandall no eran responsabilidad tuya. Y yo..., en fin, me parece muy comprensible que te cueste llorar por él. Aunque sea triste decirlo, no creo que nadie en esta casa lamente su muerte, excepto su madre.

Winifred la miró con tristeza.

—Lo sé. Es muy triste. Pero gracias por decir esas cosas. Hacen que me sienta... un poco mejor —apretó la mano de Juliana y le ofreció una débil sonrisa.

—Ahora... ¿te sientes capaz de comer un poco? —Juliana se levantó—. Puedo decirle a una de las doncellas que te suba un almuerzo frío, si quieres.

—Sí, puede que sí —Winifred le sonrió de nuevo—. Gracias.

Juliana salió de la habitación pensando que le costaba imaginarse a Winifred como una asesina. Aunque resultaba evidente que la joven tenía sobradas razones para odiar a su marido, parecía más apenada por la pérdida de su amor temprano que furiosa con Crandall, y se inclinaba más a cargar la culpa sobre sí misma que a atribuirla a sus verdaderos motivos.

Winifred, naturalmente, podría estar representando un papel, pero, si así era, ¿por qué no fingía que lloraba la muerte de su esposo en lugar de hablar francamente sobre la penosa situación de su matrimonio?

Juliana llamó a una criada y ordenó que le subieran a Winifred un almuerzo ligero, añadiendo:

—Intente convencerla de que se eche un rato, haga el favor.

Cuando la doncella se marchó, Juliana se dirigió a la habitación de Lilith. A pesar de lo deteriorada que estaba su relación, no podía evitar compadecer a aquella mujer. Lilith era posiblemente la única persona que sufría por la muerte de Crandall.

Juliana llamó quedamente a la puerta de su cuarto, esperando a medias que Lilith le dijera que se fuera, pero al cabo de un momento la oyó decir:

—Adelante.

Entró en la habitación. Al igual que Winifred, Lilith estaba sentada en una silla, junto a la ventana, mirando inerme el paisaje. Nada, desde luego, ni siquiera el dolor más extremo, podría haber hecho que descuidara su aspecto hasta el punto de llevar una bata por la tarde. Llevaba puesto un vestido negro y severo, de cuello alto y manga larga; ni un solo volante aliviaba la austeridad del traje. Se había recogido el pelo hacia arriba, con su elegancia habitual, sujetándoselo con una peineta negra.

Lilith se giró para mirar a Juliana con expresión amarga.

—¿Has venido a regodearte?

—¡Tía Lilith! —exclamó Juliana, impresionada por la hostilidad de la otra mujer—. Claro que no. ¿Cómo puedes decir eso?

—¿Por qué no? No soy tonta, Juliana. Sé cuánto te desagrado.

—Me has dado escasos motivos para lo contrario todos estos años —repuso Juliana suavemente—. Sin embargo, no puedo creer que ni siquiera tú pienses que me complace tu sufrimiento. Lamento mucho tu pérdida.

—Confío en que no esperes que crea que te entristece la muerte de Crandall.

—No. No soy una hipócrita. Pero sé que tú…

—Tú no sabes nada —siseó Lilith—. Nada de cómo me siento. Yo lo tuve entre mis brazos cuando era un bebé, y sabía que nadie más volvería hacerme sentir así. Yo lo quería.

Juliana sintió una punzada de lástima por aquella mujer, a pesar de la rudeza con que Lilith había despreciado su compasión.

—Lo sé.

Lilith se giró y miró el retrato de su marido que colgaba de la pared.

—Naturalmente —dijo con cierta amargura—, también quería a su padre. Aunque para lo que me sirvió… —contempló el retrato un momento—. Cuando me casé con él lo tenía en un pedestal. Éramos perfectos el uno para el otro. Una pareja ideal…, eso creía yo —frunció el ceño, como si saliera de una ensoñación, y su boca se torció al girarse hacia Juliana, diciendo con desdén—: ¡Fue todo culpa de ella!

Juliana la miró fijamente, asombrada por el odio que brillaba en sus ojos.

—¿Cómo… cómo dices?

—¡Tu madre! Diana, siempre tan delicada y encantadora… La Cazadora. Un nombre muy apropiado…, aunque nadie lo habría sospechado al ver su cara de angelito. Tan dulce, tan callada, tan enamorada de su difunto esposo…

—Quería mucho a mi padre —Juliana se sintió obligada a defender a su madre—. No entiendo de qué estás hablando. ¿Qué culpa tuvo mi madre? Te aseguro que nunca pretendió hacer nada para molestarte. Te estaba muy agradecida por dejarnos vivir aquí.

—¡Agradecida! ¡Ja! ¿Es una muestra de agradecimiento robarle el marido a otra?

—¿Qué? —Juliana se quedó boquiabierta. ¿Habría perturbado la muerte de Crandall a Lilith?

—Era una cazadora, sí, y muy astuta. Nunca permitió que nadie sospechara nada, mientras lo engatusaba con sus artimañas. Era tan triste, tan desgraciada…, sin duda necesitaba sus fuertes hombros para llorar sobre ellos. Necesitaba que él le explicara tal o cual asunto de negocios. Y, mientras tanto, coqueteaba con él, lo incitaba, le daba alas…

—¡No! Tía Lilith, no sé por qué crees eso, pero te equivocas —exclamó Juliana.

—¿Equivocarme? No creo —Lilith se levantó y la miró a la cara; una furia largo tiempo contenida volvio a iluminar sus ojos–. No me equivoco en absoluto. ¿Por qué crees que pudisteis vivir aquí tanto tiempo? ¿Por qué crees que te acogimos y dejamos que te educaras con mis hijos?

—Estás en un error —repitió Juliana débilmente—. Fue porque mi madre era tu prima.

—¿Crees que yo la quería aquí? —bufó Lilith—. Te aseguro que, si hubiera sido por mí, os habríamos echado a la calle a las pocas semanas de llegar. Fue mi marido quien os dio cobijo en esa casa. Fue a mi marido a quien ella le dio las gracias... de esa manera suya, tan especial.

—No —Juliana miraba a su tía con estupor. Se le hizo un nudo en el estómago, y se dio la vuelta, incapaz de permanecer en presencia de Lilith por más tiempo—. Por favor, discúlpame.

Se dirigió aprisa a la puerta y salió al pasillo, sin detenerse hasta que halló cobijo en su alcoba. Allí, se dejó caer en un sillón y apoyó la cabeza en las manos.

No podía ser cierto, gritaba por dentro. Su madre no podía haber tenido una aventura con Trenton Barre. No podía haberse entregado a aquel hombre frío y malvado. No podía haberlo querido.

Juliana dejó escapar un suave gemido. Pensó en su infancia. Al echar la vista atrás veía que, aunque hubiera sufrido siendo la pariente pobre de la familia, sus circunstancias podían haber sido mucho peores. Su casita era espaciosa y bonita. Y, aunque mucha de su ropa eran desechos de Seraphina, al menos era abundante y de buena calidad. Era extraño que los Barre la hubieran enviado al internado, aunque su atolondrada hija necesitara vigilancia. Después de todo, Seraphina no era peor que muchas de sus amigas, todas las cuales se hallaban allí sin un pariente pegado a ellas.

Pero, sobre todo, tal y como Lilith había dejado claro, la generosidad que Juliana y su madre habían recibido no procedía de manos de su prima. Lilith siempre había despreciado a su madre, y habría preferido librarse de ella cuanto antes. Obviamente, había sido Trenton quien les había dado la casa, quien las había mantenido y había enviado a Juliana al colegio.

Y, con la misma claridad, Juliana comprendía ahora que Trenton Barre no habría hecho ninguna de aquellas cosas por simple generosidad. No había más que ver cómo había tratado a Nicholas, su propio sobrino. Trenton Barre no se movía por impulsos caritativos; nunca había sido muy dado a la piedad.

Juliana se preguntaba cómo era posible que no lo hubiera visto antes.

Volvió a pensar en su infancia, en las visitas que Trenton Barre hacía a su casa. Por primera vez pensó en lo extraño de que fuera siempre Trenton, y no Lilith, la prima de su madre, el que iba a visitarlas. Podía contar con los dedos de una mano las veces que Lilith había ensombrecido el portal de su casa. Las visitas de Trenton Barre, sin embargo, eran semanales.

Juliana recordó la agitación de su madre, el modo en que se sentaba y se levantaba luego, y la frecuencia con que se asomaba a la ventana cuando llegaba la hora de su visita. Recordaba que su madre siempre insistía en que Juliana se pusiera guapa para el señor Barre, poniéndose un lazo en el pelo y su mejor vestido. Su madre también procuraba presentar su mejor apariencia: lucía su mejor vestido, se peinaba con hermosos tirabuzones y se aplicaba color en las mejillas y los labios. Ello no era de extrañar, ciertamente; era lógico que uno quisiera presentar su mejor aspecto delante de su benefactor. Aun así, Juliana no tuvo más remedio que preguntarse a qué se debía. ¿Se acicalaba su madre porque Trenton era su benefactor... o porque era su amante?

Cada vez que Trenton iba a su casa, su madre obligaba a Juliana a entrar en el salón, donde se esperaba que sonriera e hiciera una reverencia. Juliana recordaba bien aquellas visitas. Siempre las había detestado. Temía y odiaba a Trenton, y para ella era un suplicio tener que estar allí de pie, sonriendo y respondiendo amablemente a sus preguntas. Siempre se sentía enormemente aliviada cuando, al cabo de unos minutos, su madre inclinaba la cabeza y le decía que se fuera a su cuarto. Ella siempre corría a su habitación y cerraba la puerta, llena de contento por haber perdido de vista a aquel hombre.

Nunca se había cuestionado por qué Trenton se quedaba tanto tiempo después de que ella se marchara. Ni por qué su madre le decía que se quedara en su cuarto hasta que el señor Barre se hubiera ido. Sencillamente, se alegraba de no tener que volver a verlo.

Juliana se llevó la mano al estómago, sintiéndose mareada. Tenía la impresión de que su vida se había vuelto repentinamente del revés. ¿Era una ilusión todo lo que pensaba de su madre? ¿Acaso no había pasado el resto de su vida llorando la muerte de su padre? ¿Se había acostado verdaderamente con un hombre tan espantoso como Trenton Barre? ¿Lo había querido? ¿Había sido una adúltera, le había robado a su prima el cariño de su esposo?

Aquella idea le parecía demasiado espantosa como para contemplarla. Seguramente Lilith le había mentido. Estaba claro que Lilith siempre había sentido celos de Diana... y con razón, teniendo en cuenta el carácter dulce y amable de su madre y el modo en que debía de contrastar con sus gélidas maneras. Quizá sus celos y sus sospechas fueran infundados. Tal vez creyera lo que había dicho sobre Trenton y Diana..., pero eso no significaba necesariamente que fuera cierto.

Juliana comprendió que había una persona que sabía la verdad, y se aferró a aquella idea como a un salvavidas. La señora Cooper, la mujer que había atendido la casa de su madre desde que se mudaron allí. Ella sabría lo que había ocurrido tantos años atrás. Una niña no podía darse cuenta de lo que ocurría cuando Trenton Barre iba de visita, pero era imposible que una mujer adulta que trabajaba en la casita, tan unida a la señora de la casa, no supiera si aquel asiduo visitante era en realidad el amante de Diana.

Iría a ver de nuevo a la señora Cooper. Sabía, y ello le producía un desagradable hormigueo en el estómago, que lo que le dijera aquella mujer podía ser devastador para ella. Pero no podía seguir en la ignorancia. Por más que le doliera, tenía que saber la verdad.

15

El entierro de Crandall fue al día siguiente. La jornada amaneció demasiado soleada y radiante para un funeral, pensó Juliana. El cementerio, lejos de parecer sombrío, era un lugar agradable, moteado de sol y sombra. Las rosas trepaban por la verja de hierro, al borde del patio de la iglesia, bañando con su dulce perfume a los asistentes.

Juliana miró a la gente reunida en torno a la sepultura recién excavada. Las mujeres iban todas vestidas de negro, y los hombres llevaban brazaletes de tela negra en señal de duelo. Juliana se había empeñado, tanto ese día como el anterior, en observar minuciosamente las joyas que llevaban todos y cada uno de los presentes. El problema, había descubierto rápidamente, era que, habiendo pasado tan poco tiempo desde el deceso, nadie lucía piedras tan festivas como rubíes. Todos los pendientes eran de azabache u ónice, y los gemelos y los alfileres de corbata de los hombres eran del mismo color ébano, o de plata y oro, sin más adornos. Juliana sabía que sería difícil tener ocasión de mirar en los joyeros de los demás.

A un lado de Juliana, Winifred permanecía de pie, con las manos juntas y apretadas, mirando fijamente el ataúd. Frente a ellas, Lilith, tiesa como un palo y muy pálida en contraste con su severo vestido negro y su sombrero, tenía sin embargo una expresión contenida. Lilith, pensó Juliana, jamás permitiría que sus emociones la dominaran, ni siquiera por su hijo.

El vicario concluyó su discurso y pronunció una breve plegaria; luego el ataúd fue bajado lentamente hacia la sepultura. Uno a uno, los miembros de la familia desfilaron ante él, empezando por Lilith, y siguieron caminando hacia los carruajes que los aguardaban. Juliana sabía que lo correcto era acercarse a Lilith y reconfortarla en la medida en que se lo permitiera, pero no se sentía capaz de afrontar aquel deber.

La noche anterior había dormido poco. Su mente giraba sin cesar, dando vueltas a los mismos asuntos que la obsesionaban desde que Lilith le espetara que su madre había tenido una aventura con Trenton Barre.

Juliana se giró, pero no se dirigió hacia los carruajes, sino hacia las otras tumbas de la familia que había en los alrededores. La de Trenton Barre estaba junto a la de su hijo, y más allá se hallaban las de otros Barre. Al fondo de la parcela destinada a la familia, separada de las tumbas de los Barre, estaba la sepultura de su madre.

Se detuvo delante de la sencilla lápida y se quedó mirándola un rato. Sintió que Nicholas se acercaba a ella y le daba la mano. Levantó la mirada hacia él, una leve sonrisa asomando a sus labios. De algún modo, el contacto de la mano de Nicholas le daba fuerzas.

—Estás angustiada —dijo él.

Juliana lo miró, sorprendida. Él le sonrió.

—Lo noto. Hay algo, aparte de la muerte de Crandall, que te preocupa.

Juliana asintió.

—Yo… Lilith acusó a mi madre de robarle a Trenton. Me dijo que habían tenido una aventura.

Nicholas la miró con sorpresa.

—¿Qué? ¿Y tú la crees?

—No sé por qué iba a mentir sobre algo así. Ella quería a Trenton, y no mancharía su nombre por las buenas, sólo por molestarme. Creo que está convencida de ello. Pero si es cierto o no…, no lo sé. No quiero creer eso de mi madre.

Levantó la mirada hacia su cara, con los ojos llenos de angustia. Nicholas le apretó la mano.

—A la tía Lilith le gusta creer lo peor de los demás —le dijo—. Está llena de rabia y de desdén. El hecho de que lo crea no significa que sea cierto.

—Lo sé. Es lo que me digo constantemente. Pero hay cosas…

—¿Qué cosas?

—Cosas extrañas…, sobre nuestra situación aquí, en Lychwood Hall. Mi madre era la prima de Lilith, no era familia de Trenton. Y, sin embargo, está claro que no fue Lilith quien dejó que nos quedáramos aquí, así que tuvo que ser Trenton. ¿Y sabes de alguna vez que actuara por simple bondad?

—A mí me acogió, a pesar de que me odiaba —respondió Nicholas.

—Sí, pero no tenía más remedio. Tu abuelo te encomendó a él, lo nombró tu tutor. Y está claro que esperaba que murieras antes que tu abuelo, y heredar el título.

—Aun así, a los dos les importaban mucho las apariencias. No querían que sus conocidos los consideraran poco generosos o negligentes. Rechazar a la prima de Lilith y a su hija les habría hecho quedar mal.

—Ojalá estuviera segura. He... he pensado que la señora Cooper podría confirmar si Lilith me ha dicho la verdad.

—Puede que sí. Deberías hablar con ella antes de creer a Lilith. Iré contigo. Mañana por la tarde.

Juliana le sonrió, sintiéndose mejor. Fuera lo que fuese lo que averiguara, no le parecería tan terrible si Nicholas estaba con ella.

Esa noche, Juliana iba a bajar a cenar cuando vio que la puerta de Seraphina estaba abierta. Se asomó dentro. Seraphina se hallaba de pie junto a su tocador, con un joyero delante de ella. Estaba revolviendo entre sus joyas con el ceño fruncido.

A Juliana se le aceleró el corazón. Entró rápidamente en la habitación, diciendo:

—¿Vas a bajar a cenar? ¿Puedo acompañarte?

—¿Qué? —Seraphina se giró hacia ella, distraída—. Ah, sí. Perdona, me siento tan... rara. Como si todo a mi alrededor fuera más rápido que yo —sacudió la cabeza—. Qué bobada. Llevo un rato aquí, intentando encontrar unos pendientes que pueda ponerme. Por lo visto no tengo nada de azabache.

Juliana se acercó a ella y miró el joyero.

—Tienes muchas joyas bonitas.

Distinguió un brillo rojizo entre las joyas amontonadas, y alargó la mano para recogerlo. Era un pendiente largo, de rubíes, pero no le faltaba ninguna piedra. Intentando disimular, inspeccionó la caja en busca de su pareja. O quizás de un collar que fuera a juego con los pendientes.

Seraphina le arrancó prácticamente el pendiente de la mano. Juliana la miró, intrigada por su reacción. Había una mirada... sí, caso de miedo en los ojos de Seraphina.

El corazón de Juliana le golpeaba, desbocado, en el pecho. ¿Podía ser Seraphina quien había matado a su hermano? ¿Por eso estaba rebuscando entre las joyas, intentando encontrar el rubí que le faltaba?

—Son unos rubíes preciosos —dijo Juliana, escudriñando su cara mientras hablaba—. ¿Hay un collar a juego?

—Sí, desde luego —la mirada de alarma de Seraphina se intensificó.

—Me encantaría verlo —Juliana procuró mantener un tono desenfadado, a pesar de que la tensión se iba apoderando de ella.

—¿Por qué? Oh, Dios mío, lo sabes, ¿verdad? —Seraphina se llevó las manos a la boca y sus ojos se dilataron—. ¿Cómo es posible? Oh, por favor, no se lo digas a Herbert...

—Seraphina..., estoy segura de que tiene que haber una razón que explique lo que hiciste —dijo Juliana con voz serena, mientras le ponía una mano en el brazo—. No será tan terrible, si confiesas.

—¡No! —Seraphina apartó el brazo con violencia y retrocedió—. No puedo decírselo. ¡No puedo! ¡Tú no lo entiendes! –sus ojos se llenaron de lágrimas–. ¿Cómo lo sabes? ¿Te lo dijo Crandall?

Juliana la miró boquiabierta.

–¿Qué?

–Me prometió que no se lo diría a nadie. ¡Para eso le pagaba! –sollozó Seraphina.

–Seraphina... ¿de qué estás hablando? –preguntó Juliana, consciente de que no se estaban entendiendo–. ¿Qué te prometió Crandall que no contaría? ¿Y por qué le pagabas?

Seraphina la miró, pasmada.

–¿Quieres decir que no lo sabes? Pero si... Debo de estar volviéndome loca. Pensaba que sabías que los rubíes eran de cristal –dejó escapar una risilla histérica.

–¿De cristal? ¿Quieres decir que son falsos?

–Sí. ¡Ése es el problema! –gimoteó Seraphina–. Sir Herbert se pondrá furioso si lo descubre. Me da miedo que un día los mire de cerca, que se dé cuenta de que...

–¿No sabe que son de cristal?

–¡Claro que no! Oh, qué lío –Seraphina se dejó caer en la silla del tocador y apoyó los codos en la mesa, descansando la cabeza sobre las manos–. ¿Cómo pude perder tanto dinero?

–¿Jugando? –Juliana se aferró al único hilo de la conversación que creía comprender.

Seraphina asintió.

–Sí. Al principio siempre ganaba. ¡Era tan emocionante! –miró a Juliana con ojos brillantes–. Y Crandall los conocía. Fue él quien me los presentó. Yo creía que tenían que ser gente honrada, aunque no los conociera. Quiero decir que eran simples partidas de cartas en casa de la señora Battle. No era como si fuera a un tugurio de juego.

—Pero entonces empezaste a perder dinero —dijo Juliana.

Seraphina suspiró.

—Sí. Montones de dinero. No entendía por qué perdía tanto, habiéndome ido tan bien al principio. Sir Herbert dice que me estafaron..., que me dejaban ganar para atraparme entre sus redes —miró a Juliana. En sus pestañas brillaban las lágrimas, y a Juliana le recordó a una niña que acabara de descubrir la verdad acerca de Papá Noel—. ¿Tú crees que tiene razón?

Juliana sintió una inesperada punzada de lástima por ella.

—Sí, me temo que probablemente sí. El señor Hakebourne nos dijo que Crandall se dedicaba a esa clase de cosas, a llevar a gente a sus amigos para que les desplumaran jugando a las cartas.

Seraphina asintió tristemente.

—Nunca creí que pudiera hacerle eso a su propia hermana. No... no estábamos muy unidos, y sé que Crandall hacía cosas que no estaban bien, pero...

—Fue una maldad por su parte —dijo Juliana—. Creo que necesitaba dinero desesperadamente.

El semblante de Seraphina se endureció.

—Lo sé. Me obligaba a pagarle por no hablar.

—¿Por no hablar de qué? Sir Herbert sabe que perdías dinero jugando, ¿no?

—No sabe lo de las joyas —le dijo Seraphina—. Las vendí. No podía pagar mis deudas, y ellos no me dejaban jugar si no las pagaba. Eso fue antes de que sir

Herbert se enterara. Yo no sabía qué hacer..., había gastado toda mi asignación, y más dinero aún. No había pagado a la modista, ni al sombrerero, porque también me había jugado el dinero de la ropa. Estaba fuera de mí. Tenía que seguir jugando. Era el único modo de recuperar mi dinero, ¿entiendes? Entonces Crandall... ¡Es tan injusto, porque fue él quien me lo sugirió! –Seraphina parecía indignada.

–¿Qué te sugirió? ¿Que vendieras las joyas?

Seraphina asintió con la cabeza.

–Sí. Me dijo que podía empeñarlas y usar el dinero para jugar. Y yo pensé que recuperaría el dinero, y que podría desempeñar las joyas. Crandall dijo que, mientras tanto, podía hacerme fabricar unas réplicas. Parecía una solución tan sencilla que se las di..., el conjunto de rubíes entero. Y mis perlas. Mis anillos. El brazalete de zafiros que Herbert me dio como regalo de compromiso.

–¿Las empeñaste todas? –preguntó Juliana, asombrada.

–No de golpe. Poco a poco. ¡Me dieron tan poco dinero por ellas...! –Seraphina parecía rabiosa–. Y encima no volví a ganar. Seguía perdiendo y perdiendo. Al final, Herbert se enteró de lo del juego, y se puso furioso conmigo. Dijo... –dejó escapar un suspiro, acongojada–. Dijo que se avergonzaba de mí. Creo que desearía no haberse casado conmigo. Así que no podía decirle que había vendido todas mis joyas. No sé qué habría hecho si se hubiera enterado.

–Entiendo.

–Y luego... –Seraphina entornó los ojos al decir con desprecio–: Luego Crandall empezó a amenazarme con decirle a Herbert que había empeñado las joyas. Dijo que tenía que darle dinero o se lo diría. ¡Es tan injusto, cuando fue él quien me lo propuso!

A Juliana no se le ocurrió qué decir. ¿Habría algo que Crandall no hubiera hecho? Daba la impresión de que cada día averiguaba cosas peores sobre él.

—Siempre estaba haciendo comentarios..., incluso después de que le pagara. Alababa mi collar, y yo sabía que se estaba riendo de mí, que me estaba recordando lo que sabía y que tendría que pagarle. No tenía mucho dinero. Herbert me da una asignación muy pequeña, y tenía que darle casi todo el dinero a Crandall. Es horrible, lo sé, pero cuando vi a Crandall allí, en el suelo, muerto, pensé... en fin, ¡me alegré! Fue un gran alivio saber que no volvería a extorsionarme.

Juliana dejó escapar un largo suspiro. Se preguntaba si Seraphina era consciente de cuántas cosas había revelado. Era evidente que la hermana de Crandall tenía buenos motivos para querer a Crandall muerto. Mientras estuviera vivo, Seraphina viviría angustiada pensando que podía revelarle la verdad a su marido y que tendría que darle todo su dinero. Su muerte le había quitado un gran peso de encima. De ahí a pensar que quizá fuera Seraphina quien lo había asesinado no había un gran trecho.

Aun así, Juliana no podía evitar sentir lástima por ella. Aunque Crandall no podría volver a chantajearla, Seraphina seguía temiendo que su marido averiguara lo que había hecho con sus joyas.

—Seraphina..., quizá convendría que le dijeras a sir Herbert lo que has hecho. Él sabe que necesitabas desesperadamente el dinero.

—¡No! —los ojos de Seraphina se dilataron—. No podría. Sir Herbert no debe enterarse. Los rubíes era un legado familiar. Y también algunos de los anillos. Y muchas de las joyas me las había regalado él. Se pondría furioso.

—Lo sé, pero ¿no crees que sería lo mejor a largo plazo? Tal y como están las cosas, vives en el temor de que descubra la verdad. Y al menos él podría recuperar parte de las joyas.

—¡Pero tendría que pagar!

—Bueno, sí, tendría que devolver el dinero que pediste prestado, pero al menos recuperaría las joyas de su familia. Será mucho peor si se entera dentro de unos años, cuando ya no pueda recuperarlas.

Seraphina insistió en que no podía decirle la verdad a sir Herbert, de modo que Juliana se dio por vencida y le aseguró que ella no le contaría nada de cuanto le había revelado. No añadió, sin embargo, que pensaba hablarle a Nicholas de su descubrimiento. Y, si resultaba que era Seraphina quien había matado a Crandall, entonces todo el mundo se enteraría de sus tribulaciones, en cualquier caso.

Juliana salió del cuarto pensando en lo terrible que sería vivir tan angustiada como Seraphina, mintiendo a su marido, siempre preocupada porque se enterara. ¿Cómo podía ser feliz Seraphina si tenía que fingir constantemente? Su marido y ella no podían estar muy unidos, existiendo semejante secreto entre los dos.

Esa noche, sin embargo, mientras yacía sola en la cama, despierta, con la esperanza de oír que Nicholas abría la puerta de su cuarto, tuvo que preguntarse si no estaría viviendo una mentira tan grande como la de Seraphina. Fingía ser una esposa y pasaba las noches sola. No debería haber dado su consentimiento a aquel matrimonio vacío. Y no tenía más remedio que preguntarse cómo iba a sobrellevar el resto de su vida de aquel modo.

Las lágrimas inundaron sus ojos y se derramaron por sus comisuras, corriéndole por las mejillas. Hundió la cara en la almohada. Había mentido, pensó, no sólo a su marido sino también a sí misma, al fingir que lo único que quería de Nicholas era su amistad.

Lo cierto era, y lo sabía, que amaba a Nicholas. Lo quería desde que era una niña. Durante sus años de ausencia, aquel amor había yacido aletargado en su interior, y sólo había hecho falta que Nicholas regresara para insuflarle nueva vida. Había intentado negarlo, fingir que lo que sentía por él era el cariño de una amiga, pero cada día que pasaba se convencía más de que lo que sentía por él era la clase de amor que unía a un hombre y una mujer para toda la vida; un amor cimentado sobre su pasado común y que había florecido convirtiéndose en algo bello, profundo y vibrante.

Era, de corazón, la esposa de Nicholas, y él era el único hombre al que podía amar. Pero quería más. Quería ser el centro de su vida, como él lo era de la suya. Quería unirse a él en todos los sentidos. Quería conocer sus caricias, sus besos, la pasión que sabía podía arder entre los dos.

Sin embargo, la certeza de que Nicholas no sentía lo mismo parecía suspendida sobre su matrimonio como un nubarrón. Él le profesaba el afecto de un amigo; hablaba de su gratitud hacia ella, y de la promesa que le había hecho hacía largo de tiempo de regresar para rescatarla. Pero no hablaba de amor, ni de deseo. Lo cierto era que no se creía capaz de amar.

Juliana estaba segura de que lo era. Lo que helaba su corazón era la idea insidiosa de que quizás Nicholas no fuera capaz de amarla a ella.

A la mañana siguiente, Nicholas y Juliana fueron a caballo hasta la aldea para visitar al ama de llaves de su madre. Hacía un día muy hermoso, cálido y suave, uno de esos últimos días del verano que hacían creer que el otoño nunca llegaría. Juliana se había despertado con dolor de cabeza, debido —estaba segura de ello— a que la noche anterior se había quedado dormida llorando. Sin embargo, al hallarse fuera, al sol, en medio de una suave brisa, con Nicholas a su lado, notó que su jaqueca se disipaba junto con sus preocupaciones.

Hicieron el trayecto con la tranquilidad de costumbre. Juliana se preguntaba cómo era posible que se sintiera tan a gusto con él y que, sin embargo, se hallara constantemente en un estado de suave ebullición por el solo hecho de hallarse a su lado.

Nicholas le sonrió, y ella se sintió casi aturdida. Su risa la llenó de dicha y la impulsó a devanarse los sesos buscando algo ingenioso que decir para que volviera a reírse. Y, cuando él le rodeó la cintura con la mano para ayudarla a apearse del caballo, un hormigueo la recorrió por entero.

La señora Cooper salió a recibirlos a la puerta, toda sonrisa, y los invitó a pasar, ofreciéndose a hacerles un té.

—Oh, no, por favor, hoy no podemos quedarnos

mucho tiempo —le dijo Juliana—. Sólo quería... Hay algo que quería preguntarle sobre mi madre.

—Por supuesto, querida. Pasad, pasad —los condujo hacia las sillas de la salita—. ¿Qué querías saber?

Juliana titubeó, no sabiendo cómo iniciar la conversación ahora que estaba frente a la señora Cooper.

La anciana la miraba con afectuosa expectación.

Juliana tenía la impresión de que lo que se disponía a preguntarle haría añicos su calma.

—La señora Barre, Lilith Barre, me dijo ayer... en fin, dijo que mi madre y Trenton Barre, um...

No tuvo que acabar la frase, pues los ojos de la señora Cooper relampaguearon y dijo casi bufando:

—¡La señora Barre! ¡Esa mujer! Tu madre siempre fue amable con ella, por muy mal que la tratara la señora Barre —se le saltaron las lágrimas y se las limpió, diciendo—: Por mal que se portara con ella, por más que la pinchara y la ofendiera, la señora Holcott nunca le respondió de la misma manera.

—Entonces, ¿Lilith le habló a mi madre de sus sospechas?

—Si es que a eso se le puede llamar hablar. Gritaba y despotricaba, como si fuera culpa de la señora Holcott. Como si ella fuera responsable de cómo la trataba ese hombre abominable.

—¿Trenton? —preguntó Nicholas, tomando la palabra por primera vez—. ¿Mi tío?

—¡Sí! —la señora Cooper casi escupió su respuesta, y su cara dio la impresión de que aquella palabra le había dejado un regusto amargo en la boca—. Era malvado. Un demonio. Cuando pienso en cómo usó a la señora Holcott, en cómo tomó su dulzura y...

—Señora Cooper —dijo Juliana, inclinándose hacia ella y tomándola de la mano—, ¿está diciendo que él... que Trenton forzó a mi madre?

El rostro del ama de llaves se endureció, y sus ojos se volvieron fríos y brillantes.

—Puede que no físicamente, pero aun así la forzó. Tu madre no quería tener nada que ver con él, pero sabía que tenía que... que complacerlo si quería seguir viviendo aquí. Tuvo que hacerlo para salvarte de la miseria.

—¿Tuvo una aventura con Trenton? —preguntó Juliana.

La señora Cooper asintió con la cabeza, pero apretó con fuerza la mano de Juliana y dijo con voz suplicante:

—No culpes a tu madre, niña. Era una buena mujer. Sólo hizo lo que tenía que hacer. Le tenía miedo a ese hombre. Temía sus visitas. Odiaba que se le acercara. Para ella no hubo más hombre que tu padre. Pero, si no hubiera cedido ante Barre, se habría encontrado en la calle, sola, sin modo de mantenerte. Le aterrorizaba lo que pudiera pasarte, ¿comprendes? No podía trabajar en nada, sobre todo teniendo una hija, como no fuera cosiendo, o incluso lavando ropa.

Juliana sabía que lo que decía era cierto. Las perspectivas habrían sido muy sombrías para una viuda sin recursos y con una hija. A una mujer que tenía a su cargo una hija se le habrían negado los empleos a los que Juliana se había dedicado. Ni siquiera habría podido colocarse como sirvienta. Juliana recordaba el temor de su madre durante las semanas posteriores a la muerte de su padre, cómo se paseaba por la habitación, llorando, y lo aliviada que se había sentido al llegar Trenton Barre.

Recordaba cómo había llorado su madre y la había abrazado diciendo: «Estamos salvadas, cariño». Se preguntaba si su madre sabía entonces el precio que le exigiría Trenton Barre por ofrecerles cobijo... o si lo había descubierto sólo al instalarse en la casita de la finca.

—Oh, Dios mío —susurró Juliana, llevándose las manos a la cara.

—Lo hizo todo por ti —prosiguió la señora Cooper—. No pienses mal de ella, niña.

—Claro que no —le aseguró Nicholas a la señora Cooper, muy serio—. La culpa fue de mi tío. Somos muy consciente de ello —rodeó los hombros de Juliana con el brazo y le dijo al ama de llaves—: Gracias por contárnoslo. Juliana necesitaba saberlo. Ahora debemos irnos.

La señora Cooper seguía con el ceño fruncido por la preocupación cuando Nicholas se dio la vuelta y sacó a Juliana de la habitación. Ella no se resistió, se limitó a acompañarlo, aturdida. Nicholas la ayudó a subir al caballo; luego montó y emprendieron el camino de regreso a Lychwood Hall.

Juliana tenía la impresión de que ese día, que había empezado siendo tan bello y luminoso, se había enturbiado de repente. Se sentía abotargada, y le costaba trabajo pensar. Tenía ganas de llorar, pero tragaba saliva y procuraba refrenar sus emociones, prometiéndose a sí misma que no lloraría hasta que estuviera sola de nuevo.

Sin embargo, al acercarse a Lychwood Hall, Nicholas condujo a su caballo por un sendero menos frecuentado. Juliana lo siguió, distraída, mientras su mente intentaba aún asumir lo que acababa de averiguar sobre su madre. Tardó un momento en darse cuenta de que Nicholas la estaba llevando hacia la casita donde había vivido de niña.

Juliana se envaró, a punto de gritar que no quería ir allí, pero en ese momento atravesaron una pequeña arboleda y ante ellos apareció la casita donde había vivido. La casa le resultaba dolorosamente familiar. Se había sentado muchas veces en aquel árbol grande y de ramas bajas a leer sus libros, y allí, en el jardincillo de detrás de la casa, había jugado con sus muñecas. Y allí estaba la ventana de su cuarto, por la que se había asomado innumerables veces.

De pronto comprendió que aquel lugar, lejos de hacérsele insoportable, era exactamente donde deseaba estar en ese instante. Se quedaron allí parados un momento, mirando a su alrededor. Los matorrales y los árboles habían crecido en torno a la casita, cuyas ventanas se hallaban cerradas a cal y canto contra los elementos. La casa parecía cerrada y abandonada, y aunque Juliana nunca había creído que aquel lugar le gustara, verlo en aquel estado la entristecía.

—Debería haber mandado a alguien a ocuparse de la casa —dijo Nicholas en voz baja—. No debería estar así. Haré que arreglen el jardín y que limpien la casa.

Juliana sonrió levemente.

—Gracias. No es muy útil, supongo.

—No tiene por qué ser útil —se apresuró a contestar Nicholas—. Le tengo cariño.

Juliana lo miró, algo sorprendida.

Nicholas notó su mirada y dijo:

—Aquí es donde escapaba de esa casa enorme y fría. Aquí estabas tú, y aquí venía a verte. La señora Cooper siempre tenía un tarro de galletas, y siempre me ofrecía un plato lleno. Y tu madre era muy amable. Me sonreía y me decía que estaba más alto cada día. Eso era lo que solía decir mi madre.

—¡Oh, Nicholas! —Juliana tomó impulsivamente su mano—. No sabía que...

Él le sostuvo la mano mientras decía:

—Parece una tontería, supongo, pero para mí esto era como un refugio. Un lugar dichoso.

—Ojalá lo hubiera sido también para ella —dijo Juliana quedamente.

Nicholas se volvió hacia ella.

—Lo siento.

Juliana sacudió la cabeza.

—No tienes por qué disculparte. No es culpa tuya. Ese hombre empañó nuestras vidas. Crandall habría sido mejor persona si Trenton no hubiera sido su padre.

Desmontaron, y Nicholas ató los caballos a un árbol. La puerta estaba atrancada y tuvo que empujarla con el hombro para abrirla.

Dentro había un leve olor a moho. Los muebles, cubiertos con sábanas, eran formas agazapadas en la penumbra de la habitación. Nicholas corrió las cortinas y abrió las ventanas, empujando los postigos para que entraran la luz y el aire.

Recorrieron lentamente la casa, abriendo ventanas aquí y allá. Juliana pasó los dedos por el papel de la pared del pasillo mientras pensaba en su niñez.

—Siempre creí que ella era infeliz porque mi padre había muerto..., que durante todos esos años estuvo llorándole.

—Y sin duda así fue.

—Sí, pero ahora me doy cuenta de lo desgraciada que tuvo que ser su vida. Yo sabía que Trenton le desagradaba, aunque me hacía sonreírle y me obligaba a ser amable con él. Sentía cómo me clavaba los dedos en los hombros cuando me hacía inclinarme ante él. Tuvo que ser tan horrible para ella... ¡Y yo me enfadaba con ella por no ser feliz!

Las lágrimas inundaron sus ojos y no pudo contenerlas. Se llevó las manos a los ojos y luchó por no llorar.

—¡Lo hizo todo por mí! Se esclavizó para que tuviera un lugar bonito donde vivir, ropas bonitas y una educación. ¡Y a mí me molestaba que no se riera y jugara conmigo!

—Te quería —Nicholas le tendió los brazos y la estrechó, acunándola contra su pecho—. Hizo todo lo que pudo por ti. Lo que quería era que fueras feliz, y sé que no querría que te culparas por ello.

Le acarició la espalda para reconfortarla, y Juliana escondió la cara contra su pecho y se entregó a las lágrimas. Lloraba por su madre y por los sacrificios que había hecho, y lloraba por la niña que había sido, siempre un poco solitaria y anhelante de la madre que había sido Diana antes de la muerte de su marido.

Su llanto remitió poco a poco, pero siguió en brazos de Nicholas, disfrutando del calor y el cobijo de aquel recio cerco. Notó que los labios de Nicholas le rozaban el pelo, y sintió cómo su mano describían lentamente círculos sobre su espalda.

Y algo se agitó dentro de ella. Un anhelo profundo y sensual, un ansia dolorosa por él. Se sonrojó un poco, avergonzada por sentir agitarse el deseo cuando lo único que había hecho Nicholas era reconfortarla, por desearlo cuando aún coleaba el dolor que sentía por su madre. Pero no podía negar ni resistirse al ardor que se agitaba en su vientre, tierno y palpitante. Y sabía que aquel anhelo no era sólo físico, sino también un vacío en el corazón.

Sin pensarlo, frotó la mejilla contra su pecho, y la mano de Nicholas se detuvo. Durante un instante se quedaron inmóviles, en suspenso, sin saber qué hacer. Juliana oía la respiración suave y algo rasposa de Nicholas, sentía el latido de su corazón bajo la mejilla.

Luego, lentamente, se apartó un poco y levantó la cara para mirarlo. El deseo que vio en su cara la dejó sin aliento. Nicholas la deseaba con la misma ansia que ella sentía. El único error, pensó Juliana, sería negar lo que ambos sentían.

Poniéndose de puntillas, le ofreció la boca.

Nicholas la estrechó entre sus brazos con fiereza, levantándola y apretándola contra su cuerpo, y sus labios se hundieron en los de Juliana. Ella sintió como si resbalara y resbalara hacia un oscuro abismo de placer en el que caía sin miedo. Su cuerpo ardía, envuelto en el calor de Nicholas.
Las manos de él se movían torpemente entre su pelo, quitándole las horquillas, que caían en desorden de su lustrosa melena. Nicholas hundió los dedos entre sus mechones sedosos y le sujetó la cabeza mientras devoraba su boca. Juliana deslizó los brazos alrededor de su cuello y se aferró a él con violencia al tiempo que le devolvía el beso. Sus cuerpos se apretaban el uno contra el otro ansiosamente, buscando la liberación que ambos ansiaban.
Se besaron mientras se acariciaban y se tiraban de la ropa ávidamente, girando en una danza de deseo. La chaqueta de montar de Juliana acabó abandonada sobre una silla, y la levita de Nicholas en el suelo. Él le sacó la blusa, de corte masculino, de la falda del traje

de montar, pero sus dedos se enredaron en los botoncillos redondos, hasta que por fin los desabrochó la propia Juliana.

Nicholas la miraba con los ojos entornados mientras se desabrochaba la blusa y se la apartaba de los hombros, dejándola resbalar por sus brazos y caer al suelo. Sus pechos sobresalían por encima de la camisa blanca, apenas contenidos por el borde atado con cintas.

Nicholas tomó un extremo de la cinta azul y tiró de él suavemente; el lazo se deshizo, y los lados de la camisa de algodón se separaron. Uno a uno, Nicholas fue deshaciendo los lazos de la prenda mientras seguía con mirada ávida el avance de sus dedos.

Después levantó la vista hacia sus ojos, y Juliana vio en la oscuridad de sus pupilas un feroz destello de deseo, un ansia que ardía con más calor que cualquier fuego.

—Me he pasado las noches despierto, pensando en esto —susurró él con voz ronca—. Me he llamado tonto cien veces por sugerir que jugáramos a ser castos.

Juliana dejó escapar una risilla jadeante.

—Yo también.

Nicholas se echó a reír y se inclinó para besarla con fuerza antes de retirarse y abrirle los lados de la camisa. Sus manos se deslizaron suavemente por el pecho de Juliana al apartar la tela. Las pasó por sus brazos para quitarle la camisa y dejó que ésta fuera a parar al suelo, con el resto de su ropa.

Contempló acariciadoramente sus pechos un momento y luego pasó con delicadeza los dedos sobre sus órbitas blancas y tersas. Los pezones de Juliana se erizaron y fueron endureciéndose con cada movimiento delicado de sus dedos. Nicholas tomó sus pechos entre las manos y comenzó a acariciar con los pulgares los pezones, hasta que cada fibra del ser de Juliana palpitó de placer.

Ella dejó escapar un gemido. Quería más, quería sentir todo lo que era posible sentir. La pasión latía en sus entrañas.

Nicholas se inclinó para besar la cima temblorosa de sus pechos, deslizando los labios sobre la carne con exquisita ternura, saboreándola y excitándola con cada gesto. A Juliana le temblaban tanto las rodillas que temió caerse, pero Nicholas la rodeó con un brazo, fuerte como el hierro, y la levantó mientras besaba uno de sus pezones.

Dentro de ella vibraba la cuerda del placer con tanta intensidad que casi sentía dolor. Entre sus piernas se iba acumulando un flujo húmedo. Allí, con cada tirón de la boca de Nicholas, sentía una pulsación. Clavó los dedos en los hombros de Nicholas, incapaz de refrenar un gemido.

Quería que Nicholas siguiera así eternamente, y al mismo tiempo ansiaba que le arrancara el resto de la ropa y que ambos se precipitaran hacia el fulgurante placer final. Lo quería todo a la vez. Sus sentimientos eran salvajes y caóticos.

Llevó los dedos a los botones de la camisa de Nicholas y los fue desabrochando temblorosamente; luego deslizó las manos bajo la prenda. Acarició la piel de su pecho, deleitándose en sus variadas texturas; encontró y acarició los pezones planos y varoniles, y sonrió al oír el leve gemido de placer que exhalaba él.

Nicholas se irguió apresuradamente y se quitó la camisa, y Juliana aprovechó la ocasión para inclinarse y besar su pecho. Él se quedó quieto; apenas se atrevía a moverse mientras ella lo recorría indecisa, besándole y sacando la lengua para probar su piel o lamer sus pezones. Susurrando su nombre, asió un puñado de su pelo, hundiendo los dedos en su melena sedosa mientras Juliana seguía explorando su pecho con la boca.

Al fin, cuando creía que iba a estallar, Nicholas se apartó de ella, se quitó las botas y se despojó de las calzas. Mientras tanto, Juliana se desvistió rápidamente; estaba tan ansiosa que ni siquiera sintió vergüenza, ni timidez. Contempló el cuerpo largo y fibroso de Nicholas, tan duro y viril, y se estremeció de deseo. Nunca antes había visto a un hombre desnudo, pero en Nicholas percibía una belleza nítida y salvaje, hecha de músculo y hueso.

—Eres preciosa —murmuró él, y la estrechó de nuevo entre sus brazos, besándola como si no se saciara de su sabor.

Juliana se derretía entre sus brazos; se deleitaba en el tacto de sus manos, que se deslizaban sobre su cuerpo, desvelando los secretos de su carne. Nicholas deslizó la mano entre sus piernas, se las separó y comenzó a acariciarla, y Juliana dejó escapar un gemido y se frotó contra él.

Nicholas quitó una de las sábanas que cubrían los muebles y la extendió sobre el suelo; luego la hizo tumbarse junto a él. Tendido a su lado, la besó parsimoniosamente, sin dejar de acariciarla, prolongando el placer hasta que Juliana creyó que se haría pedazos.

Luego, al fin, se colocó entre sus piernas y la penetró despacio. Ella profirió un gemido de sorpresa al sentir un centelleo de dolor, y Nicholas se detuvo y la miró. Ella le sonrió y le hizo bajar la cabeza para poder besarlo, y Nicholas se deslizó en el interior acogedor de su cuerpo.

Lenta y cuidadosamente comenzó a moverse dentro de ella. Juliana lo rodeó con los brazos, clavó las manos en su espalda desnuda mientras él se hundía en ella y se apartaba con un ritmo cada vez más rápido. Nicholas los precipitó hacia delante; la pasión se incrementaba con cada movimiento, cada vez más veloz, corriendo hacia ese algo evasivo que parecía suspendido más allá de su alcance. A Juliana, la respiración le raspaba la garganta, y tenía el cuerpo entero crispado por la tensión, y esperaba, ávida y llena de deseo.

Luego, al fin, Nicholas dejó escapar un grito y se estremeció, y el deseo estalló en el interior de Juliana, desencadenando largas oleadas de placer que inundaron por completo su cuerpo. Con un suave gemido, Nicholas se derrumbó sobre ella.

Juliana cerró los ojos y saboreó aquel instante. Su mano se deslizaba sobre la espalda de Nicholas, húmeda de sudor. Sabía que él no la quería. Una parte de ella temía que nunca pudiera amarla. Era consciente de que lo ocurrido entre ellos había surgido, por parte de Nicholas, del deseo, no del amor.

Pero, pensó mientras lo abrazaba, de momento le bastaba con eso.

Juliana pasó el resto del día aturdida por la felicidad, una felicidad que se hizo aún más completa esa noche, cuando Nicholas abrió la puerta que comunicaba sus habitaciones y la tomó en sus brazos. Hicieron el amor, y ella se sintió dichosa al ver que, al acabar, Nicholas no la dejaba sola. Pasaron la noche abrazados y, al despertar, volvieron a amarse.

Nicholas la dejó durmiendo y ella se quedó en la cama, para su vergüenza, hasta bien pasada la hora del desayuno. Se sonrojó cuando su doncella entró en la habitación y le sonrió alegremente, con una expresión un tanto sagaz, llevando una bandeja con té y una tostada. Su alegría, sin embargo, era demasiado intensa como para verse empañada por una pizca de vergüenza, y no dejó de canturrear mientras tomaba un baño y se ponía el vestido de mañana que le había sacado Celia.

Notó que el vestido tenía el cuello alto y le cubría, por tanto, la mancha roja que Nicholas le había dejado en el cuello esa mañana, al arañar con la barba su piel delicada. Celia, pensó, no sólo era sagaz, sino también discreta.

Más tarde, ya bañada y vestida, bajó al salón mientras intentaba componer una expresión grave, acorde con el luto que reinaba en la casa. Encontró a Seraphina y a Lilith en el salón. Vio que Lilith estaba cosiendo algo que sostenía sobre el regazo, y que Seraphina miraba por la ventana, aburrida.

Seraphina levantó la vista con una sonrisa cuando ella entró.

—Ah, qué bien. Necesitaba distraerme. Winnie se ha ido a dar un paseo y me ha dejado aquí, sin nada que hacer.

Lilith miró a su hija, lanzó una mirada fugaz a Juliana y volvió a su labor. Estaba claro que no tenía intención de aliviar el aburrimiento de su hija.

—¿Qué te gustaría hacer? —preguntó Juliana amablemente. Iba a sugerirle que jugaran a las cartas, pero se dio cuenta de que no era una proposición apropiada, dada la inclinación al juego de Seraphina.

—Cualquier cosa —contestó ésta—. Casi me estaban dando ganas de irme con Winnie al jardín.

Juliana sabía que habían llegado algunas cartas de pésame que había leer y responder, pero estaba segura de que Seraphina no querría compartir con ella aquella tarea.

—Podríamos salir al jardín y cortar unas flores para llenar los jarrones.

Seraphina arrugó la nariz.

—Eso os lo dejo a Winnie y a ti. La vida en el campo es tan aburrida... Hasta los entretenimientos son aburridos.

—Seraphina, por favor —dijo Lilith con aspereza, fijando en su hija su fría mirada azul—. No espero que Juliana llore a tu hermano. No me sorprende que se le ocurra llenar la casa de flores, a pesar de que hace sólo dos días que lo enterramos. Pero creía que tú, al menos, mostrarías un poco de respeto.

—Perdona, madre —Seraphina parecía compungida.

—Yo también —se apresuró a decir Juliana—. No sé cómo se me ha ocurrido. No cortaremos las flores.

—Haz lo que te plazca —contestó Lilith fríamente—. A fin de cuentas, ahora la casa es tuya.

Juliana sofocó un suspiro. Resultaba evidente que el dolor no había hecho olvidar a Lilith sus otras tribulaciones.

En ese momento se oyó un estruendo en el pasillo, y Juliana se levantó de un salto y corrió a la puerta. Allí encontró a una joven de rodillas, recogiendo los fragmentos de un jarrón. La muchacha miró hacia atrás y la vio. En sus ojos brillaban las lágrimas.

—Lo siento, señorita... No quería... Ha sido un accidente.

—Estás hablando con lady Barre —dijo Lilith con voz crispada detrás de Juliana—. No la llames señorita.

La chica se puso colorada y se levantó a todo correr para hacerles una reverencia.

—Lo siento mucho, se... señora. No era mi intención faltarle al respeto. Soy nueva. Enseguida lo recojo —lanzó a Juliana una mirada asustada y suplicante.

Juliana comprendió que la asustaba perder su empleo, y dijo amablemente:

—No tiene importancia. Traiga un cepillo y bárralo.

Lilith se volvió hacia ella y levantó una ceja con aire de reproche.

—¿Has contratado criados nuevos, Juliana?

—No. Supongo que habrá sido el ama de llaves. A mí no me ha dicho nada al respecto.

La mirada silenciosa de Lilith resultaba elocuente. Saltaba a la vista que el control que Juliana ejercía sobre la casa le merecía una pobre opinión.

La criada, que se había alejado, dio media vuelta y dijo:

—La señora Pettibone me ha contratado esta misma mañana. Ha tenido que buscar una doncella a toda prisa, porque una se ha despedido.

Juliana preguntó, sorprendida:

—¿Quién?

—No estoy segura, se... señora —contestó la muchacha—. Pero la señora Pettibone dice que ha sido muy repentino.

—Por más que te apetezca quedarte en el pasillo chismorreando con las sirvientas, Juliana —dijo Lilith—, creo que deberías dejar que la chica siga con su trabajo.

Al oírla, la muchacha dio media vuelta y huyó. Juliana se puso colorada y cerró las manos. Le habría gustado contestarle a Lilith que aquello no era asunto suyo, pero refrenó su exasperación. Después de todo, aquella mujer había perdido a su hijo hacía apenas unos días. Juliana no podía reprenderla por sus palabras hirientes.

—Si me disculpas —dijo con toda la calma de que fue capaz—, voy a hablar con la señora Pettibone.

—Claro, ¿por qué no? —contestó Lilith con acritud y, dando media vuelta, regresó al salón.

Seraphina, que se había quedado tras ellas mientras tenía lugar la escena anterior, le lanzó a Juliana una sonrisilla avergonzada y se encogió de hombros; luego se volvió y entró tras su madre en el salón.

Juliana se dirigió a la cocina. Confiaba en la competencia de la señora Pettibone y en realidad no le importaba que el ama de llaves hubiera contratado a una criada nueva sin decírselo, pero no creía que pudiera volver al salón y seguir conversando con Lilith, de modo que aprovechó aquella excusa para marcharse.

Encontró al ama de llaves en el pasillo, junto a las puertas de la cocina, regañando a la muchacha que había roto el jarrón. Al verla, pareció azorarse y le dijo a la muchacha que se marchara.

—Milady —dijo—, le pido perdón por no haberle consultado para emplear a la nueva doncella —miró malhumorada a la muchacha que se alejaba por el pasillo—. Me temo que quizá no tenga suficiente experiencia. Pero he tenido muy poco tiempo.

—¿Qué ha ocurrido? —preguntó Juliana—. La chica dice que una de las doncellas se ha ido inesperadamente.

La señora Pettibone asintió con la cabeza y condujo a Juliana hasta su salita particular.

—¿Puedo ofrecerle un té, señora?

—Sí, gracias —Juliana descubrió que la perspectiva de sentarse a tomar una taza de té y a charlar con el ama de llaves le resultaba mucho más atractiva que el intentar trabar conversación con Lilith.

La señora Pettibone abrió la puerta y pidió el té; luego regresó junto a Juliana y se sentó al hacerle ésta una seña.

—Debo disculparme, señora. Esta semana todo ha estado patas arriba, con las idas y venidas del alguacil, que no ha parado de interrogar a todos los sirvientes. Y luego Annie Sawyer se marchó, la muy tonta. Dijo que le daba miedo estar aquí y volvió a su casa.

—Ah, sí —Juliana se acordaba de la muchacha, que le había parecido asustada y temblorosa durante el desayuno, al día siguiente del asesinato de Crandall—. Bueno, un asesinato basta para asustar a cualquiera, supongo.

La señora Pettibone soltó un bufido, impertérrita.

—No sé de qué tenía que asustarse ella. No es que haya un loco suelto por el campo que vaya por ahí descuartizando a quien se encuentra, ¿no?

—No —repuso Juliana—. Me inclino a pensar que al asesino sólo le interesaba hacerle daño a Crandall.

—Y bien sabe Dios que había mucha gente que le tenía ojeriza —el ama de llaves se detuvo, sorprendida al darse cuenta de hasta qué punto había desvelado lo que sentía por aquel hombre—. Lo siento, señora. No debería haber dicho eso.

—¿Por qué no? —dijo Juliana—. Es la verdad. Sería absurdo fingir que Crandall le gustaba a todo el mundo.

La señora Pettibone suspiró.

—Es triste decirlo. El alguacil sigue preguntando por el herrero —su mueca revelaba lo que opinaba sobre aquella línea de investigación—. Como si Farrow fuera capaz de matar a un hombre así, a traición. Le dije al alguacil que había mucha gente que deseaba ver muerto a ese hombre, y que haría mejor en mirar en otra parte —se encogió de hombros—. Pero, en fin, estoy segura de que no ha venido usted por eso. Es porque Cora ha roto el jarrón, ¿verdad? No se preocupe, me ocuparé de que reciba un castigo. Y no volverá a ocurrir. La he puesto a fregar suelos. Así no podrá romper nada.

—Estoy segura de que sólo está nerviosa —dijo Juliana en tono tranquilizador—. Sin duda mejorará cuando se acostumbre a esto.

—Sí, así es —dijo la señora Pettibone, aunque su expresión prometía escasas esperanzas para la pobre Cora si no mejoraba.

Juliana se quedó un rato más con el ama de llaves. Tomó una taza de té y habló con ella de diversos asuntos domésticos, asegurándose de tranquilizar a la señora Pettibone acerca de la cuestión de la nueva doncella. Luego se despidió de ella y se encaminó al cuerpo principal de la casa.

Pensaba con cierta desgana que debía regresar al salón. Como señora de la casa, Lilith y Seraphina eran, al menos hasta cierto punto, responsabilidad suya. Había escasas posibilidades de animar a Lilith, desde luego, pero quizá pudiera dar con algo que aliviara el hastío de Seraphina.

Sin embargo, al doblar la esquina del pasillo principal, se encontró con Nicholas, y se olvidó de inmediato de Lilith y Seraphina. Él sonrió, y Juliana sintió que su corazón se elevaba como si fuera a echarse a volar.

—Nicholas...

—Juliana —se acercó a ella y la tomó de las manos, sonriendo de tal manera que Juliana se sintió casi aturdida por la felicidad—, te estaba buscando.

—He estado hablando con la señora Pettibone sobre una de las sirvientas.

—Quería pedirte que salieras a dar un paseo a caballo conmigo —se inclinó un poco hacia ella y bajó la voz—. Quiero estar a solas contigo.

Juliana no pudo evitar sonreírle con cierta coquetería y un brillo en los ojos.

—¿De veras?

—De veras —los ojos de Nicholas le devolvieron una mirada chispeante—. He mandado recado a los establos para que ensillen nuestros caballos. Y a la cocinera, para que nos prepare un almuerzo campestre.

Juliana pensó que aquella idea parecía deliciosa, y aceptó de inmediato diciendo:

—Voy a subir a cambiarme.

—De acuerdo —sin embargo, Nicholas no la soltó; la atrajo un poco hacia sí y se inclinó para murmurar—: Quizá deba ayudarte.

Sus ojos se oscurecieron, y Juliana contuvo un instante la respiración.

—Milord, creo que de ese modo tardaríamos mucho más.

Él sonrió.

—Puede que tengas razón. Puede que al fin no saliéramos de la habitación.

Le besó la coronilla, la frente y, por fin, los labios. A Juliana el corazón le revoloteaba, desbocado, dentro del pecho. Deseaba rodearlo con sus brazos y besarlo lujuriosamente allí mismo, en el pasillo principal. Y sospechaba que lo habría hecho, si Nicholas la hubiera estrechado entre sus brazos en ese momento.

Pero él se apartó, se llevó su mano a los labios y la soltó. Luego señaló la escalera con la cabeza.

—Será mejor que te vayas, o no nos iremos nunca.

Juliana asintió —no se sentía capaz de hablar— y subió corriendo la escalera hasta su habitación.

Media hora después, Nicholas y ella paseaban a caballo por la finca, en dirección contraria a la aldea, cruzando el prado que había más allá del huerto y los jardines. El aire olía a heno recién segado, y el sol caldeaba los hombros de Juliana.

—¿Adónde vamos? —preguntó, aunque en realidad no le importaba, mientras estuviera con Nicholas.

—Hay un molino abandonado no muy lejos de aquí —contestó él—. Está en ruinas, pero es muy bonito. He pensado que sería agradable sentarse allí a contemplar el río.

Juliana le sonrió. Aquello sonaba perfecto.

—Creo que ahora me acuerdo. Solíamos ir allí a explorar. Parecía exótico y emocionante.

No había vuelto al viejo molino después de la marcha de Nicholas, y aquel lugar había quedado relegado poco a poco al fondo de su memoria. De pronto, sin embargo, recordaba las paredes de piedra gris cubiertas de moho y la noria, muy alta.

Pasaron junto a las granjas de algunos colonos y los niños salieron a saludarles. En una o dos casas salió también la esposa del labrador. Juliana notó que Nicholas había ido preparado, pues se metió la mano en el bolsillo y sacó caramelos envueltos que lanzó a los niños. Se detuvieron a hablar con los adultos, y Nicholas le presentó a las mujeres, que se inclinaron ante ella, sonriendo.

—La recuerdo cuando era así de alta —le dijo una de ellas, una mujer rolliza con el pelo oscuro profusamente salpicado de canas, levantando la mano hasta la altura de su cintura—. Iban los dos corriendo al río, a pescar.

Juliana sonrió. En aquel entonces, no le importaba si pescaban o no. Se sentía feliz sólo por estar con Nicholas.

—Sí, me acuerdo.

Pasada aquella granja, el camino se estrechaba y se convertía en una vereda que se internaba entre los árboles. Al salir de la arboleda se detuvieron a contemplar el paisaje que se extendía ante ellos. El río yacía allá abajo, estrechándose en aquel tramo, en el que su agua gris verdosa, que más arriba corría mansamente, se volvía más impetuosa. El viejo molino estaba allí. La maleza había crecido mucho a su alrededor. Juliana miró la noria de madera; luego su mirada se posó en las paredes de piedra gris del molino.

Nicholas desmontó y se acercó a ayudarla. El sendero que bajaba al molino era quebrado y pedregoso, y era más fácil bajarlo llevando a los caballos de las bridas. Al girarse para enfilar el sendero, Juliana vio un destello junto a la puerta del molino y se detuvo al tiempo que alargaba la mano para agarrar a Nicholas del brazo.

Él se volvió y siguió su mirada. Una persona salía del molino mirando hacia atrás, como si hablara con alguien. Era una mujer, ataviada con un traje de montar oscuro, y llevaba el sombrero en la mano. Incluso a la sombra del molino, se veía que su cabello era rubio claro.

Era Winifred. La joven se apartó de la puerta, y la persona con la que estaba hablando salió del molino. Era un hombre. Inclinaba la cabeza rubia hacia Winifred para escuchar lo que decía.

Juliana contuvo el aliento, sorprendida, y Nicholas se puso rígido. Retrocedió rápidamente hacia la sombra de los árboles, tirando de Juliana y de los caballos. Se quedaron allí, ocultos entre los grandes árboles, y contemplaron la escena que se desarrollaba ante ellos.

Winifred y aquel hombre se detuvieron y hablaron un momento. Winifred levantaba su cara pálida hacia él. Finalmente, él se inclinó y le dio un largo y lento beso que dejaba escasas dudas respecto a la relación que los unía. Después se dieron la vuelta y doblaron la esquina del edificio, dirigiéndose hacia los árboles que había detrás.

Juliana miró a Nicholas sin saber qué decir.

—Creo que convendría almorzar en otra parte —dijo él con suavidad y, tomándola de la mano, echó a andar entre los árboles, río arriba.

No dijeron nada mientras caminaban. Finalmente salieron de la arboleda a cierta distancia, remontando el río. Éste se curvaba allí un poco, y los árboles se inclinaban hacia las rocas de su orilla, de modo que el molino quedaba oculto a la vista. Nicholas encontró un rincón acogedor junto al agua, un trozo de tierra resguardado por árboles y matorrales y protegido por dos grandes rocas.

Extendió la manta en el suelo y se sentaron con su cesta de picnic. Guardaron silencio un momento mientras miraban el apacible fluir del río.

Por fin Juliana se volvió hacia Nicholas.

—¿Conoces a ese hombre?

Él asintió con la cabeza.

—Parecía Sam Morely. Es uno de mis arrendatarios..., un hombre honrado y trabajador, que yo sepa.

—Supongo que es imposible que lo que hemos visto no sea una...

—¿Una aventura? —concluyó Nicholas—. No veo cómo. Parecía bastante claro qué hacían allí.

—Sé que está mal —dijo Juliana—, pero la verdad es que me cuesta trabajo reprochárselo a Winifred. Crandall era un marido odioso, y la hizo muy desgraciada.

—No me cabe duda. Ése parecía ser su mayor talento —dijo Nicholas con sorna—. Pero no podemos pasar por alto las posibilidades que abre lo que acabamos de presenciar.

—Le da a Winifred aún más motivos para querer librarse de Crandall —convino Juliana.

—Y a nosotros, otro sospechoso —puntualizó Nicholas—. Me cuesta imaginarme a Winifred, por más que odiara a Crandall, golpeándole en la cabeza con el atizador.

—Pero un hombre enamorado de su esposa, un hombre que quisiera salvarla de él, que tal vez incluso desee casarse con ella, podría haberlo hecho —dijo Juliana, remachando su pensamiento—. Sí, tienes razón. ¿Estaba allí esa noche? ¿Lo viste?

—Sí. Me estrechó la mano y me dio la enhorabuena. Tú también lo viste, aunque puede que no te acuerdes.

—Había tanta gente que no distinguía a unos de otros —reconoció Juliana—. Pero si, como dices, estaba en el jardín, pudo entrar en la casa e ir a esa habitación. Puede incluso que siguiera a Crandall hasta allí.

Juliana vació la cesta y comieron mientras hablaban. Tan enfrascados estaban en la cuestión que les ocupaba que ni siquiera repararon en la exquisita comida que les había preparado la cocinera.

—He estado dándole vueltas a otra cosa —dijo Juliana cuando dejaron por un momento su discusión acerca de Winifred y su amante—. Una de las sirvientas, Annie, se marchó de repente. La señora Pettibone ha tenido que contratar a una nueva.

Nicholas la miró levantando una ceja.

—Me dijo que Annie estaba muy asustada. Que quería irse a casa. Fue la que dejó caer la bandeja aquel día en el desayuno, después de que Crandall fuera encontrado muerto.

—¿Qué insinúas? —preguntó Nicholas—. ¿Crees que tal vez tuviera algo que ver con el crimen?

—No sé. En aquel momento no le di importancia. Me parecía lógico que estuviera asustada, dado que acababan de asesinar a un hombre en la casa. Muchos de los sirvientes estaban nerviosos. Yo misma me sobresaltaba con más facilidad que antes. Pero todos los demás parecen haberse calmado. Y, tal y como dijo la señora Pettibone, sin duda no fue un asesinato al azar. El asesino no tiene razones para hacer daño a nadie más.

—A no ser que ese alguien haya visto algo —dijo Nicholas, y miró a Juliana—. ¿Es eso lo que estás sugiriendo?

—No estoy segura —reconoció Juliana—. Puede que sólo signifique que Annie es más nerviosa que los demás, que se asusta más fácilmente. Pero ¿y si vio entrar a alguien en esa habitación, aparte de Crandall? ¿O y si vio algo que pueda identificar al asesino…, como la joya que encontré?

—Entonces tendría un buen motivo para temer que el asesino pudiera haberla visto y decidiera que es un cabo suelto demasiado peligroso como para dejarlo a su aire.

Juliana asintió.

—Tal vez deberíamos ir a la aldea mañana —dijo Nicholas—. Ir a ver a Annie y averiguar por qué estaba tan asustada.

—Creo que sería buena idea.

Nicholas dejó a un lado su plato y se tumbó de lado, apoyándose en el codo.

—Y ahora —dijo—, estoy harto de hablar de crímenes y asesinos. He venido aquí para estar a solas con mi mujer —le tendió la mano a Juliana, y ella se la dio.

Nicholas la tumbó en la manta, a su lado, y Juliana se acurrucó junto a él, apoyando la cabeza en el hueco de su brazo.

—Llevo toda la mañana deseando tenerte para mí solo. Estaba allí sentado, con el capataz de la finca, y sólo pensaba en ti. No me he enterado de la mitad de las cosas que me ha dicho —Nicholas le sonrió y contempló su rostro con mirada cálida.

Su otra mano reposaba sobre la tripa de Juliana y, mientras hablaba, la deslizó por su costado, hasta los suaves promontorios de sus pechos. Juliana sintió una oleada de placer en el vientre y cerró los ojos, deleitándose en las sensaciones que Nicholas despertaba en ella.

Él sonrió al ver la impronta del deseo en su rostro y se inclinó para besarla en los labios suavemente mientras murmuraba:

—Eres tan hermosa...

La besó de nuevo, y a continuación sus labios vagaron sobre el rostro de Juliana, hasta que comenzó a mordisquearle seductoramente la oreja. Juliana se estremeció, consciente del pálpito que empezaba a sentir entre las piernas, de aquella ansia que crecía y se extendía hasta llenarla por completo. Sintió un nudo de emoción en la garganta.

—¿Para eso me has traído aquí? —preguntó provocativamente, abriendo los ojos para mirar la cara de Nicholas, cuyo cabello relucía al sol, negro como ala de cuervo, y cuyos ojos ardían.

—Exactamente —contestó él, y se inclinó para frotar la nariz contra su cuello—. Pensaba raptarte y hacerte el amor.

Juliana dejó escapar una risilla jadeante.

—Milord, es usted un descarado.

—Milady, estoy desesperado —repuso él al tiempo que bajaba la mano, deslizándola sobre su vientre hasta hundirla en el valle de entre sus piernas.

Juliana se descubrió abriendo lujuriosamente los muslos al notar su contacto, y Nicholas la acarició a través de la ropa, avivando el fuego que ya ardía allí. Luego se inclinó y la besó, y le subió el vestido y las enaguas hasta dejar al descubierto sus piernas. Deslizó la mano bajo las enaguas, acarició sus pantorrillas, enfundadas en medias, y siguió subiendo, buscando la fuente ardorosa de su deseo.

La acarició a través de la fina tela de las polainas, ya completamente mojadas, y Juliana se arqueó contra su mano involuntariamente.

—Nicholas...

El deseo de Nicholas se inflamó al sentir su ansia. Desató los cordones de las polainas, metió las manos bajo ellas y deslizó la mano entre los pliegues calientes y húmedos de su sexo. Juliana contuvo el aliento mientras el placer la sacudía.

—¿Y si... y si nos ve alguien? —preguntó.

—Nadie viene por aquí —le aseguró él—. Pero si quieres que pare...

—¡No! —Juliana le sonrió, los ojos cargados de promesas, y, agarrándolo de la nuca, lo atrajo hacia sí.

Se besaron lenta y apasionadamente, y el deseo creció rápidamente en el interior de Juliana. Nicholas le bajó las polainas y siguió acariciándola íntimamente. Ella se abrió a él con ansia, y Nicholas se colocó entre sus piernas al tiempo que se despojaba de las calzas.

Luego la penetró, llenándola y satisfaciéndola, y se elevaron juntos hacia un éxtasis arrollador.

17

A la mañana siguiente fueron al pueblo, a casa de los padres de Annie Sawyer, donde descubrieron con sorpresa que la muchacha se había ausentado.

Su madre, azorada por la llegada de tan importantes visitas, apenas fue capaz al principio de juntar dos palabras con coherencia. Revoloteaba por la casa, sacudiendo el polvo invisible de esta silla o aquella, y cloqueaba buscando dónde podían sentarse, hasta que salió a todo correr a prepararles un té con galletas. Pero, finalmente, una vez acabados los cumplidos y después de que Juliana la felicitara por su casa y sus galletas, la mujer pudo serenarse y les contó que Annie se había marchado el día anterior.

—Se fue ayer, sí —dijo la señora Sawyer, mirando a su hija menor como si pidiera confirmación—. Se ha ido a casa de su prima, a Bridgewater.

—¿Bridgewater? —preguntó Juliana, volviéndose hacia Nicholas.

Él asintió con la cabeza.

—Está al este de aquí, a dos horas a caballo, más o menos.

—Sí —dijo la señora Sawyer—. Estaba empeñada en irse. Si quieren que les diga la verdad, no es la misma desde que murió el señor Barre. Estaba siempre nerviosa y alterada.

—¿Le dijo por qué? —preguntó Nicholas.

—Dijo que estaba asustada porque habían matado al señor, eso es todo. Yo le dije que no había razón para creer que a ella fuera a pasarle nada, pero no dijo nada más. Intenté convencerla de que volviera a Lychwood Hall. Le dije que volverían a aceptarla, que comprenderían que estuviera asustada. Pero se negó. Luego, cuando ayer recibió ese dinero... En fin, se levantó y se fue.

Juliana se sentó más derecha.

—¿Dinero? ¿Recibió dinero?

Su madre asintió con la cabeza enfáticamente.

—Sí, señora. Y un montón, además.

—¿Cómo? ¿Quién se lo dio?

—No lo sé. Estaba en un paquete, junto a la puerta, cuando nos levantamos ayer. Llevaba escrito el nombre de Annie. Ella se puso muy blanca, y tuve que obligarla a abrirlo, y, cuando lo abrió, ¡dentro había cincuenta libras esterlinas!

—¿Había alguna nota? —preguntó Nicholas.

—No, nada, señor. Yo no entendía a qué venía aquello. Le pregunté quién le mandaba tanto dinero, pero no quiso decírmelo. Sólo dijo que era mejor que no lo supiera, y luego recogió sus cosas y tomó el coche de línea cuando pasó por aquí. No pude sonsacarle nada —miró a Juliana y a Nicholas con ansiedad—. No se habrá metido en un lío, ¿verdad? Mi Annie es una buena chica..., de veras.

—No creo que haya hecho nada malo —le aseguró Nicholas—. Pero es posible que sepa algo sobre el asesinato de mi primo.

—¿Annie? ¿Cómo iba a saber ella nada? —su madre parecía sinceramente desconcertada.

—No lo sé. Pero debo hablar con ella. Si sabe algo sobre la muerte de Crandall, podría estar en peligro.

La señora Sawyer contuvo el aliento.

—¿Mi Annie? ¿En peligro? Bertram Gorton..., es carnicero en Bridgewater. Allí es donde se aloja. Mi sobrina Ellen se casó con él hace dos años, y Annie se ha ido con ellos —les dijo apresuradamente la señora Sawyer—. ¿Irá a verla, señor? ¿La ayudará?

—Sí —prometió Nicholas—. Haré todo lo que pueda por ella.

—¿Crees que Annie sabe quién mató a Crandall? —preguntó Juliana unos minutos después, cuando estuvieron en el carruaje, de vuelta a Lychwood Hall.

—No estoy seguro. Es evidente que sabe algo que la asusta —contestó Nicholas—. Sea lo que sea lo que sabe, el asesino teme que lo cuente. Ha tenido que ser él quien le ha enviado ese dinero.

—La pregunta es: ¿cómo puede estar seguro el asesino de que Annie no contará lo que sabe? ¿Cómo puede estar seguro de que, dentro de unas semanas o de unos meses, o quizá dentro de algunos años, no se sentirá consumida por la culpa o el miedo, y revelará el nombre del asesino?

—No puede estar seguro —contestó Nicholas tajantemente—. Por eso Annie sigue en peligro. Y seguirá estándolo hasta que revele lo que sabe. Una vez lo haya contado, no habrá razón para que el asesino vaya tras ella. Pero, mientras guarde silencio, el asesino está a salvo... y sólo puede asegurarse su silencio matándola a ella también.

—Entonces sugiero que vayamos a hablar con ella mañana —dijo Juliana.

Nicholas asintió, pensativo.

—Pero creo que conviene que no le digamos a nadie dónde vamos ni por qué.

—Crees que es alguien de la casa, ¿verdad? —preguntó Juliana en voz baja.

—No tengo la certeza. Podría haber sido otra persona. Pero a Annie la aterraba quedarse en esa casa. Para mí, eso significa que creía que era uno de nosotros quien había matado a Crandall, no alguien del pueblo. Si hubiera creído que era alguien del pueblo, no habría vuelto a casa de sus padres.

—Además, está el dinero.

—Sí. Tiene que ser alguien con recursos. El herrero y Sam Morely viven bastante bien, pero no creo que pudieran reunir cincuenta libras tan rápidamente.

—Creo que convendría decirle a todo el mundo en Lychwood Hall que se ha ido. De ese modo, el culpable pensará que su soborno ha dado resultado —sugirió Juliana.

Nicholas asintió.

—Sí. Y me gustaría ver la cara de todos cuando sepan que se ha esfumado.

Así pues, esa noche, durante la cena, después de servida la sopa, Juliana dijo como sin darle importancia:

—Esta tarde fuimos a ver a Annie Sawyer.

Paseó la mirada por la mesa, intentando juzgar la expresión de cada uno de los presentes. La mayoría la miró inexpresivamente.

—¿A quién? —preguntó Seraphina.

—Una de las criadas —explicó Winifred—. La chica que se despidió el otro día.

—Ah —Seraphina volvió a concentrarse en su sopa, sin mostrar interés.

—Sí —Juliana no sabía si Winifred parecía nerviosa o simplemente sorprendida.

—¿Va a volver a trabajar aquí? —preguntó la joven—. Creo que sólo estaba disgustada por, en fin, ya sabéis, por lo que ocurrió.

—Bobadas. Yo no la admitiría —dijo Lilith con desdén—. Esa chica no es de fiar.

—No, no creo que vaya a volver —dijo Nicholas—. Se ha marchado del pueblo.

—Santo cielo —comentó sir Herbert—. ¿Adónde ha ido?

—No tengo ni idea —mintió Juliana—. Su madre no lo sabe. Sólo nos dijo que ayer tomó el coche de línea. Dice que estaba asustada. Lo cual le hace a uno preguntarse de qué tenía tanto miedo.

—¿Por qué estamos hablando de una criada? —preguntó Seraphina, aburrida.

—Esa chica es tonta —dijo Lilith—. Tiene miedo a los fantasmas o alguna estupidez semejante. Una buena azotaina le quitaría tantos pájaros de la cabeza.

—Sí, sé lo aficionada que eres a esa clase de soluciones —le dijo Nicholas con frialdad, con mirada dura y tajante.

Lilith levantó ligeramente las cejas y luego volvió a mirar su sopa.

—Creo que sabe algo —les dijo Juliana.

—¿Que sabe algo? —preguntó Winifred, perpleja.

—¿Sobre el asesinato, quieres decir? —preguntó sir Herbert.

—¿Qué? —dijo Lilith, sorprendida—. ¿Crees que Annie mató a Crandall?

—Bueno... —sir Herbert miró a Winifred, y a continuación desvió la mirada. Se removió, algo incómodo, en la silla—. No me parece descabellado. Crandall tenía, um, cierta reputación.

Seraphina parecía haber comprendido al fin de qué estaban hablando, pues asintió al oír el comentario de su marido y agregó:

—Annie es muy bonita.

—¿Quieren decir que creen que Crandall pretendía los favores de esa muchacha? —dijo Pete Hakebourne—. ¿Y que ella lo mató?

—¡Qué idiotez! —exclamó Lilith con un centelleo en la mirada—. ¿Cómo podéis decir tal cosa? ¿Acaso creéis que podéis ensuciar la reputación de Crandall de esa manera sencillamente porque ya no está aquí para defenderse? ¡No lo permitiré!

Juliana se apresuró a contestar:

—No intentamos difamar a tu hijo, te lo aseguro. No creo que Annie matara a Crandall. Pero ¿y si vio algo? ¿O encontró algo?

Juliana miró de nuevo alrededor de la mesa, confiando en descubrir algo en los rostros de los demás al mencionar que la criada hubiera podido encontrar alguna cosa. Si tenía razón y el rubí pertenecía al asesino, él o ella ya tenía que haberse dado cuenta de que le faltaba la gema. Sin embargo, no distinguió nada sospechoso en los ojos de sus acompañantes.

—Pero, si fuera así, si vio algo, ¿por qué no ha dicho nada? —preguntó sir Herbert.

—No lo sé. Es obvio que estaba bastante asustada. Puede que pensara que el asesino iría tras ella si contaba lo que había visto. O puede que no esté segura de quién es —puntualizó Nicholas.

—Pero, si se ha ido, ¿cómo vamos a averiguar qué es lo que sabía? —preguntó Seraphina.

—Supongo que no podemos —contestó Juliana con el ceño fruncido. No le resultaba difícil aparentar frustración, pensó, porque la inexpresividad de los otros la exasperaba.

—Bueno —dijo Lilith con firmeza—, esta conversación no es muy apropiada para la cena.

Juliana se dio por vencida dócilmente, empuñó su cuchara y la conversación declinó.

No le hablaron a nadie de sus planes de viajar a Bridgewater a la mañana siguiente. Cuando bajaron a desayunar, encontraron allí a Lilith y a Peter Hakebourne, junto con sir Herbert. Hablaron despreocupadamente de algunas cosas, sobre todo del tiempo y de los planes de sir Herbert de comprar un par de caballos nuevos para su carruaje.

Lilith preguntó cortésmente, con notable falta de interés, qué pensaba hacer Juliana ese día.

—Creo que iré a ver a la señora Cooper —mintió Juliana. Era la mejor excusa que se le ocurría para ausentarse la mayor parte del día.

Lilith asintió.

—¿Más té?

—Sí, gracias —Juliana le tendió su taza.

Notó que Lilith parecía algo más animada esa mañana. Sus mejillas tenían mejor color, y participaba en la conversación.

Luego comenzaron a hablar de la cosecha, tema por el que sir Herbert demostró gran interés y el señor Hakebourne ninguno. Juliana se preguntó por cuánto tiempo superaría su falta de liquidez al aburrimiento que le causaba el campo.

Juliana revolvía sus huevos en el plato. Tenía el estómago revuelto por los nervios y no podía comer más. Bebió un par de sorbos de té y tomó uno o dos bocados más de pan tostado, y a continuación miró los platos de los demás confiando en que acabaran pronto. Estaba ansiosa por ponerse en camino: le preocupaba que a Annie Sawyer se le ocurriera marcharse a otro lugar antes de que llegaran ellos.

Al fin los otros fueron acabando y ella dijo:

—Si me disculpáis...

—Claro, querida —Nicholas se levantó para retirarle la silla.

Juliana se levantó rápidamente. La cabeza comenzó a darle vueltas, y se tambaleó. Nicholas la agarró del brazo.

—¿Estás bien? —preguntó, ceñudo.

—Me siento... un poco mareada... —dijo Juliana con sorpresa. Se llevó la mano al estómago revuelto.

—Puede que te convenga echarte un rato —sugirió Lilith.

—Sí, puede ser, sólo un momento —dijo Juliana.

Salieron de la habitación. Juliana se agarraba al brazo de Nicholas con más fuerza que de costumbre. El suelo parecía moverse bajo sus pies, inclinarse y ondular...

Se detuvo, llevándose la mano a la boca. Tragó saliva y procuró controlar las náuseas. Sería humillante vomitar el desayuno allí, delante de todo el mundo; sobre todo, delante de Nicholas.

—Lo siento —dijo en voz baja.

—No tienes por qué disculparte —dijo él—. Estás terriblemente pálida. Voy a llevarte arriba en brazos.

—No, puedo caminar —protestó Juliana, pero él no le hizo caso y, levantándola en brazos, comenzó a subir la escalera.

Juliana cerró los ojos y apoyó la cabeza en su hombro mientras se esforzaba por sofocar las náuseas. ¿Habría comido algo en mal estado?, se preguntaba. ¿O estaría...? No, sin duda era demasiado pronto. Aunque se hubiera quedado embarazada ya, parecía improbable que tuviera mareos matutinos tan pronto. Aun así, no pudo refrenar cierto hormigueo de placer. Un niño... Un niño de Nicholas...

Tragó saliva de nuevo y se dio cuenta de que, cosa extraña, su boca segregaba saliva en exceso.

Apenas habían llegado a su cuarto, donde Nicholas la tendió sobre la cama, cuando su doncella entró corriendo.

—La señora Barre me ha llamado y me ha dicho que estaba enferma —exclamó, y corrió junto a la cama para tocarle la frente a Juliana.

La habitación daba vueltas incesantemente, y Juliana apretó los dientes.

—Estoy mareada...

—Voy a traerle una palangana —dijo Celia con calma, y se marchó.

Juliana hizo acopio de fuerzas. Sabía que tardaría poco en marearse violentamente. Le dolía el estómago. Pero no quería por nada del mundo que Nicholas la viera en ese estado.

—Será mejor que vayas tú solo —le dijo, esforzándose por aparentar normalidad.

—No. Iremos otro día —se apresuró a decir Nicholas. Juliana notó que estaba mucho más pálido de lo normal—. Me quedaré aquí, contigo.

—No, no, por favor. Estoy bien. Sólo un poco mareada. Será seguramente algo que he comido. Celia cuidará de mí.

—Pero yo...

—No, de verdad —Juliana le tendió una mano, suplicante—. Quiero que vayas. Tienes que hablar con ella. No podemos permitir que se nos escape entre los dedos. Estaré como una rosa cuando vuelvas. Ya lo verás. Pero no creo que debamos esperar.

Nicholas parecía dividido.

—No, no puedo dejarte así.

—Es un mareo de nada —dijo Celia—. Me parece que podrían ser muy buenas noticias —inclinó la cabeza mirando a Nicholas y sonrió.

—¿Qué?

—Como están recién casados y todo eso. No sería de extrañar —prosiguió con una mirada sagaz.

—¿Qué? —Nicholas la miraba, estupefacto—. ¿Es una broma? —miró a Juliana y una sonrisa asomó a sus labios—. ¿Es verdad? ¿Tú crees?

—No lo sé —dijo Juliana, acongojada. Confiaba sinceramente en que aquello no fuera un mareo matutino, porque no estaba segura de poder soportar aquella sensación todos los días durante meses.

Nicholas sonrió y se inclinó para besarle la frente.

—Está bien. Me voy. Pero quizá deberíamos llamar al médico.

—Es demasiado pronto para saberlo —murmuró Juliana. Rechinó los dientes al notar otra oleada de náuseas, y clavó los dedos en las sábanas.

Nicholas se acercó a la puerta, prometiendo volver cuanto antes. Juliana respondió mascullando algo y, en cuanto Nicholas se hubo ido, se volvió agradecida hacia Celia, que sostenía una palangana, y procedió a vaciar el contenido de su estómago.

Nicholas prefirió ir a caballo en lugar de tomar el carruaje. Estaba ansioso por llegar a Bridgewater y regresar lo antes posible. Se sentía dividido entre la euforia ante la idea de que Juliana pudiera estar embarazada y el temor a que estuviera enferma. Había visto la palidez de su rostro, el sudor que perlaba su frente. Sin duda los mareos matutinos no era tan fuertes, ¿verdad?

Hubiera deseado quedarse a su lado y ayudarla en lo que pudiera, aunque fuera sólo tomándola de la mano. Pero había advertido en su rostro que quería que se marchara. Juliana intentaba aparentar que no era nada, fingir delante de él que estaba bien. Nicholas lo entendía; sabía lo orgullosa e independiente que era. Sería humillante para ella marearse delante de él.

Estaría mejor si se marchaba. Por esa razón, más que por cualquier otra, Nicholas había accedido a irse, pues, francamente, su preocupación por Juliana pesaba mucho más que su necesidad de saber quién había matado a Crandall.

Tenía que admitir, sin embargo, que era agradable estar fuera, haciendo algo que le distrajera de su temor por la posible enfermedad de Juliana. La visión de su cara pálida, la expresión acongojada de sus ojos, le había helado hasta la médula de los huesos.

No era nada serio, se decía con firmeza, esforzándose por sofocar el terror que intentaba atenazar su garganta. Juliana no se hallaba al borde de la muerte. Era sólo algo que le había sentado mal, como ella decía. O quizá las insinuaciones de su doncella acerca del embarazo fueran acertadas. Juliana era joven; estaba sana. Era absurdo pensar siquiera que pudiera caer presa de alguna dolencia grave.

Espoleado por aquellas reflexiones, llegó al pueblo de Bridgewater en un abrir y cerrar de ojos. Sólo tuvo que hacer unas cuantas preguntas para localizar la casa del primo de Annie Sawyer, y pronto estuvo llamando a la puerta de una vieja casita de adobe.

Una joven le abrió la puerta al cabo de un momento. La muchacha se quedó mirándolo, boquiabierta por el asombro.

—¿Qu...?

—Estoy buscando a la señorita Annie Sawyer —comenzó a decir Nicholas.

—¿A Annie? —la joven parecía aún más asombrada.

—Sí. ¿Está aquí? —insistió Nicholas suavemente.

—¡Sí, sí! Sí, claro que está. Disculpe mis modales, señor –le hizo una reverencia y le indicó que pasara–. Yo, eh, voy a buscarla. ¿Quiere que...? –paseó la mirada por el interior de la casita como si antes no se hubiera fijado en ella. Señaló vagamente hacia el cuarto de estar, donde había varias sillas y unos cuantos taburetes–. Siéntese, señor, por favor. Yo, eh, voy a buscar a Annie.

Nicholas entró en la habitación y permaneció de pie, esperando mientras miraba a su alrededor. Unos minutos después, Annie entró corriendo en la habitación. Parecía casi tan aturdida como la joven que había abierto la puerta. ¿Había también, se preguntó Nicholas, un toque de nerviosismo en la mirada de la muchacha?

–Hola, Annie.

–¡Milord! ¿Qué hace usted aquí? –pareció darse cuenta de la grosería de su comentario, pues añadió rápidamente–: Lo siento, señor, pero su visita me ha pillado por sorpresa.

–He venido a hacerle unas preguntas –le dijo Nicholas.

El recelo se apoderó de pronto del semblante de la muchacha.

–¿Unas preguntas? –repitió, titubeante.

–Sí. Ayer fui a ver a su madre, y me dijo que estaba aquí.

–¡A mi madre! –Annie pareció incapaz de imaginarse semejante encuentro–. Pero ¿por qué...? Quiero decir...

–Había ciertas cosas que necesitaba preguntarle. Sobre el asesinato del señor Barre.

Nicholas, que la observaba atentamente, advirtió la

tensión que se apoderaba de su cara al mencionarle el nombre de Crandall.

Annie apartó la mirada.

—De eso no sé nada, señor.

—Puede que sea más de lo que cree. Ciertamente, más de lo que nos ha dicho.

—No sé a qué se refiere, señor —replicó ella, y el miedo que se había infiltrado en su mirada desmintió sus palabras.

—Creo que sí lo sabe. Es muy extraño que se haya marchado de casa de esa manera —prosiguió Nicholas.

Annie lo miró fijamente, desconcertada.

—¿Extraño? ¿Qué quiere decir?

—Bueno, cuando alguien ha sido asesinado, resulta bastante sospechoso que, unos días después, alguien de la casa de la víctima huya repentinamente del lugar.

La chica se envaró y la indignación inundó sus rasgos.

—¿Está diciendo que yo maté al señor Crandall?

—En absoluto. Sólo digo que su marcha suscita ciertas dudas.

—Yo no tuve nada que ver con eso. Ni con él —le dijo Annie tajantemente.

—Sin embargo, está claro que sabe algo sobre lo que ocurrió.

—¡Ni hablar! —protestó Annie.

—Entonces, ¿por qué le mandó alguien cincuenta libras? ¿Y por qué se fue del pueblo?

—No quería seguir trabajando allí, eso es todo —replicó Annie—. Una casa donde se ha cometido un asesinato... No podía trabajar allí. Era demasiado aterrador.

—Es aterrador —reconoció Nicholas—. Pero, aun así, creo que todo el mundo estará de acuerdo en que había muchas personas que no le deseaban ningún bien a Crandall. Parece probable que, fuera quien fuese quien lo matara, no tuviera interés en matar a nadie más —hizo una pausa y añadió reflexivamente—: A menos, claro está, que creyera que alguien de la casa pudiera delatarlo.

Annie contuvo el aliento.

—¡No! ¡Yo no sé nada!

—Yo creo que sí, Annie. Está más claro que el agua. No hay más que verte la cara. ¿Viste a Crandall esa noche? ¿Viste quién lo mató?

—¡No!

—El único modo de salvarte del peligro es decir lo que sabes —le dijo Nicholas con severidad—. Una vez hayas revelado el secreto, nadie te hará daño para cerrarte la boca.

—¡Yo no vi nada! Sólo… —suspiró, y luego dijo con voz plana—: Iba a salir al jardín, a sacar más comida. Llevaba una fuente muy grande, y el señor Crandall me agarró. Estuvo a punto de caérseme la fuente. Él me la quitó y la dejó encima de la mesa. Dijo que debería estar haciendo algo más divertido que llevar fuentes de un lado para otro. Yo le dije que era mi trabajo. Él se echó a reír y siguió agarrándome tan fuerte que yo apenas podía respirar. Después empezó a besarme —bajó la mirada, sonrojándose al recordarlo—. Siempre hacía lo mismo, me pellizcaba o me rodeaba con el brazo, o me agarraba. Ninguna de nosotras quería entrar en una habitación en la que estuviera él a solas.

Nicholas observó a la chica. Dijo suavemente:

—¿Te defendiste, Annie? ¿Agarraste el atizador para quitártelo de encima?

—¡No! —la muchacha levantó la mirada, alarmada—. ¡Nada de eso! Sólo lo empujé y le dije que tenía que irme, pero estaba muy borracho, señor, y no me soltaba. Era como si esa noche tuviera seis manos. Pero entonces entró la señora Barre y nos vio...

—¿Su mujer?

—Oh, no, señor. Su mujer sólo se habría echado a llorar. Era la vieja señora Barre. Su madre.

—¿Lilith?

Annie asintió con la cabeza.

—Sí. Le gritó que parase... Bueno, no le gritó exactamente. No levantó la voz, pero aun así su voz restallaba como un látigo, como ella sabe hacerlo.

—Sí, ya sé.

—Y él me soltó, así, sin más. Así que agarré la fuente y me fui lo más deprisa que pude. Y eso es todo lo que sé, se lo juro. Es lo único que vi. Pero no pudo ser ella quien lo mató, ¿verdad? ¡Es su madre!

Nicholas se quedó mirándola un momento; la inquietud que sentía iba creciendo y solidificándose por momentos. ¡Lilith! Ni a Juliana ni a él se les había ocurrido pensar que la madre de Crandall pudiera ser la asesina.

Incluso en ese momento, tras oír la historia de Annie, la idea le parecía absurda. A pesar de que últimamente Lilith había dado muestras de estar cansada de la conducta de Crandall, Lilith adoraba a su hijo. De hecho, Nicholas no creía que, aparte de sus caballos y de Crandall, hubiera nada ni nadie a quien Lilith quisiera. No podía haberlo matado ella.

—No hice mal al no contarlo, ¿verdad? —preguntó Annie—. La señora Barre no puede ser quien lo mató.

—Sin duda tienes razón —le aseguró Nicholas. Pero, al salir de la casa y montar a caballo, no estaba tan seguro de ello.

A fin de cuentas, alguien le había enviado dinero a Annie. Estaba claro que esa persona, fuera quien fuese, creía que Annie sabía algo que podía incriminarla. ¿Quién, sino Lilith, le habría mandado ese dinero? ¿Y por qué se lo habría mandado, si no era para impedir que Annie contara lo que sabía?

Nicholas emprendió el regreso a casa, presa de las dudas. ¿Por qué Lilith no le había dicho a nadie que había visto a Crandall en la salita donde había sido asesinado poco antes de su muerte? ¿Por qué había ocultado su madre una información que podía ayudarles a atrapar al asesino?

Aquello no tenía sentido…, a no ser que Lilith no quisiera que atraparan al asesino.

Pensó en Juliana en casa, indefensa y postrada en la cama. Jamás se le ocurriría que Lilith pudiera ser la asesina. Quizás estuviera en guardia contra otras personas de la casa, pero no contra ella.

El miedo lo atravesó y, clavando los talones en los flancos del caballo, partió al galope.

18

Juliana se recostó en la almohada con un suspiro. No le quedaba en el estómago nada que vomitar, así que las últimas veces sólo había tenido arcadas secas durante unos minutos antes de que los espasmos remitieran.

Al menos, pensó, las náuseas eran cada vez más escasas, y el intervalo entre ellas cada vez mayor. Además, aquella extraña salivación había disminuido. Prefería no poner a prueba su equilibrio, de modo que siguió apoyada en la almohada con los ojos cerrados.

Se preguntaba qué hora era. Ya debía de haber pasado la mañana. Tenía la impresión de que habían transcurrido muchas horas, pero imaginaba que el malestar que sentía hacía que el tiempo se le hiciera más largo. Deseó, y no por primera vez, no haberle dicho a Nicholas que se fuera. Aunque no quería que la viera en aquel estado, varias veces se había asustado tanto que había anhelado que estuviera a su lado. Las cosas le parecían menos temibles, más llevaderas, cuando estaba con Nicholas.

Por primera vez pensó también en lo que le habría dicho Annie. Quizá, pensó, eso significara que se estaba recuperando al fin. Celia parecía pensar que así era, pues había bajado a por un caldo caliente para su señora con la esperanza de que pudiera retenerlo en el estómago.

La puerta se abrió y entró alguien. Una mujer, por el sonido de sus faldas. Juliana supuso que era su doncella y no se esforzó en abrir los ojos.

Pero entonces la mujer habló, y Juliana reconoció su voz.

—¿Tía Lilith? —sorprendida, abrió los ojos y miró a la mujer que se acercaba a la cama con una bandejita en las manos.

—Sí —dijo Lilith—. He venido a ver cómo estás.

—Estoy mejor, creo.

Como si advirtiera su sorpresa, Lilith esbozó una leve sonrisa y dijo:

—Me gusta mucho cuidar enfermos, ¿sabes? A fin de cuentas, he criado a dos hijos, y atendí a Trenton durante su enfermedad.

Juliana se calló que no eran las habilidades de Lilith como enfermera lo que ponía en duda, sino su amabilidad.

—Te he traído un jarabe —dijo Lilith, dejando la bandeja sobre la mesilla de noche. Había en ella un vaso con un poco de agua y un frasquito con un líquido marrón. Juliana miró con desagrado el líquido. No tenía ganas de beber nada, y mucho menos aquel jarabe de aspecto repulsivo.

—No creo que me siente bien —dijo.

—Tonterías —dijo Lilith con su tono perentorio de

costumbre—. Hará que te sientas mejor. Es un viejo remedio que solía prepararnos mi madre cuando estábamos enfermos.

—Ya me siento mucho mejor —dijo Juliana débilmente, mirando a Lilith de reojo mientras ésta le quitaba el tapón al frasquito y echaba un poco de aquel líquido marrón en el vaso de agua.

—No seas niña, Juliana —dijo Lilith al tiempo que hacía girar el líquido en el vaso—. Sabe un poco amargo, pero te sentirás mucho mejor cuando te lo tomes.

Lilith levantó el vaso y se giró hacia la cama. Juliana se apartó un poco. La simple visión de aquel brebaje le daba ganas de vomitar. Intentó pensar en algo para entretener a Lilith, confiando en que Celia volviera y la convenciera de que no necesitaba ninguna medicina.

Sus ojos se posaron en el broche que Lilith llevaba al cuello: un largo mechón de pelo negro y trenzado, convertido en ornamento. Al ver la dirección de su mirada, Lilith se tocó el broche.

—Es un broche de duelo. Lo he hecho con un mechón de pelo de Crandall.

Sus ojos brillaron, llenos de lágrimas, y Juliana sintió una punzada de lástima por ella.

—Lo siento.

Lilith sacudió ligeramente la cabeza.

—Era un chico maravilloso. Me quería. No era como todo el mundo intenta hacerle parecer. Y no permitiré que quienes le tenían envidia ensucien su nombre.

Su rostro se endureció mientras hablaba y su mirada pareció volverse hacia dentro. Juliana abrió la boca para hablar con la intención de ofrecerle algún consuelo, pero de pronto recordó a Lilith en el banquete de bodas. Esa noche llevaba puesto un vestido gris claro y, en el cuello, un broche. Un broche no como aquél, sino grande y hecho de diamantes y rubíes.

Juliana se sintió de pronto atenazada por el miedo. Miró el broche; luego sus ojos volaron hacia el rostro de Lilith. El temor se apoderó de ella, y quedó paralizada, mirando fijamente a la otra mujer.

Una llamarada impía iluminó los ojos de Lilith. Se inclinó hacia delante y, agarrando a Juliana por el hombro, le acercó el vaso.

—Bebe —ordenó—. Vamos. Bébetelo.

—¡No! —Juliana intentó apartarse, pero Lilith la agarró del brazo con fuerza. Dejó el vaso en la mesa y apoyó ambas manos sobre los hombros de Juliana, sujetándola contra el colchón al tiempo que se subía a la cama y le pasaba la pierna por encima para impedir que se moviera.

—¡Vas a bebértelo! —dijo con voz rasposa, los ojos iluminados por la locura. Su cara se cernía sobre la de Juliana como una máscara de odio. Le clavaba los dedos en los hombros mientras la apretaba con todo su peso. Juliana, que se sentía débil por las horas que llevaba vomitando, no podía creer que fuera tan fuerte.

—¡Suéltame! —gritó con todas sus fuerzas. Maldijo la enfermedad que la había dejado tan débil, y al pensar en ella se dio cuenta de otra cosa—. ¡Tú! ¡Esto me lo has hecho tú! Me diste algo esta mañana para que enfermara —su mente corría a toda velocidad—. En el té. Tú me serviste el té.

—¡Bah, lirios! —dijo Lilith desdeñosamente—. No te matarán. Sólo te marean un poco. Pero los tenía a mano. Tuve que ganar tiempo para conseguir las agujas de tejo. Es muy apropiado, ¿no crees?, que vayas a morir igual que tu madre.

Juliana se quedó quieta, mirando a Lilith, mientras sus palabras hacían mella en ella.

—¡Mi madre! ¿Tú la mataste?

—Claro que sí. Sabía que nadie sospecharía. Las semillas de tejo son muy venenosas. Las molí, puse unas gotas en la medicina que tu madre tomaba para las migrañas, y la siguiente vez que tuvo uno de sus dolores de cabeza... —Lilith se encogió de hombros.

A Juliana se le llenaron los ojos de lágrimas.

—¿Tú la asesinaste?

—Me robó a mi marido —contestó Lilith con sencillez—. Pensé que, si moría, Trenton volvería a mí —su mirada se endureció—. Pero siguió haciendo las mismas cosas de siempre, iba con rameras, me avergonzaba, me despreciaba. Dejó embarazada a una criada. ¡En mi propia casa!

En sus mejillas ardían manchas de rubor, y en sus ojos había una expresión ausente mientras proseguía como si hablara para sí misma.

—Se negaba a ser un buen marido. Yo lo intenté. Le di muchas oportunidades.

—¿Y luego lo mataste? —aventuró Juliana. Tenía que conseguir que Lilith siguiera hablando. Quizás aflojara un poco las manos mientras hablaba, y, si ella hacía acopio de fuerzas, tal vez pudiera desasirse.

—Desde luego que sí. De otro modo, claro está. No convenía que otra persona muriera repentinamente de un aparente ataque al corazón, ¿no crees? —el labio de Lilith se curvó—. Nadie sospechó. ¿Por qué iban a pensar que yo sabía de venenos? —su voz rezumaba desdén—. ¡Idiotas! Lo aprendí todo sobre ellos en las rodillas de mi padre. Todas las plantas que hacen daño y las que pueden matar a un caballo. Sabía cuáles debía evitar y cuáles usar para que pareciera que alguien había muerto de un ataque al corazón... o de enfermedad. A Trenton le di hierba de Santiago. Una pizca cada día o dos, durante semanas y semanas. Te destruye el hígado, ¿sabes? Todo el mundo pensaba que la hidropesía se debía a sus excesos con la bebida, lo cual era una suerte para mí. Me alegró verlo sufrir.

La amargura y el odio que había en los ojos de Lilith daban escalofríos.

—Pero ¿por qué mataste a Crandall? —preguntó Juliana—. A él lo querías.

—¡Era igual que su padre! —le espetó Lilith—. Yo me negaba a creerlo. Todos estos años, todas las cosas que hizo... Yo le justificaba. Decía que era difícil estar a la altura de la imagen de su padre. Decía que su mala conducta se debía a que ese advenedizo iba a heredar las tierras que deberían haber sido suyas. Culpaba a esa boba de su mujer por no ser capaz de retener a su esposo. Incluso cuando mentía y engañaba, incluso cuando me robaba joyas para pagar sus deudas de juego. Lo quería demasiado para admitirlo. Y luego... —su boca se crispó al recordar, sus ojos se llenaron de lágrimas y su voz se enronqueció—. Lo vi con esa criada, la estaba agarrando, la manoseaba, y ella forcejeaba y le suplicaba que la dejara marchar. Y entonces lo supe. No pude eludir la verdad. Crandall era igual que su padre. Vil y lascivo..., un libertino repugnante. ¡Y yo no podía permitirlo! ¡No podía!

Sus manos se aflojaron ligeramente sobre los hombros de Juliana, y ésta aprovechó la ocasión. Se impulsó hacia arriba con todas sus fuerzas, levantando las manos, y golpeó a Lilith en el estómago tan fuerte como pudo. Lilith cayó hacia un lado y ella se alejó rodando sobre la cama.

Pero, antes de que llegara al otro lado, Lilith se abalanzó sobre ella y comenzó a arañarla. Juliana se defendió, intentando liberarse, pero Lilith tenía una fuerza formidable. Rodaron ambas sobre la cama. Lilith la golpeó en la mejilla con el puño, y el dolor hizo que a Juliana se le saltaran las lágrimas. Juliana pataleó y se giró, alejándose de ella, pero Lilith se abalanzó de nuevo sobre ella y, sentándose sobre su espalda, la apretó contra el colchón. La agarró de la cabeza con ambas manos y le presionó la cara contra el colchón de plumas. Juliana pataleaba y se retorcía en vano. El mullido colchón la rodeaba, su suave tela se le pegaba a la cara, asfixiándola.

Levemente, a lo lejos, oyó golpes y a Nicholas gritando su nombre. Se oyó un tremendo golpe en la puerta. Estaba cerrada, pensó Juliana vagamente mientras manchas negras se formaban ante sus ojos. No volvería a ver a Nicholas, pensó. Jamás podría decirle que lo quería...

La puerta se abrió de golpe, y un instante después sintió que le quitaban aquel peso de encima. Se volvió, intentando respirar, mientras Nicholas y Lilith caían al suelo, junto a la cama.

Celia llegó a su lado inmediatamente y la ayudó a levantarse. El resto de la familia y los sirvientes entraron tras ella. El mayordomo y sir Herbert corrieron junto a Nicholas para ayudarlo con Lilith, que seguía forcejeando y gritaba, enloquecida.

Nicholas la dejó en manos de los otros dos hombres y se volvió hacia la cama.

—¡Juliana! —gritó, y corrió a su lado para estrecharla entre sus brazos—. ¡Gracias a Dios, amor mío! ¿Estás bien?

—Sí —susurró Juliana, aferrándose a él—. Ahora sí.

—¿Qué van a hacerle? —preguntó Juliana.

Era el día siguiente, y estaba sentada en su cama, completamente recuperada de su malestar del día anterior. Lilith había dicho la verdad respecto a los efectos que surtían los lirios. Después de la agresión de Lilith, Juliana se había recobrado poco a poco y había pasado casi toda la tarde durmiendo en brazos de su marido. De hecho, Nicholas no la había dejado hasta hacía una hora, cuando había bajado a hablar con el juez de instrucción acerca de lo que iba a hacerse con Lilith. Incluso entonces había enviado a Winifred a vigilarla hasta que regresara.

—Por lo visto, se ha vuelto loca —dijo Nicholas, sentado al borde de la cama, a su lado—. Confesó que había matado a Crandall, así como a Trenton y a tu madre, hace años. Luego, cuando la llevaron a los calabozos y se acercaba a su celda, sufrió un ataque. Gritaba, pataleaba y decía cosas sin sentido. Según el juez, lleva sentada en la celda desde entonces, mirando fijamente la pared, sin moverse. El juez no sabe qué hacer con ella, y ha venido a pedirme mi opinión.

—¿Qué le has dicho?

El rostro de Nicholas se endureció.

—Querría que mataran a esa bruja por lo que te ha hecho.

—Está loca —dijo Juliana suavemente—. Y piensa en el infierno que estará pasando. Mató a la única persona a la que ha querido.

—No se merece menos —contestó Nicholas con aspereza—. Pero no puedo olvidar que el juicio sería un calvario para ti. Sería un escándalo espantoso.

—¡Y pobre Seraphina! Ya es suficiente desgracia que su hermano fuera asesinado hace unos días, por odioso que fuera. ¡Y ahora descubrir que su madre los asesinó a él y a su padre! No podemos hacerle eso. Por necia que sea, no es mala persona. Y Winifred también sufriría. Antes, cuando estuvo aquí, me habló de Sam Morely y de lo mucho que se quieren. Dijo que piensan casarse en cuanto pase un tiempo de luto prudencial. Parecía tan feliz... Pero, si hubiera un juicio y se hiciera público lo que ha ocurrido con Crandall y sus padres, su felicidad quedaría arruinada y el nombre de la familia manchado. Y Winifred sentiría que no puede casarse con el señor Morely después de ese escándalo. Me parece horriblemente injusto que la maldad de Lilith le cause más sufrimientos a Winifred. ¿Deben juzgar a Lilith y condenarla a la horca? ¿No hay otra solución?

—Sabía que reaccionarías así —contestó Nicholas con una leve sonrisa—. El juez quiere encerrarla en un asilo. Es un destino terrible, pero al menos es preferible a la horca.

—Casi siento lástima por ella —dijo Juliana.

—Yo también la sentiría..., si no hubiera intentado matarte. Eso no puedo perdonárselo —Nicholas la atrajo hacia sí y la abrazó con fuerza–. Espero con toda mi alma no tener que pasar otra vez por lo que pasé ayer. Mientras cabalgaba, estaba cada vez más seguro de que la tía Lilith había matado a Crandall, y pensaba en ti aquí tendida, débil e indefensa. Comencé a tener dudas sobre tu enfermedad, y recordé que Lilith te había servido el té en el desayuno –le besó la coronilla y murmuró–: No he pasado más miedo en toda mi vida. No sé qué habría hecho si te hubiera perdido.

Juliana lo rodeó con los brazos y se apretó contra él.

–Te quiero –susurró. Luego se sentó y se echó hacia atrás para mirarlo–. Sé que no quieres un matrimonio por amor. Pero ayer, cuando pensé que iba a morir, lamenté no habértelo dicho. Te quiero. No te pido que me correspondas. Pero no puedo seguir fingiendo que lo que siento por ti no es amor. Te he querido desde que tengo uso de razón.

Nicholas sonrió lentamente.

–Y yo a ti también. Sé lo que dije. Fui un idiota. Pensaba que nunca había amado. Pero siempre he tenido el corazón lleno de ti. No podría querer a otra mujer. De algún modo siempre he sabido que volvería a ti. No lo llamaba amor. Pero eso es porque lo que sentía era mucho más profundo que el amor del que la gente suele hablar. Tú eras mi vida, mi hogar. Mi centro –la rodeó con los brazos, cubriendo su cara de besos–. Te quiero, Juliana.

Ella se enterneció y los ojos se le llenaron de lágrimas. Aquello, pensó, era lo que había esperado toda la vida.

–Y yo te quiero a ti.

Títulos publicados en Top Novel

¿Por qué a Jane...? – ERICA SPINDLER
Atrapado por sus besos – STEPHANIE LAURENS
Corazones heridos – DIANA PALMER
Sin aliento – ALEX KAVA
La noche del mirlo – HEATHER GRAHAM
Escándalo – CANDACE CAMP
Placeres furtivos – LINDA HOWARD
Fruta prohibida – ERICA SPINDLER
Escándalo y pasión – STEPHANIE LAURENS
Juego sin nombre – NORA ROBERTS
Cazador de almas – ALEX KAVA
La huérfana – STELLA CAMERON
Un velo de misterio – CANDACE CAMP
Emma y yo – ELISABETH FLOCK
Nunca duermas con extraños – HEATHER GRAHAM
Pasiones culpables – LINDA HOWARD
Sombras en el desierto – SHANNON DRAKE
Reencuentro – NORA ROBERTS
Mentiras en el paraíso – JAYNE ANN KRENTZ
Sueños de medianoche - DIANA PALMER
Trampa de amor - STEPHANIE LAURENS